소설 마의상법

장영수 지음

소설 마의상법
목차

- 남자 얼굴의 흑점도(黑點圖)
- 여자 얼굴의 흑점도(黑點圖)
- 관상의 십이궁(十二宮)
- 논흔문(論痕紋)
- 육부삼재삼정도(六府三才三停圖)
- 구주팔괘간지도(九州八卦干支圖)
- 사학당(四學堂)과 팔학당(八學堂)
- 오관도(五官圖)

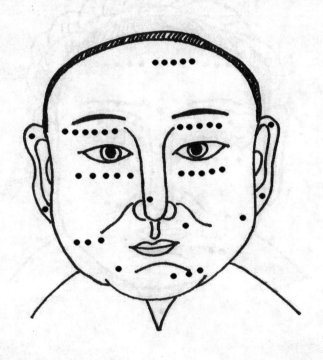

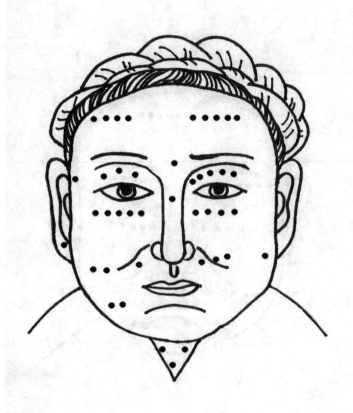

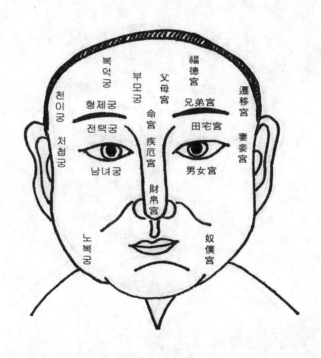

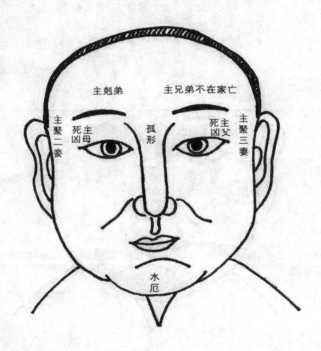

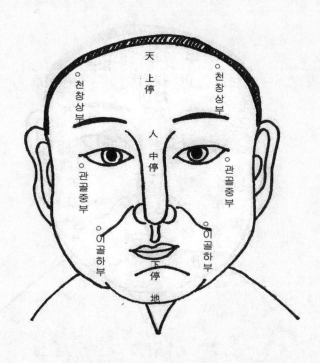

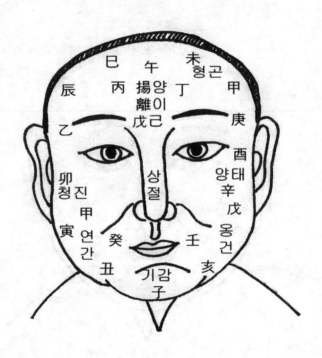

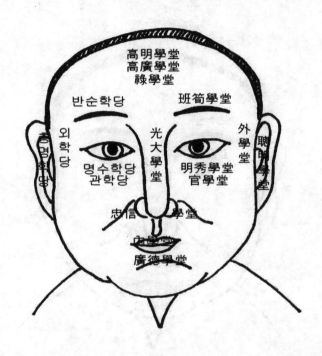

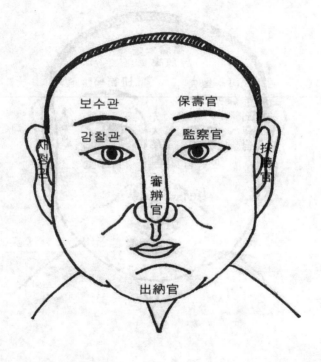

소설 마의상법

汝 海 評繹

이끄는 글

『마의상법(麻衣相法)』에 '상유전정 세무예지(相有前定 世無豫知)'라는 말이 있다.

상(相)이라는 것은 앞에서 정해지지만 세상에선 미리 알 수 없다는 뜻이다. 그러므로 일반인들이 미래의 모습을 안다는 것은 지극히 어려운 일이 아닐 수 없다.

이런 이유로 사람들은 아침에 일어나면 얼굴을 씻고 자신의 모습을 거울에 비춰본다. 불길한 것이 묻지 않았는가, 혹은 얼굴빛이 평화스럽지 않는가 등을 살피기 위해서이다. 그것은 거울의 맑은 본성을 취해 자신의 마음을 맑게 하여야만 세상을 비출 수 있기 때문이다.

이러한 관상술은 일종의 점법(占法)이다. 얼굴 생김이나 안면의 골격, 손발의 모양새나 빛나는 윤기(色澤), 찌그러지거나 주름잡힘(皺襞), 점(黑子), 얼룩무늬(斑紋), 등의 특징으로 장래를 판단하여 다가올 흉한 일을 피하고 길한 쪽으로 나아가게 하는 법술이다.

그렇다면 이러한 인상학(人相學)의 역사는 어느 때부터인가?

해묵은 기록에 의하면 노(魯)나라의 태사 숙복(叔服)이 공손교(公孫敎)라는 재상의 두 아들 상을 보았는데 그 말이 신기하게 적중하여 관상법의 시조로 삼았다고 했다.

남북조 시대에 인도에서 들어와 선종을 일으킨 『달마상법』과, 송나라가 일어나기 직전 마의도사(麻衣道士)가 창안한 『마의상법(麻衣相法)』을 이대상전(二大相典)이라 부르는 것은 그만큼 이 두 서적이 관상법으로서 뛰어나다는 것을 입증하기 때문이다.

<소설 마의상법>은 이러한 이대 상전중 『마의상법』을 모본으로 삼아 『수경집(水鏡集)』·『신상전편(神相全篇)』·『풍감원리(風鑑原理)』·『면상비급(面相秘笈)』에 전해오는 신묘하고 아기자기한 얘기들을 첨가하여 소개하고자 한다.

한편으로는 송나라 때의 역술인 강절(康節) 소선생의 세상을 이롭게 하는 '수(數)'의 비밀을 파헤친 『황극책수(皇極策數)』를 소개하여, 길흉화복이 바람처럼 흘러가는 순간순간 마다 절망하고 탄식하고 기뻐하는 인생사의 매듭을 풀어나가는 데 도움을 주고자 한다.

본서는 인터넷 공간에 연재되어 관상법 매니아들의 호평을 대대적으로 받아 간행하게 된 것이다.

東洋古典文學研究所에서

汝 海.

관상을 하는 방법

관상법(觀相法)에는 외상(外相)과 내상(內相)이 있다. 물론 여기에는 수많은 변화가 숨어 있다. 먼저 외상을 보자. 이것은 스스로가 자신의 모습을 조정하며 좋은 상을 만드는 방법이다. 즉, 발걸음은 무거운 것을 들었다 놓은 것처럼 하며 손은 사용하지 않을 때엔 항상 공손하고 가지런히 놓아야 한다. 시선을 보낼 때에는 곁눈질보다는 단정히 보면서 사특(邪慝) 함을 없애야 한다.

당연히 입모양은 방정해야 한다. 목소리는 고요하고 정중하며, 머릴 곧게 세운 채 단정하고 엄숙한 기품이 있어야 한다. 서 있을 때엔 중후함으로 안색은 온화하고 장중해야 하는 것 등이다. 이것이 외상의 기본 골격이다.

그렇다면 내상(內相), 즉 마음을 어찌 다스려야 하는?. 첫째는 사물을 보는 눈이 명확하고 투명해야 한다. 둘째는 정확하고 확실하게 들어야 한다. 셋째는 얼굴 표정을 바로 하고 넷째는 생각하는 모습이 공손하고 단정해야 한다. 다섯째는 충성스러운 말을 해야 하며 여섯째는 일은 공경하고 신중히 해야 한다. 일곱째는 의심이 가는 건 반드시 묻고 알아야 하며 여덟째는 화가 났을 땐

화를 낸 뒤에 생각해야 하며 아홉째는 무엇을 얻게 됐을 때엔 그
것이 의로운 것인가를 생각해야 한다. 이렇게 하면 내상(內相)의
변화를 얻을 수 있다.

병을 치료하는 의원들이 쓰는 용어에 '묘관(妙觀)'이라는 것이
있다. 이것은 무엇을 관찰하는 것인데 겉모양을 보고 그 사람의
성격을 살피는 것이 관상술이다. 그러므로 '묘관'이라고 했을 때
엔 글자의 뜻대로 '묘한 관찰'이다.

사람의 입술은 위가 독맥(督脈)이고 아래가 임맥(任脈)이다. 대
부분 여자들은 임맥이, 남자는 독맥이 발달되어 있다. 어떤 말을
할 때, 윗입술이 드러나는 것은 지극히 공격적이다. 예를 들자면
상대를 강압적으로 윽박지를 때에는 어김없이 윗입술이 드러난
다.

만약 어떤 남자가 아름다운 여자에게 데이트를 신청 했다고 가
정해 보자. 그 여자가 윗입술에 힘을 주며

"그러죠, 뭐."

하였다면 이 데이트는 결코 이루어지지 않는다. 그러나 아랫입
술에 힘을 주며,

"싫어요, 내가 왜 나가나요!"

했다면 내심 나가고 싶어한다는 뜻이다.

이것이 관상학에서 말하는 심술(心術)이다.

『열자(列子)』에 이런 얘기가 있다.

정(鄭)이라는 나라에 유명한 관상가가 있었는데 이름이 계함
(季咸)이었다. 그는 심술에 뛰어나 상대와 몇 마디를 나누는 것으
로 길흉화복을 알아냈다. 우연히 그의 술법에 반한 열자는 호구
자(壺丘子) 스승에게 자랑했다.

"저는 지금까지의 도를 최상이라 생각했는데 그보다 나은 것이

있다는 걸 알았습니다."

호구자가 희미하게 웃었다.

"네가 계함을 만나고 오더니 깨달음이 많았나 보구나. 헌데, 내가 너에게 도를 가르치지 않았는데 계함에게서 깨달았다니 도무지 이해하기가 어렵잖은가. 아무리 닭이 많아도 암탉만 있다면 생명 있는 달걀이 어찌 존재하리. 너의 무정란(無精卵) 같은 생각으로 어찌 도를 말하는가? 그러니까 고작 계함과 같은 자의 허무맹랑한 잡소리에 넘어갈밖에. 내 앞에 계함을 데려오너라. 그 자로 하여금 나의 상을 살피고 점을 치게 해라."

열자는 다음날 계함을 데려왔다. 호구자의 관상을 본 계함이 혀끝을 찼다.

"그대의 스승은 열흘 이내 죽을 것이오."

그 말을 듣자 호구자가 빙그레 웃었다. 계함이 나가자 스승은 말했다.

"그 자는 조금 전 '지문(地文)의 상'을 봤을 것이다. 이것은 생기가 막히고 꼼짝 하지 않는 대지의 상이다. 그 자를 다시 데려오라."

다음날 호구자의 상을 본 계함이 말했다.

"흐음, 생기가 움직이기 시작했으니 죽지는 않을 것 같소."

이번엔 생기가 출렁이는 '천양(天壤)의 상'을 본 것이다. 호구자는 그 다음 날도 계함을 데려오게 하였다.

계함이 정색을 하며 엉덩이를 뺐다.

"도저히 관상을 볼 수 없습니다."

"뭣 때문이오?"

계함은 말없이 물러나 버렸다.

도대체 무엇 때문이었을까? 그것은 다른 게 아니었다. 호구자

는 처음에 '지문의 상'을 나타내었고, 그 다음에는 '천양의 상'을
보여 주었다. 그런데 이번에는 조용하고 깊음, 흐름과 멈춤 등의
모든 조화를 한꺼번에 얼굴에 나타냈다. 이렇다보니 계함은 도무
지 관상을 볼 수 없었다.

그런데 그 다음 날에도 호구자는 제자로 하여금 계함을 데려오
게 하였다. 계함은 호구자의 얼굴을 보자 마자 도망쳐 버렸다.

"스승님, 어찌하여 계함이 도망 쳤습니까?"

"내 얼굴에 무언가가 나타났기 때문일 것이다."

"그게 무엇입니까?"

"무심(無心)일 것이다."

무심. 계함이 보았던 호구자의 얼굴에는 문자적으로 '미시출오
종지상(未始出吾宗之相)'이 나타났기 때문이었다. 이것은 자아를
버리고 상대의 움직임대로 따르는 상이다.

다시 말해 계함의 마음에 따라 호구자가 움직여 준 것이라 할
수 있다. 이 예화는 평범한 듯 싶지만 깊은 의미를 담고 있다. 계
함의 마음은 탐악(貪惡)함을 나타내고, 자신을 버리고 무심의 상
태로 들어가는 것이 탐선(貪善)이라는 것을 알 수 있다.

상대방의 마음을 읽어 가는 심술(心術), 이러한 심술은 여기에
서부터 시작된다.

호태후의 비둘기 눈(鴿眼)

『승니얼해(僧尼孽海)』라는 책이 있다.

낙양에서 풍류제일인을 자처하는 당인(唐仁)이라는 유협(遊狹)이 쓴 호색담이다. 그래서인지 이 책은 집필한 지 628년 동안이나 일반인들의 접근을 불허한 <독서 불가!> 딱지가 붙은 금서였다.

주로 '풍니'를 다루고 있는데, 풍니란 바람난 여승이다. 그러나 중국에서는 '바람난 여승'만을 뜻하는 것이 아니라, 동물들이 교미하는 것으로도 나타낸다.

이를테면 바람의 결과로 물결이 출렁대므로 남녀가 겹으로 얽히어 숨이 넘어갈 듯 토해내는 갈급한 환성(歡星)이나 절규를 '낭성(浪聲)'이라 쓰고 여유를 부리는 것도 그런 이유다.

당인의『승니얼해』는 상륜사의 주지승 담헌(曇獻)으로부터 첫 장이 열린다. 여기에서 주인공을 맡은 배역은 25년만에 나라가 망한 북제(北齊)의 안방마님 호태후(胡太后)다.

그녀는 담헌의 여자 다루는 기술이 빼어나다는 말을 듣고 직접 시험을 해본 뒤 궁으로 데려왔다. 또한 함께 있게 되면서부터는 새로운 연극놀이를 창안했다. 그것이 '양위(陽偉)와 음미(陰美)'였다.

설법을 한다는 구실로 담헌이 1백여명의 중을 궁으로 불러들여 그들을 양위라 부르고, 정력이 뛰어난 자를 내전에 머물게 하여 1백여명의 궁녀들과 음탕한 놀이를 벌인 것이 이 연극의 골격이었다.

어원적으로 풀어 가면 '양위'는 사내의 심벌이 크다는 것을 의미하고, '음미'는 여인네의 은밀한 곳이 아름답다는 뜻이다. 그러므로 연극이라는 것도 그 속내를 들여다보면 황음하기 이를 데 없었다.

착 가라앉은 듯한 음악 소리에 맞춰 호태후가 옷을 벗으면, 그것을 시작으로 남녀는 한데 어우러져 뒹군다는 게 줄거리였다. 한바탕 펼쳐지는 연극의 모습을 『승니얼해』의 작가는 이렇게 표현한다.

<연극이 무르익으면 호태후는 담헌에게 다가간다. 그러면 헌의 사슴 꼬리가 벌떡 일어나고 뜻이 간절하여 호태후의 작약 난간으로 달려간다. 암컷에서 흘러나온 진액은 달팽이가 침을 토하듯 떨어진다. 이렇게 되면 담헌이 몸을 밀고 당기기를 수백 회에 이르도록 내버려둔다.>

글을 좋아했던 풍류남아 답게 표현하는 데도 운치가 엿보인다. 즉, '사슴 꼬리 자루로 암컷 살을 꽂고 작약난간을 돈다'는 원문의 내용이 그것이다. 북제의 궁안은 이렇듯 미친 소동이 일어나는 곳이었다.

그렇다면 북제는 어떤 나라인가? 나라를 세운 문선제(文宣帝)는 돌궐 등을 정벌하여 위명을 떨쳤으나 일곱 해 쯤이 지나자 본색이 드러났다. 어느 곳을 손대 정상으로 되돌릴 수 없을 만큼 음행과 난행을 일삼아 사관(史官) 위수(魏收)의 붓끝을 더럽혔다.

<문선제가 어느 날 거리로 나가 지나가는 여인에게 물었다. '당신은 지금의 천자를 어떤 사람으로 보시오?' 그러자 그녀는 상대가 천자인 것을 모르고, '미친놈이오' 하고 답하는 바람에 목이 잘렸다.>

이러한 흐름을 타고 네 번째 황제 무성제(武成帝) 시대가 되었을 때, 황제에 버금가는 호색녀가 날뛰었다. 바로 호황후였다.

나라의 길흉을 예단하고 책수(策數;아주 좋은 방법)를 찾아내 비틀거리는 나라를 그나마 지탱하게 한 천문관 유차(劉叉)는, 호황후를 보는 순간 서둘러 짐을 쌌다.

"저 계집은 두 번 보기 어려운 비둘기 눈(鴿眼)이다. 세상 천지에 저 계집처럼 음탕한 년은 찾기 어려울 것이다."

음탕하기로 알려진 비둘기 눈. 그 비둘기 눈이 '합안'이다. 관상법에서는 상목(相目)이라 하여 눈을 나타낸다. 눈은 몸에 있어 해와 달이다. 왼쪽 눈은 태양이 되어 아버지를 상징하고 오른쪽 눈은 달이 되어 어머니를 나타낸다. 그러므로 눈은 한없이 그윽하고 맑아야 심성이 평안하고 어질다. 그러나 '합안'은 눈동자가 작고 누런빛을 띠어 욕심 많고 음란하다.

과연 유차의 예언대로 하나씩 이뤄졌다. 호태후는 거리낌없이 대신들과 난행을 일삼더니 남편이 실각하고 아들이 보위에 오르자 노골적으로 변해갔다.

어느 때인가 후주(後主)가 내전으로 인사를 왔었다. 그는 태후 곁에 있는 두 여승에게 시선을 뺏긴 채 은근히 환관을 보내 후궁으로 삼고 싶다는 뜻을 모친에게 전했다.

"당치않는 소리! 수도에 전념하는 여승을 후궁으로 삼았다는 건 들은 바가 없다!"

일언지하에 거절했다. 그러나 후주는 뜻을 굽히지 않고 태후궁

에 인사차 들렀다 돌아가는 길에 근신들에게 명해 두 여승을 강
제로 끌고 왔다. 바동거리는 여승을 틀어잡고 시종들이 띠를 풀
었다. 양지옥(羊脂玉)같은 살결이 나타날 것으로 예상한 후주의
눈앞에 뜻밖의 상황이 연출되었다. 여승의 사타구니엔 남자의 심
벌이 우뚝 서 있었다. 후주는 꽁지에 불붙은 망아지처럼 길길이
날뛰었다.

여승이 아닌 여승들은 몸이 네 가닥으로 찢기어 저승객이 되었
고, 호태후는 북궁 깊숙이 유폐되었다 .이때가 진선제(陳宣帝) 대
건(大建) 3년이었다.

밤낮을 가리지 않고 향락에 취해있던 호태후에겐 죽기보다 힘
든 고통이 몰아쳤다. 해갈되지 않은 욕정을 참다못해 내관에게
사내의 성기를 본뜬 모형기구 각선생(角先生)이라는 것을 구해
오게 하여 손장난으로 겨우 열기를 가라앉혔다.

북주(北周)의 파상적인 공격이 시작된 것은 이 무렵이었다. 정
월 초하루가 되자 후주는 임금 자리를 여덟 살짜리 아들에게 물
려주고 남조(南朝)의 진으로 도망치다 잡혀 죽었다. 북제가 망하
자 호태후는 자유의 몸이 되었다. 때를 만난 듯 주나라에 들어가
온갖 더럽고 음탕한 짓을 저질렀다고 『이십이사차기(二十二史箚
記)』는 적고 있다.

사관의 붓끝은 뒤를 이어 이렇게 달려간다.

<천도의 보시(報施)요, 이른바 남의 아내와 딸을 간음하면 그
아내와 딸이 다른 사내와 간음하게 되는 것을 소연(昭然)히 볼 수
있다.>

북제의 군왕들이 황음한 짓을 저질렀으니 호태후 같은 요물이
궁에 들어와 나라를 송두리째 들어먹었다는 것이다.

이러한 호태후의 드라마는 여기에서 끝나지 않는다. 세월이 쭉

훌러 원(元)나라 순제 때에 서역에서 들어온 양련진가(楊璉眞伽)
에 의해 난장판으로 변한 건 나중의 일이다.

관상법과 접목된 풍수지리술(風水地理術)에서는 사상(四象)을
'와겸유돌(窩鉗乳突)'이라 하며 음양술과 접목시켜 발전시켰다.
다시 말해 '와겸유돌'은 풍수법으로 나타낸 여성의 성기 모습이
다.

첫째는 '와'니 더러는 얕고 기우는 모습이고

둘째는 '겸'이니 간혹 행하거나 열려 있으며

셋째는 '유'니 길쭉하게 내밀거나 경사가 심해 두두룩하며

넷째는 '돌'이니 높거나 낮게 또는 나지막이 솟아있는 유형이
다.

이러한 형태에서는 당연히 국(局)을 이루는 곳에 작은 줄기의
개천이나 도랑이 있는 것을 좋지 않게 여기는 것이 풍수지리술의
시각이다. 바꾸어 말해 이렇듯 작은 도랑이나 개천이 있다면 천
성적으로 음(陰)의 기운이 성하므로 요부가 출현하거나 불가사의
한 일이 일어날 수 있다는 것이다. 바로 호태후가 묻힌 곳이 그러
했다.

그러니까 호태후가 세상을 떠난 지 7백년이 지났다. 원순제 때
의 기록을 보면 서역에서 양련진가라는 라마승이 들어와 음탕한
행위를 저지르고 있음을 볼 수 있다. 당대의 역사서에는 '비둘기
눈을 가진 양련진가의 음독(陰毒)'이 심했다고 기록되어 있는데
그것은 초야권(初夜權)의 폐해를 가리켰다.

당시의 풍습은 처녀가 시집 가기 전엔 관청으로 들어가 라마승
에게 몸을 바친다. 그리고 피 묻은 헝겊을 결혼등록증과 교환한
후 시집을 갔다. 그런데 얼굴이 반반한 계집은 며칠씩 잡아두는
바람에 혼례식이 연기되는 소동이 벌어졌다. 이렇듯 초야권을 치

르는 라마승 가운데 양련진가라는 자가 있었다. 그는 호태후의
무덤이 가까운 곳에 있다는 말을 듣고 몇사람의 불목하니를 데리
고 파들어갔다. 물론 그것은 무덤 안에 있을 제법 값이 나갈 부장
품 때문이었다. 그런데 부장품은 몇 점의 싸구려 그릇이 고작이
어서 급기야 호태후의 관뚜껑을 열었다. 7백년의 세월이 흘렀는
데도 마치 잠을 자듯 평온한 모습이었다. 양련진가는 음심이 일
어나 시체를 범했다.『원사(元史)』에 의하면 이 부분이 '강간하다'
로 쓰여 있다.

　양련진가에 의해 시간(屍姦)이 저질러지자 뜻밖의 사단이 벌어
졌다. 겉은 얼음장처럼 차가웠으나 속은 열화로처럼 뜨거워지며
양련진가가 힘을 쓰자 죽은 시체가 한숨을 쉬기 시작한 것이다.

　"이 년은 요괴다!"

　양련진가는 질겁하여 곡갱이로 호태후의 몸을 박살내버렸다.
요부가 죽은 후 7백년이 흐르면 남자의 정액을 받아 되살아나는
땅. 이른바 '양시(養尸)'의 땅이다.

파자점의 명수 소강절은 쇠귀(金耳)

세상을 널리 이롭게 한다는 『황극책수(皇極策數)』의 저자 소강절(邵康節)은 본래 평범한 선비였다. 그러한 그의 운명이 하루아침에 바뀐 것은 질그릇 베개였다.

어느 여름날, 점심을 마치고 낮잠에 빠져들 무렵이었다. 그때 머리맡으로 쥐 한 마리가 다가와 마룻장을 긁어댔다. 저러다가 그만두겠지 싶어 가만있었는데 눈치 없는 쥐는 계속 긁어대며 단잠을 빼앗았다.

"요놈의 쥐새끼!"

소강절은 맘속으로 '쥐가 여깃쯤 있을 것이다' 어림셈하며 질그릇 베개로 사정없이 내리쳤다. 쥐새끼는 혼비백산 문지방 너머로 사라지고 질그릇 베개는 박살 났다. 순간적인 일이었지만 글께나 읽는 유생(儒生)의 몸으로 저지른 일이었으니 자신의 행위에 절로 한숨이 새어 나왔다.

그때 이상한 쇳조각 하나가 시선에 걸려들었다. 거기에는 뜻밖에 이런 내용이 적혀 있었다.

<아무 날 아무 시에 이 베개는 쥐를 보고 깨어진다>

질그릇 베개가 깨어지는 날짜가 바로 이날이었다. 낮잠은 십리 밖으로 달아나고 궁금증이 불길처럼 일어났다. 도대체 누가 베개 안에 이런 쇳조각을 넣었을까? 한달음에 질그릇 공장을 찾아갔다.

"여기에서 만든 겁니까?"

공장 주인은 그렇다는 듯 고개를 끄덕였다. 그러나 쇳조각에 대해서는 아는 바 없다고 고개를 내저었다.

"그럼 누가 넣었다는 것이오?"

주인은 생각을 가다듬었다.

"저쪽 산등성이 너머에 이선생이라는 분이 산답니다. 이 베개를 만들 때 몇 차례 그분이 들렀거든요. 소문에 의하면 이선생은 앉아서 백 리 밖을 보고 누워서 천년 뒤의 일을 안다 하였으니 혹여 그분이 넣었는 지 모를 일입니다."

소강절은 산등성이를 급히 넘어갔다. 산자락에 걸린 듯한 이선생의 오두막집은 금방이라도 무너질 듯 위태로웠다. 집앞에서 쉰 쯤으로 뵈는 사내가 따뜻한 눈길로 맞이했다.

"어서 오십시오. 오늘쯤 젊은이가 올 것으로 생각하고 있었습니다."

"예에?"

사내는 소스라치게 놀라는 소강절에게 그런 얘기를 들려주었다.

"저의 부친께선 지난 해 여름 돌아가셨습니다. 임종을 앞두고 그런 말씀을 하셨답니다. 금년 여름 이맘 때 쯤 금이(金耳;쇠귀)를 가진 젊은이가 찾아올 것이니 당신이 연구해 왔던 책들을 내주라는 당부였답니다."

금이는 부귀를 누리지만 반대로 아내와 자식을 형벌로 잃는다.

귀의 모습은 눈썹보다 1촌(寸) 가량 높고 천륜(天輪)은 작다. 색깔은 얼굴빛보다는 희고 마치 구슬을 늘어뜨린 것 같다. 이러한 금이는 말년이 외로운 게 특색이다.

부귀보다는 소강절의 학문을 눈여겨 보았던 지 이선생은 그가 찾아올 것을 손금처럼 들여다 보고 있었던 셈이다. 이렇게 하여 전해진 책이 『황극책수』였다. 세상을 널리 이롭게 한다는 '황극'과 신묘한 수리 계산을 의미하는 '책수'의 비밀이 그 안에 들어 있었다. 그래서인지 소강절이라는 이름자 앞에는 항상 '파자점의 명수'라는 말이 낙관처럼 찍어져 있다. 이런 일화가 전한다.

어느 때인가 한 사내가 잃어버린 물건을 찾게 해달라고 하여 글자 한 자를 쓰게 했더니 '장(牆)'이었다. 글자를 쓰윽 훑고 소강절은 퉁명스럽게 쏟아놓았다.

"침대 밑에 있네."

사내의 표정이 어설프게 변하며 더듬거렸다.

"예에? 제가 찾는 것은 말(馬)인데요. 그것을 어찌 침대 밑에서 찾겠습니까?"

사내가 곱지 않은 눈초리를 팔랑거리자 소강절은 쏘아 부쳤다.

"그대가 뭣을 잃었건 내가 알 바 아니야. 나는 그대가 쓴 글자를 보고 판단하는 것인즉."

"아무리…"

"장(牆)은 왼쪽이 장(爿)이니 이것은 침상이나 평상을 뜻하는 상(牀)자의 왼편 획이야. 장(牆)에서 그것을 떼어내면 남은 글자는 내면(來面)인데 내자 밑에 발(足)이 보이지 않으니 침상 아래 숨어 있는 모습이지. 그러므로 말을 그곳에 집어넣을 수는 없으나 말을 훔쳐간 도둑이 재물을 훔치려고 그곳에 숨어 있거나 아니면 그대의 부인이 외간 남자를 끌어들여 그곳에 숨겼을 것이오.”

사내는 믿을 수 없다는 표정으로 돌아갔다. 그리고는 밑져야 본전이라는 생각에 침실로 들어가 침대 보를 들췄다. 뜻밖에 한 사내가 간난아이처럼 웅크리고 있다가 끌려나왔다. 사내는 애원했다.

“사실은 어젯밤 나으리의 말을 훔쳤습니다만, 다시 돌려드리려 왔으니 가 보십시오. 후원에 말이 있을 겁니다.”

말 주인이 나가보나 과연 후원에 잃어버린 말이 있었다. 그는 부인의 정부로 지난밤 부인과 정을 통하고 말을 타고 갔었다. 다시 돌려주러 왔다가 일이 꼬인 것이다.

이렇듯 파자점(破字占)에 능한 소강절은 『주역(周易)』을 깊이 연구하여 나름대로 독특한 점법을 개발하였다. 매화나무 가지를 잘라 베어진 부분으로 길흉을 헤아리는 관매점법(觀梅占法)이었다. 어느 날 우물이 있는 담 쪽을 걸어오는 데 갑자기 참새가 떨어져 죽었다. 괴이하게 생각하여 점을 치고 집안 사람들에게 주의를 주었다.

“오늘 누군가가 매화나무에 올라갈 것이다. 처음 보는 사람이라도 결코 소릴 질러 놀라게 말아라.”

그날 정오가 조금 지난 시각에 이웃집 아낙이 매실을 따려고 슬그머니 나무 위로 올라갔다.

“누구야! 매실을 따는 게?”

소릴 지른 것은 건너 마을에 다녀온 하녀였다. 소강절의 주의를 듣지 못한 그녀의 고함에 화들짝 놀란 이웃집 아낙은 그만 주르르 미끄러져 다리가 부러졌다. 아낙은 악에 바쳐 고함을 질렀다.

“그래, 고까짓 매실 하나가 그렇게 중요하더란 말이지. 사람을

놀라게 하여 다리가 부러졌으니 이놈의 집구석이 얼마나 잘되는
지 두고봐야겠어!"

아낙의 악담을 한 귀로 흘리며 소강절은 점을 쳤다. 다리가 부
러진 아낙의 악담으로 인해 자신의 11대 후손이 모함을 받는다는
점괘가 떨어졌다. 조그만 궤를 만들어 거기에 삶의 비방을 적어
두고 죽음을 앞둔 시점에서 유언으로 주의 사항을 남겼다.

"이 궤를 11대 후손에게 전해라. 그놈은 전연 죄를 짓지 않고
낭패에 빠질 것이다. 그때 이걸 열게 하라."

소강절의 유언은 잘도 지켜져 내려왔다. 이윽고 11대 후손의
시대가 되었을 때, 그는 보도 듣도 못한 자의 농간에 걸려 살인
누명을 쓰게 되었다.

집안 사람들은 급히 선조의 유언이 담긴 궤를 뜯었다. 거기엔
봉투가 있었다. 안에 든 봉투를 빨리 고을 원에게 갖다 주라는 내
용도 있었다. 잠시 후 원님이 개봉한 편지엔 다음과 같이 쓰여 있
었다.

<내 후손은 죄가 없소. 일 주일 후면 범인이 잡힐 것이니 죄를
묻지 마시오. 그 보다 급한 것은 원님이 앉아있는 곳이오. 지금
곧 무너지니 어서 피하시오.>

고을 원이 동헌 밖으로 몸을 피하는 것과 동시에 건물은 순식
간에 무너져 내렸다.

용의 얼굴에 봉황의 목을 가진 무조

『구당서열전(舊唐書列傳)』에는 원천강(袁天罡)에 대해 '그의 관상법은 확실성이 신과 같았다'고 쓰여 있다 한때는 나라의 길흉사를 논하는 태사국(太史局)에 몸담았으나 요성(妖星)이 떠오르면서 천하를 떠돌았다.

"다리는 신의 날개로 만들어진 것이다."

정말 다리가 신의 날개로 만들어진 것인가? 이러한 물음에 모범답안을 내놓은 이가 바로 원천강이다.

그가 살았던 세상은 당나라 초로 수(隋)나라의 잔재가 곳곳에 남아 있을 무렵이었다. 어수선한 시기에 그의 점법이 얼마나 빼어났던 지 그를 법사(法師)로 대접했다.

천하를 떠돌던 그가 이주 땅에 들어섰을 때였다. 문득 수심이 가득한 사내를 발견하고 연유를 물었다. 병에 걸린 아내 때문에 하루도 편한 날이 없다는 사내의 목소리는 풀기 없이 말라 있었다. 원천강이 글 자 한자를 쓰게 하자 그는 힘없이 일(一) 자를 끄적였다.

원천강의 기색이 흐려졌다. 일(一)이란 불(不)의 시작 획이다.

그러므로 다시는 일어나지 못한다는 불기(不起)를 함축한다. 이
것은 사내의 아내가 벌써 죽었다는 것을 의미한다. 그러나 설명
을 들은 사내는 벌컥 화를 냈다.

"아무리 그래도 그렇지. 내가 나올 때에도 멀쩡했는데 갑자기
숨이 끊길 이유가 어딨단 말씀이오?"

"어허, 어서 가보시래두. 돌아가 보면 아실 일이 아니오. 파자
법으로 일(一) 자는 불(不)의 시작이오. 삶(生)의 끝 획이며 죽음
(死)이 시작되는 첫 획이오. 그러니 어찌 이 세상에 미련을 두었
겠소."

한풀 꺾인 사내의 물음이 시들했다.

"언제…, 죽었습니까?"

"오늘이 십팔일(十八日)이오. 십일일(十一日)부터 십칠일(十七
日)까지엔 일(一)이 들어있으나 십팔일에는 일이 없으니 죽는 건
오늘이오. 부인의 천명입니다. 조금 전 당신은 부인의 언제 죽었
느냐 물었는데, 그것은 십이지(十二支)로 살피면 어려운 일이 아
니오."

사내는 어안이 벙벙하여 그저 원천강의 얼굴만 뚫어져라 바라
보았다.

"자축인묘진사오미신유술해(子丑寅卯辰巳午未申酉戌亥) 중에
일(一)이 없는 것은 오직 묘(卯) 뿐이오 그러니 '묘시'에 세상을
떠났습니다."

사내가 허겁지겁 돌아가 보니 과연 아내는 이미 세상을 떠난
뒤였다.

이러한 소문은 바람처럼 이주 성(城)에 전해졌다. 원천강의 탁
월한 재주를 흠모해 왔던 이주도독 무사확은 급히 사람을 보내
모셔들였다. 그것은 예전에 잡부로 일할 때 우연히 자신의 관상

을 본 진패(秦悖)라는 떠돌이 점쟁이의 말 때문이었다.

"상법에 이르기를 오악조귀(五嶽朝歸)하면 금세전재자왕(今世錢財自旺)이라 하였네. 관골을 살필 때는 왼쪽은 동악, 오른쪽은 서악, 이마는 남악, 지각(地閣)은 북악, 코는 중악이네. 이른바 오악이라는 것인데 자네의 상은 『혼의(混儀)』에서 이르는 것처럼 오악이 바르기 때문에 일생 동안 복이 있으며 팔괘(八卦)가 높이 솟아 돈과 재물이 왕성할 것이야. 그대가 이주 땅에 터를 잡으면 장차를 알려줄 기인을 만날 것이야. 그때가 오면 반드시 그를 초청해 가족들의 운수를 물으시게."

무사확은 병주(幷州)의 문수(文水)가 고향이다. 글 읽을 기회가 없어 형들과 집안 일을 거들다가 청년기에 이르러 친구 허문보(許文寶)와 목재를 운반하는 일에 뛰어들어 재물을 모았다.

타고난 부지런함으로 시간을 아껴 글을 배웠으며, 그것도 부족해 독선생을 모시고 학문을 읽혔다. 마침내 경서에 통하기 시작하여 교양과 인격이 높아졌다.

그러면 그럴수록 아는 지인들은 그를 동취(銅臭)라며 비아냥댔다. 당시의 화폐가 구리였기 때문에 동전 특유의 냄새가 장사꾼에게서 난다는 뜻이었다.

무사확의 야망은 관직이었다. 비록 수양제(隋煬帝) 말년엔 보잘것없는 자리나마 응양부대정(鷹揚府隊正)이라는 미관말직에 이름자를 올려놓았다.

이것이 빌미가 되어 태원부 유수였던 이연(李淵)과 접촉하여 정치자금을 제공한 대가로 벼슬길을 보장받았다. 당연히 그의 인생은 달라졌다.

본처를 팽게치고 제2의 부인을 얻었다. 전처 상리씨 소생의 두 자식이 있었으나 미색이 고운 양씨를 후처로 맞아들였다. 즉, 후

한 광무제의 누님이 되는 공주(內親王) 집안과 재혼하여 두 딸을
얻은 것이다.

이주도독일 때에 두 딸을 얻었으며, 원천강을 청한 것은 자녀
들의 운수를 살피기 위해서였다.

이윽고 '확실성이 신과 같다'는 원천강이 집안으로 안내되었다.
무사확은 우선 양씨의 관상을 부탁했다. 장차 아들을 낳을 수 있
는가를 알아보기 위해서였다.

"부인의 골상은 비범합니다. 장차 천하에 이름을 떨칠 아이를
낳으십니다."

무사확은 너무 기뻐 넙죽 절을 올렸다. 그 다음에는 두 아들 원
경과 원상 차례였다.

"장차…, 지사 정도는 하겠습니다."

다음으로 양씨 소생의 큰딸에 대해 말문을 열었다.

"남편은 괜찮아 보입니다만, 뒤가 좋아 뵈질 않습니다."

이렇게 되어 마지막 조(照)의 차례가 되었다. 발육상태가 좋아
태어날 때부터 아들이라 믿었으나 아쉽게도 딸 아이였다. 자라면
서 무사확은 사내들이 입는 옷을 입혔으므로 원천강도 깜빡 혼란
을 일으키기에 족했다.

아이를 들여다보던 원천강의 입에서 감탄사가 터져 나왔다.

"오, 소낭군. 실로 관상하기가 어렵습니다. 용청봉경(龍晴鳳頸)
에 일각용안(日角龍顔)이니 분명 복희와 같은 상이오. 놀랍게도
제왕의 상입니다!"

그리고는 혼잣말처럼 중얼거렸다.

'오호라, 아깝구나. 이 아이가 계집이라면 천하를 얻을 터인
데….'

이제 걸음마를 시작한 무조(武照;나중에 측천무후)의 평생 운

수를 원천강은 읽고 있었다.

무사확은 깊은 생각에 빠져들었다.

여자가 천자가 된다는 것. 도저히 일어날 수 없는 기상천외한 일이다. 그러나 여자로서 황후가 된다면 결국 천하의 주인이 되는 것이나 다름없다는 생각을 다져보았다.

그후 정관 5년(631)이 되어 무사확은 형주의 대도독으로 임명되었다. 영전한 셈이다.

물론 이때에도 두 가지가 작용했다.

하나는 막대한 재물을 요소요소에 뇌물로 뿌렸다는 점과 다른 하나는 정치적인 수완이다. 당시 조(照)의 나이는 네 살의 건강한 아이였다.

언제까지 행복이 가득할 것으로 믿었던 집안은 정관 9년 무사확이 병을 얻어 세상을 떠나자 안락한 생활은 막을 내렸다. 이때부터 전처 소생의 원경과 원상 형제의 냉대가 기다렸다는 듯 가해졌다.

여기에 사촌 형제들까지 가세하여 괴롭혔으므로 양씨 모녀의 하루하루는 참담하게 변해갔다.

이러한 고통 속에서도 양씨의 기쁨은 오로지 막내딸 조가 아름답게 성장하고 있다는 점이었다.

그녀의 나이 열 네 살의 봄. 조의 입궁(入宮)이 떨어졌다. 이날은 정관 15년(641) 11월의 싸늘한 아침이었다. 하늘을 날아오를 봉황의 깃털이 돋기 시작한 것이다.

독고 황후는 와잠미(臥蠶眉)

기호지세(騎虎之勢)라는 말이 있다. 수나라를 세운 양견의 아내 독고씨가 천하를 놓고 자웅을 결할 때 남편에게 힘을 실기 위해 했던 말이다.

"천하를 얻기 위해 병사를 움직이는 것은 마치 호랑이 등에 올라탄 형상입니다. 아무리 힘들고 고통스러워도 결코 내려서는 아니 됩니다. 호랑이 등에서 내린다면 결국은 잡아먹히게 됩니다."

그렇게 하여 양견은 병사를 휘몰아 어지러운 남북조 시대를 통일해 수왕조를 세웠다.

수문제 양견은 선비족 출신이다. 그들은 자식이나 부형의 아내까지 손을 대는 남달리 뜨거운 다혈질이다. 그렇다보니 황제가 된 후에도 습관처럼 여인네의 치마폭을 들춘 것은 자연스러운 일이었다. 그러나 이같은 정황이 전해지면 독고 황후는 어떻게 해야 황제를 괴롭힐 수 있을까? 어찌 하면 늙은 남편의 살 냄새를 맡은 요망한 계집을 물고낼까에 고심했다.

곳곳에 깔아놓은 염탐꾼에게서 밀고를 접할 때엔 빙그레 웃었지만 황후의 머릿속은 살의를 띤 온갖 비수들이 날을 세워 번득였다. 고민은 삭일 수 없는 질투로 발전하여 하룻밤 단꿈에 취한 궁인은 다음날 싸늘한 시체로 발견되었다.

황제는 좀더 은밀하고 안전한 곳에서 은근 짭짤한 방법을 찾았으나 그때마다 황후의 촉수들은 정보의 더듬이로 감지하여 비참하게 결론을 내렸다.

구린내 나는 풍문이 떠도는 것을 감지하자 독고 황후는 내명부 궁인들을 모아놓고 한소리 내놓았다.

"여기저기서 나에 대한 말을 이러쿵저러쿵 하는 모양인데 그건 옳지 않아. 내가 황후의 신분이 아니라 해도 그건 눈감아 줄 수가 없거든. 사내가 계집을 만나 즐거움을 맛보는 것은 조물주가 내린 화선지에 그림을 그리는 것이라 할 수 있어. 근데 말이야. 나는 그런 걸 인정하고 싶지 않거든. 이를테면 손해날 흥정은 두고 보진 않는단 것이야. 나를 속이고 황제의 속살을 만지작거리는 것은 저승의 아래층에 이르렀다는 것이지."

황후는 느긋하게 이런 말을 흘리더니 『내훈(內訓)』이란 것을 선포했다. 이것은 궁안 뿐만이 아니라 여염집 마나님이 첩실을 다스리는 도구로 애용하는 내용이었다.

첫째, 사내와 계집은 한 사람으로 족하다. 그런데 사내는 어찌 된 셈인지 그것을 지키려 들지 않는다. 여자는 시집가면 다른 사내를 가까이 않는데 남자는 아무렇지 않게 첩을 둔다. 이 얼마나 불공평한 일인가. 그것은 황후인 내가 아니래도 이 세상 여인들을 모욕하는 일이다. 그것을 두고 보는 것은 결코 나의 생리에 맞지 않는다.

둘째, 시집 간 여자가 본서방이 아닌 다른 여자와 정을 통하면 집안을 망쳤다고 난리 치며 세상에 둘도 없는 대죄의 굴레를 씌우지. 그것뿐만이 아냐. 때론 죽임을 당하거나 혹형을 받게 돼. 그런데도 사내들은 다른 곳에 계집을 두고 은밀히 쥐구멍(臭鼠;여인의 음문을 빗대어 하는 말)을 기웃거리는 걸 대단한 능력으로 여기거든. 언감생심 그런 사내는 집에서 내쫓기거나 죽임을 당하거나 둘 중에 하나를 택해야 한다.

셋째, 남편이라는 작자들은 첩을 두기도 하고 홍등가 계집들에게 손을 내밀기도 한다. 그런데 어찌된 셈인지 얼굴이 반반한 미소년들에게도 손을 댄다. 이 얼마나 수치스러운 일인가. 아니 이만저만 어처구니없는 일이 아닌가. 이것은 아내의 즐거움을 빼앗고 자존심까지 깔아뭉개는 일이다.

궁안에서 상연된 어떤 연극을 보면 사내가 남색을 즐긴 이후 염라대왕에게 침을 맞는 벌을 받는다. 그러나 그 정도는 어림없다. 은근하고 짭짤한 그 물건은 계집 쪽에도 갖춰져 있기 때문에 정히 필요하면 이쪽에서 제공할 수 있다. 그런데 남색(男色)이라는 것을 즐기는 것을 보면 우리 것보다 그쪽 물건에 특별한 맛이 있는 줄 아는 모양인데 어림 반푼 어치도 없는 수작이다.

넷째, 사내의 물건이라는 것이 자기 아내의 깊고 은밀한 곳에 침입할 때만 활동을 하고 다른 계집을 만나면 고양이 앞의 쥐처럼 죽은 척 해야 하는 데 어디 그런가.

얼굴이 반반하거나 눈 꼬리가 어찌 쳐졌거나 말소리가 물기에 젖은 손님을 만나면 어찌된 셈인지 필요 이상으로 퉁퉁 불거지는 것도 꼴볼견이지만 싸움이 시작되면 손오공이 휘두르는 여의봉처럼 단단해지면서 필요 이상으로 용감해져 좌충우돌 설치며 검붉은 대가리에 파란 힘줄까지 세워 가을 독사처럼 울끈 불끈 하는 것이 꼭 동네 깡패가 어설픈 힘 자랑하는 것 같다.

그러면서도 매일 대하는 아내에게는 비실비실 대다가 나동그라진다. 대가리는 축 늘어뜨리고 목에도 힘이 없는 것이 마치 비맞은 솜처럼 젖어 가지고는 어서 빨리 자기의 덤불 속으로만 도 망치려 한다.

다섯째, 아내의 손으로 첩과 미소년을 몰아내 버리면 그것으로 그만인가 했다가는 큰코다친다. 잠시 한눈을 파는 사이에 사내가 가지고 있는 다섯 개의 손가락으로 요사스러운 장난을 치고 야호 (夜壺;입구의 폭이 좁은 요강) 주둥이를 계집이 보물같이 여기는 그 장소를 대신하기도 한다.

어디 그뿐인가. 죽부인이나 탕파자 같은 물건까지 침실에 갖춰 놓고 천한 잔재미를 즐기려 한다.

계집의 마음에 응어리를 만든 사내들의 행동이 이런 것이니 여 기에서 몇 개는 봐줄 수 있고, 한 번 시집 왔으니 풀밭에 엎드린 자라처럼 그저 죽은 척 모르는 척 할 수도 있다. 그러나 황후인 나로서는 이 가운데 어느 항목도 양보할 수 없으며 어느 누구도 어겼다간 살아남지 못한다.

독고 황후의『내훈』은 역사가 조익의 붓끝에 실려 달갑지 않게 기록되었다.

<옛날부터 궁중의 이름난 황후 가운데 수나라의 독고 황후 이 상의 사람은 없다. 자기 일로 질투하는 것만이 아니라 신하가 첩 을 두는 것까지 질투할 정도였다.>

관상가 소길(蕭吉)은 독고 황후의 눈썹을 와잠미(臥蠶眉)라 하 였다.

이런 눈썹은 자식이 네 명이나 다섯 명 있으며 눈썹이 활처럼 휘어지고 누에가 잠을 자는 듯한 형상이면 출세를 하나 형제간의 우의는 결코 순탄치 못하다고 하였다.

남자의 복숭아 눈(桃花眼)

춘추시대의 인물 공자(孔子). 그는 천하를 떠돌다가 위(衛)나라
로 들어갔다. 이곳은 위영공이 다스렸는데 그의 부인 남자(南子)
는 몹시 음탕한 여인이었다.

송나라의 공주로 태어나 처녀 시절에 이미 이복 오빠 송조(宋
朝)와 깊은 관계를 맺었다.

그녀는 위나라로 시집 간 후에도 송조를 불러 위나라의 대부로
삼아 가까이 두고 내전으로 불러들였다.

"깊은 밤 남자 부인의 침전에서 수상쩍은 소리가 들린다는구
만."

당사자가 이런 말을 들었다면 질겁하여 뒷수습에 나설 테지만
요란한 소문이 궁안 구석까지 떠도는 데도 남자 부인은 꼼짝도
하지 않았다. 그까짓 소문쯤은 별게 아니라는 투였다.

그렇다면 영공이 그런 소문을 듣지 않았는가? 그것도 아니다.
소문의 진위야 어떻든 간에 듣고 보니 기분이 좋은 것은 아니었
다. 그러나 그것을 따지기에 앞서 남자 부인 앞에만 가면 고양이
앞의 쥐처럼 안절부절못했다. 일찍이 관상가 혁조(革祚)는 그녀

가 궁에 들어오는 것을 보고 몇 마디 예언을 했었다.

"남자라는 저 계집은 복숭아 눈(桃花眼)이다. 저런 눈을 가지고 태어나면 시도 때도 없이 음란한 일을 저지르게 돼. 앞으로 궁안이 음행으로 가득 차겠어."

그는 훌훌 자리를 털고 궁을 떠나버렸다. 과연 그의 예언과 같은 관상술은 맞아떨어지고 남자의 음행은 도를 더해 갔다.

바로 이 무렵에 공자가 위나라에 들어왔다.

"오호호호, 천하에 이름을 떨친 공구(孔丘)가 위나라에 들어왔단 말이지."

남자 부인은 육감적인 몸으로 충분히 공자를 제어할 수 있다는 믿음이 있었다. 그러나 바글바글 끓어올랐던 욕정은 무참히 깨어졌다. 공자는 위영공에겐 인사를 갔으나 남자 부인은 거들떠보지도 않았다.

누군가가 공자에게 한 마디 거들었다.

"위나라에 왔으면 남자 부인에게 인사를 가야 합니다. 늦었습니다만, 지금이라도 가야 합니다."

그러나 공자는 움직이지 않았다. 소문을 들은 남자 부인은 속이 탔다. 위나라의 어느 누구건 자신에게 잘 보여야 출세의 길을 달릴 수 있다. 그런데도 공구 만이 비위를 맞추지 않는 것에 비위가 틀어졌다.

이런 와중에 어렵게 자리가 마련되었다. 남자 부인은 몸에 찰싹 달라붙은 잠자리 날개 같은 속옷만을 걸쳤다. 투명하게 비치는 옷 속으로 풍만한 유방과 발그레한 유두, 그리고 단전 아래의 검푸른 부분까지 선명하게 드러났다.

이윽고 공자도 자리에 나타났다. 남자 부인은 침상에서 거의 나체나 다름없는 몸을 일으켰다. 공자는 놀란 눈을 떴지만 인사만큼은 공손히 올렸다. 남자 부인은 얼굴을 환히 펴며 인사를 받았다.

"오호호호, 과연 성인이로군요. 그대의 눈은 소문대로 겹눈동자요. 이런 눈동자는 순 임금의 눈동자라 들었거든요. 자, 어서 이쪽으로 오세요."

남자 부인은 침상에 앉은 채 한쪽 다리를 살며시 들어올려 은밀한 부위에 공자의 시선을 닿게 했다. 그러나 공자의 반응은 없었다. 이번엔 은밀하게 목소리를 깔았다.

"인간의 운이라는 건 상에만 있는 게 아니라 오체에도 있다는 군요. 성현의 눈은 그것을 볼 수 있다 했으니 가까이 오시어 그것을 봐주세요."

노골적으로 유혹했으나 공자는 변화가 없었다.

"다른 것을 물으실 게 없으면 이만 물러가겠습니다."

남자 부인은 딴전을 피웠다.

"어머, 여기가 왜 이리 결릴까. 어젯밤 잠을 못 자서 그런가. 이봐요, 세상에서 가장 숭앙 받는 성현님. 성현의 촉감이 어떤 지를 알 수 있게 해주세요."

남자 부인은 눈빛을 끈끈하게 빛내며 침상에 몸을 눕혔다. 그리고는 고통을 참지 못하겠다는 듯 몸을 흔들었다.

"아, 좀더 안쪽으로…."

남자 부인이 몸을 비틀었다. 이제 조금만 안쪽으로 가면 은밀한 곳이다. 공자는 급히 손을 뺐다.

"부인, 의원을 부르십시오. 예(禮)에 대해서라면 이 공구가 밤을 세워서라도 도와줄 수 있지만 병은 의원의 손길을 빌려야 합니다. 이 공구의 눈엔 부인이 욕정에 미쳐있는 천한 여인으로 밖에 보이지 않습니다. 그만 물러가겠습니다."

남자 부인은 분함을 참지 못해 눈물을 흘렸다. 다음날 해괴한 소문이 퍼지는 바람에 자로(子路)는 몹시 분격했다.

그는 사자 눈(獅眼)이다. 그래서인지 평소의 행동이 과격하지만 위엄이 있었다.

"선생님, 이토록 분한 일이 있습니까. 선생님께서 그 남자인가 하는 부인을 희롱 했다니오."

"내가 부인의 방에 들어간 것은 사실이다만 결코 부정한 짓은 저지르지 않았다. 내가 부정한 짓을 했다면 어찌 하늘이 가만 두겠느냐."

그 말을 듣고서야 제자들은 안도의 한숨을 몰아쉬었다. 이 무렵 남자 부인은 공자에게 당한 모욕으로 복수할 기회를 노리고 있었다.

공자가 위나라를 떠났다가 다시 돌아왔을 때, 영공은 함께 시찰을 나가기로 하였다. 멋진 수레에는 두 개의 자리가 마련되어 있었으므로 영공은 남자 부인을 내리게 하였다. 부인이 발끈하여 화를 냈다 그 바람에 위영공은 작은 수레를 만들어 공자로 하여금 뒤를 따르게 하였다. 제자들이 발끈했으나 공자는 말없이 수레에 올랐다.

"아, 색(色)이 덕(德)보다 먼저 가는구나."

그러자 공자는 영공을 비호해 주었다.

"나는 덕을 사랑하는 것을 색을 좋아하듯 하는 사람을 보지 못하였다."

좌자의 손금은 보훈문(寶暈紋)

　좌자(左慈)는 한나라 때 인물이다. 그는 태어날 때부터 손바닥
에 이상한 무늬가 있었다. 둥글둥글 미로(迷路)를 돌아가는 듯한
일종의 햇무리 같은 모습의 보훈문(寶暈紋)이다.

　이런 손금을 가졌다면 능히 제후나 재상에 봉해지는 좋은 수문
이다. 또 장삿길로 나선다면 돈이나 재물을 상당히 모을 수도 있
다. 이것은 좌자가 어렸을 때부터 신묘하고 불가사의한 기술을
몸에 지니고 있다는 의미다.

　한번은 조조(曹操)가 베푼 연회에 가게 되었다. 이날 기분이 좋
아진 조조가 좌중을 둘러보며 거만스럽게 말했다.

　"오늘의 잔치는 매우 성대하군. 천하의 진미가 갖춰있는데 송
강(松江)의 쏘가리가 없어 아쉽구만."

　송강은 태호(太湖)로부터 흘러내리는 강이다. 이곳에서 잡히는
쏘가리가 맛이 좋기로 이름이 나 있었다. 끝자리에 앉은 좌자가
나섰다.

　"정히 드시겠다면 시생이 곧 잡아 올리겠습니다."

　좌자는 구리대야를 준비하더니 거기에 물을 가득 담고는 낚시

대를 준비했다. 낚시 끝에 먹이감을 준비하여 대야 속에 쑥 집어넣었다가 뽑아냈다. 놀랍게도 그 끝엔 쏘가리가 걸려 나왔다.

"아하하하, 쏘가리가 아닌가!"

조조는 만면에 희색이 되어 손바닥을 치며 즐거워했다. 놀란 것은 함께 있는 사람들이었다.

"이보게, 한 마리로 되겠는가. 몇 마리 더 낚아 올리게."

으라차차 하는 사이에 좌자는 세 자가 되는 쏘가리를 낚아 올렸다. 조조는 혼잣말로 중얼거렸다.

"쏘가리에는 촉나라 생강을 먹어야 제 맛이 날 터인데. 이보게, 좌자. 생강도 가져올 수 있을까?"

"물론입니다, 승상."

조조는 의심이 들었다. 아무 곳에서 나는 생강을 가져오는 게 아닌가 싶어서였다. 그래서 다짐부터 받았다.

"내가 지금 촉(蜀)나라에 비단을 사오라고 사람을 보냈네. 자네가 거길 가면 두 필만 사오라 하게."

얼마의 시간이 흐른 뒤 생강을 가져왔다. 물론 그 사자의 소식도 가져왔다. 나중에 사자가 돌아왔을 때 들어보니 영락없이 좌자의 말과 똑같았다.

그러던 어느 날이었다.

조조는 1백여명이나 되는 사람들을 데리고 교외로 나갔다. 여기에 동행했던 좌자는 술 한 되와 건포 한 근을 가지고 가서 관리들에게 나눠주었다. 동행했던 사람들이 모두 그 술을 마시고 취했으며 고기도 배불리 먹었다.

이 모습을 보고 있던 조조는 괴이하게 여겨 그 사실을 조사시켰다. 그랬더니 근방에 있던 술집의 술과 건포도가 모두 바닥 나 있었다. 그제야 조조는 두려움을 갖게 되었다.

"그토록 신묘한 재주를 가지고 있단 말이지. 참으로 위험스런 놈이야."

조조는 토막쳐버릴 심산이었다.

"여봐라, 저 놈을 끌어내 목을 쳐라!"

그 순간 좌자는 몇 걸음 옆으로 비켜나더니 순식간에 사라져 버렸다. 좌자에 대한 인상착의가 곳곳에 붙여지고 체포령이 떨어졌다.

그를 찾아 나선 관리가 시장에서 모습을 발견하고 체포하려는 순간 다시 사라졌다. 또 얼마 뒤에는 양성산 위에서 그를 만났는데 잡으려들자 다시 사라졌다.

도무지 잡기가 어렵게 되자 조조는 한숨 섞인 어투로 이렇게 말했다.

"이젠 그를 죽이지 않을 것이다. 시험해 봤을 뿐이다."

그때 늙은 양 한 마리가 앞발을 들며 말했다.

"그래야죠."

'뭐야?'

"나를 잡으려들면 소용 없어."

관리들이 다시 잡으려 하자 모든 양들이 늙은 양으로 변하여 앞발을 들고 소리를 질렀다.

"그래봤자 소용 없다니까요!"

양들은 일제히 웃음을 터뜨렸다. 이후로 좌자의 모습은 어디에도 나타나지 않았다.

사람 돼지로 변한 척부인은 물고기 눈(魚眼)

동진의 역사가 간보(干寶)는 『진기총감(晉紀總鑑)』에서 이렇게 적고 있다.

<‘귀족 가문의 여자들은 재봉을 비롯하여 요리에서 화장에 이르기까지 모든 것을 종들에게 시키고 자유·연애 결혼을 꿈꾼다. 며느리는 시부모를 거역하고 심한 질투로 첩을 죽인 본처가 갈수록 많아졌다>

그런가하면 동위의 『진문(秦文)』에는 또 이렇게 적고 있다.

<요즘의 딸 가진 부모들은 딸을 시집 보낼 때 질투하는 방법을 가르친다>

‘연애와 질투만큼 사람을 매혹시키는 방법은 없다. 이 두 감정은 열렬한 소망을 지니고 있어 쉽사리 상상이나 암시의 형체를 취하고 그 대상물 앞에선 감정이 쉬 드러난다.’

질투에 대한 지적이다.

서한 시대의 미녀, 척희(戚姬). 이 여인만큼 비참하게 목숨을 빼앗긴 경우는 없다. 그녀는 서한 역사상 첫 번째 참사를 당한 서한 왕조 제1대 황제 유방(劉邦)의 작은 부인이다. 모든 역사서에는 그녀를 척희, 또는 척의(戚懿)라 하였다.

그녀는 산동성 정도현 태생이다. 이곳은 음양오행으로 따져 수토(水土)가 좋아 성인을 비롯하여 미녀의 출산지로도 유명하다.

유방이 목숨을 내놓고 항우와 일전을 벌인 기원전 3세기. 그를 따르던 수하들을 이끌고 산동성으로 진격해 들어갈 때 척희를 만났다.

용모는 절색이었지만 평민이었으므로 족보는 없다. 그러므로 그녀는 별다른 욕심이 없었다. 피비린내 나는 전쟁터에서 유방을 그림자처럼 따르며 외로움을 지켜 주었지만 아들을 낳게 되자 욕심이 생겼다. 용이 여의주를 물고 승천한다는 의미로 아들 이름을 '여의(如意)'라 했다. 그녀는 기회 있을 때마다 늙은 남편에게 하소연했다.

"당신이 이렇게 늙었는데 덜컥 숨이 넘어가면 우리 모자는 누굴 믿고 사나요. 악독한 여치(呂雉;유방의 정실 부인)가 우리 모자를 그냥 두겠습니까."

듣고 보니 일리가 있었다. 평소 여치의 잔혹한 성격을 누구보다 잘 알고 있는 유방은 여의를 조왕(趙王)에 봉하고 넌지시 여의를 태자 삼고 싶다는 뜻을 비쳤다.

문무백관들은 혼비백산했다. 이때 주창이라는 대신이 불가한 일이라고 더듬거렸다. 그 모습이 어찌나 우습던 지 황태자 폐위 문제는 뒷전으로 밀려나 버렸다.

옆방에서 이 사실을 엿들은 여치는 동생 여석지를 장량에게 보내 계책을 가져오게 하였다. 한달음에 달려온 여석지에게 장량은 자신이 나설 수 없음을 설명했다.

"예전에 내가 이런저런 말을 했을 때에는 폐하가 곤경에 처했기에 가능했던 것이오. 지금은 천하가 통일되었으니 어찌 내 말을 듣겠소. 더구나 황태자 폐위 문제는 황제 개인의 일이므로 다른 사람이 개입해선 안됩니다."

여석지가 쉬 물러가지 않으리라는 것을 모를 리 없는 장량은 마지못해 방책을 내놓았다.

"이 일에 내가 나설 수 없으니 사람을 추천하겠소. 폐하가 천하를 얻게 되자 많은 사람들은 아첨했으나 오로지 네 늙은이만은 황제의 오만 무례한 행위에 혐오감을 느끼고 산 속으로 숨어버렸소. 죽으면 죽었지 폐하의 신하는 되지 않겠다고 말이오."

세상 사람들은 그들을 상산사호(商山四皓)라 하였다.

장안성 남쪽의 상산에 은거한 당선명·최광·주술·기리계가 그들이었다.

이들 네 노인은 현인으로 이름이 높았다. 『마의상법』에 의하면 그들의 손금(手紋)이 기이하게도 똑같았다고 했다. 한결같이 천자문(川字紋)으로 이런 손금은 장수를 보장하며 여자라면 서왕모(西王母)에 비견할 수 있다 하였다.

장량이 들려준 계책은 곧 시행되었다. 상당한 재물과 정중하기 이를 데 없는 황태자의 편지를 들고 사자는 상산으로 떠났다. 그렇게 하여 상산사호가 황태자 유영(劉盈)의 처소로 내려오자 황제는 척희의 거처를 찾아가 돌이킬 수 없는 상황을 설명했다.

"나는 무능한 황태자를 바꿀 작정이었으나 상산의 네 늙은이가 유영을 날개처럼 보호하고 있으니 내가 어찌해볼 도리가 없소. 앞으로 여치는 당신의 주인이 될 것이오."

척희는 절망의 노래를 불렀다. 만회할 수 없는 대사를 어찌할 수 없는 현실에 그녀는 초나라의 향토춤을 추었고 유방은 노래를 불렀다. 절망과 비탄이 깃든 노래였다. 물론 『정사(正史)』에는 황태자의 폐위가 보류된 것을 상산사호의 출현으로 적고 있다. 그

러나 엄밀히 따져보면 단지 네 늙은이 때문에 그런 것으로는 보
여지지 않는다. 아무리 중신들이 반대를 해도 황태자를 바꾸는
것은 황제 개인의 권한이다. 그런데도 역사서에는 네 늙은이의
출현으로 기록하였다.

　이것은 무엇을 말하는가? 바로 척희의 전략에 문제점이 있다
는 것이다. 그녀는 아들을 앞세워 황태자 자리를 찬탈하려는 목
적에서 늙은 남편에게 하소연했을 뿐, 결코 다른 신하들과는 유
대 관계를 갖지 못했다.

　이에 반하여 여치는 조정에 막대한 세를 구축해놓고 있었다.
황후이면서도 자신에게 이로움을 준 신하에겐 반드시 치사를 했
다. 황태자 폐위를 막아준 말더듬이 주창에게는 황후의 신분으로
무릎을 꿇고 머리를 조아리는 지략이 있었다.

　그렇다면 척희에게 초나라 옷을 입게 하고 노래를 부르게 한
의도는 무엇인가? 십여년 전 몰아넣은 항우의 고향 노래를 부르
게 한 것은, 자신의 사후 다가올 불안 때문이었다. 이러한 불안은
여지없이 맞아 떨어졌다.

　기원전 193년. 유방이 세상을 떠나고 황태자 유영이 보위에 올
랐다. 여치는 아들을 앞세우고, 척희로 인한 정신적 고통을 어찌
배상 받을 것인가로 골몰했다. 우선 그녀를 잡아들여 특별감옥에
가두고 머리를 빡빡 깎고 쇠사슬로 몸을 묶어 온종일 쌀을 찧게
했다. 멀리 조왕에 봉해진 유여의를 불러들여 짐새(鴆鳥)의 독으
로 살해하고 척희의 양손과 다리를 자르고 두 눈을 뽑았다.

　그것도 부족하였던 지 귀를 멀게 하고 벙어리가 되는 아약(啞
藥)을 먹여 뒤주에 넣어 화장실 구석에 놓은 채 '인간 돼지'라 불
렀다.

　그러던 어느 날 혜제(유영)를 불러 연체동물처럼 흐물거리는

자신의 작품을 구경시켰다.

"이보오, 황제. 저게 뭔지 아시오? 바로 고 요망한 척희년의 말로라오."

유영은 질겁했다.

"이것은 사람으로서 할 짓이 아닙니다. 나는 황제로서 어머니를 어쩌지 못하지만 이 같은 만행을 보고 어찌 천하를 다스린단 말씀이오."

상심과 충격으로 쓰러진 유영은 시름시름 두 해를 앓다 기원전 188년 세상을 떠났다 이로부터 천하는 여치의 수중에 들어왔다. 여치와 그의 일문은 8년간 온갖 부귀 영화를 누렸다. 관상가 요옹(姚翁)이 말하기를,

"척희는 눈이 어안(魚眼)이므로 그 말년이 비참했으며, 여치는 공작안(孔雀眼)이었으므로 눈에 빛이 있어 상대를 제압하는 힘이 넘쳤다. 그러나 심덕이 맑지 못하여 좋아하고 미워하는 것을 속으로 숨기는 악독한 짓을 한다."

훗날 사마천은 『사기(史記)』를 기록할 때에 혜제(惠帝)의 본기를 만들지 않았다. 그것은 황제로서 내세울만한 치적이 없었기 때문이었다.

강태공은 명주출해(明珠出海)의 상

세상에 전해지는 얘기에 여상(呂尙) 강태공은 '궁팔십 달팔십 (窮八十達八十)'을 살았다고 하였다. 80년은 찌그러지게 가난하게 살았으며 다른 80년은 영화롭게 지냈다는 것이다.

이렇게 보면 강태공은 흔하지 않게 1백 60년을 살았다는 얘기가 된다.

어떻게 1백 60년을 살았을까? 이 부분에 대해 상당수의 주석가들은 그가 힘겹게 지냈다는 것과 오랜 세월 기다림에 익숙하였다는 것을 은연중 강조하고 나선 것으로 풀이한다. 역사가 초주(譙周)는 말한다.

"여상은 조가(朝歌)라는 곳에서 소를 잡기도 하고 맹진(孟津)에서는 밥도 팔았다."

그런가하면 정의(正義)는 그가 낚시를 했다는 점에 대하여 여러 문헌을 소개한다.

"『괄지지(括地志)』에서 말하기를, '여상이 낚시질을 한 자천(茲泉)은 물의 근원이 기주 기산현 서남쪽 범곡에서 시작되고 있다 했는데『여씨춘추(呂氏春秋)』에는 태공이 자천에서 낚시질을 하다 문왕(周文王)을 만났다'고 기록되어 있다."

그런 다음 역원(酈元)의 말을 인용한다.

"반계(磻溪)라는 곳에 샘이 있는데 사람들은 이를 자천이라 부른다. 여기가 그 옛날 태공이 낚시하던 곳으로 오늘날 범곡(凡谷)이라 부른다."

이곳의 동남쪽에 석실이 하나 있는데 아마도 태공은 여기에서 지낸 것으로 풀이된다. 물가에는 낚시를 꿰던 자리가 있으며 지금도 그곳이 반질반질하다는 전설의 찌꺼기가 너울거린다. 『설원(說苑)』에는 다음과 같은 흥미로운 기록이 보인다.

여상 태공망이 일흔 살에 호수가에서 사흘 낮 사흘 밤을 꼬박 낚시대를 드리웠는데 고기가 물리지 않았다. 그는 화가 치솟아 갓과 옷을 집어던졌다. 이 모습을 농부가 보고 말했다. 농부는 이인(異人)이었다.

"어찌 화를 내시오. 왜 고기가 물지 않는 지 내가 일러주겠소. 낚시줄을 가는 것으로 바꾸고 고기가 놀라지 않게 조용히 던지시오. 그래야 미끼를 물게 아니오."

여상은 농부가 시키는 대로하였다. 처음에는 붕어가 입질하더니 나중에는 잉어가 물었다. 그것을 회쳐 먹으려고 배를 갈랐더니 뜻밖의 신물이 나왔다.

<여상을 제왕에 봉한다>

이러한 내용은 『사기』에도 기록되어 있다. 다시 말해 여러 모양의 주석에 대한 설명이다. 이후 문왕은 사냥을 나오는 길에 여상을 만났다. 길을 떠나기 전에 쳤던 점괘에는,

<용도 아니고 이(螭)도 아니다. 범도 아니며 곰도 아니다. 얻은

것은 패왕(覇王)의 도다〉

점괘에 기대를 걸고 나섰던 사냥 길에서 문왕은 강태공을 만난 것이다. 신선 같은 용모에 마음이 끌려 사내의 의중을 떠보았다. 그렇게 하여 상대가 보통 사람이 아니라는 것을 간파해낸다.

"우리 선군(태공)께서 말씀하시기를 머지않아 성인이 우리 주나라에 오게 되어 크게 중흥할 것이라 했습니다. 선생이 바로 그분이십니다. 이제 선생을 태공망(太公望)이라 부르겠습니다."

그리고는 여상을 수레에 모시고 돌아와 스승으로 삼아 대사를 의논했다. 여상은 한때 주왕(紂王)을 섬겼으나 해괴한 짓을 자행한 탓에 자신을 알아줄 제후를 찾아 나섰다. 그 세월이 힘들고 어려운 궁팔십(窮八十)이다.

『마의상법』에 의하면 여상을 일러 '명주출해태공(明珠出海太公) 팔십이우문왕(八十而遇文王)'이라 하였다.

명주출해의 상. 이것은 귀의 밑살이 늘어져 입으로 흐르는 경우다. 일반적으로 귀를 논할 때에 귓밥이 두터운 자는 재산이 넉넉하다. 또한 귀 안에 털이 있는 자는 장수한다. 귀에 검은 사마귀가 있으면 귀한 자식을 낳고 총명하다. 이문(耳門)이 넓으면 지략이 있으며 뜻이 큰 것이 특징이다.

『마의상법』에서 궁팔십에 문왕을 만날 것이라 하고, 상대적으로 '화색연견마주(火色鳶肩馬周) 삼십이봉당제(三十而逢唐帝)'라 하였다. 즉, 마주라는 이는 삼십에 문왕을 만난다는 것이다.

여기에서 화(火)는 적색(赤色)이다. 또 연(鳶)은 올빼미 종류다. 이 새는 날아오르면 기색이 쭝긋하다. 이러한 모습이 마주라는 이의 어깨 모양과 같으므로 그는 일찍이 영달을 꾀한 것이다.

그런데 여상은 팔십에 문왕을 만났다. 이것은 명주의 발달이 늦은 것을 의미한다. 만약 태공망이 일찍 벼슬길에 올랐다면 오

히려 재앙을 불러들였을 것이라는 게 상법의 시각이다. 여기에서
말하는 명주는 '귀에 드리워진 귓밥'이고 출해는 '입'이다.

여상이 출세하였다는 소식에, 남편의 무능을 멸시하고 떠나갔
던 아내가 한 길목에서 지켜보았다. 호화로운 수레에 좋은 옷을
입은 남편의 모습은 주나라의 군사(軍師)로서 위풍이 당당했다.

부인은 강태공이 탄 수레 앞으로 달려나와 지난 세월의 정리를
앞세워 받아들여줄 것을 청하였다. 비록 다른 곳으로 시집을 갔
으나 고생스러운 것은 여전한 듯 보였다. 태공이 말했다

"자네가 들고 있는 동이의 물을 땅에 부으시오."

그녀는 다소곳이 시키는대로 따랐다. 태공이 말했다.

"그 물을 다시 동이에 담아 보시오."

이른바 복수불반분(覆水不返盆)이다. 강태공은 쏟아진 물을 가
리키며 말했다.

"한번 엎질러진 물은 다시는 대야에 담지를 못하오. 엎질러진
물엔 그런 뜻이 있소. 그것은 당신이 내게로 돌아올 수 없는 것과
같은 뜻이오."

지혜주머니 장량은 배상문(拜相紋)

장량(張良)보다는 장자방(張子房)으로 널리 알려진 그는 『초한
지』에 등장하는 유방의 지혜주머니다. 시간 여유가 많은 역사가
들은 『삼국지연의』에 나오는 제갈공명과 비교하여 누가 더 유명
한지를 쓸데 없이 가늠할 정도로 그 우열을 가리기가 힘들다. 그
러나 대부분 역사가들은 공명첩(功名帖)을 놓고 얘기할 때엔 장
량을 꼽는다.

그는 한(韓)나라 태생이다. 조부 개지(開地)는 한나라의 세분
임금을 도와 정승을 지냈으며 부친 평(平)도 두 임금을 도와 벼슬
살이를 했다.

장량은 아버지가 돌아가신 후엔 나이가 어려 벼슬길에 오르진
못했으나 진시황에 의해 나라가 망하자 남은 재물을 끌어 모아
진시황에 대한 복수심에 불을 질렀다. 남의 힘을 빌려서라도 반
드시 없애야겠다는 일념에서였다.

이렇게 하여 장량이 찾아간 곳을 사마천의 『사기』에는 창해국
(倉海國)이라 적어놓았다. 사마천은 장량이 이곳에서 진시황의
행렬을 만나 역사(力士)를 얻었다고 하는데 주석가(註釋家)들은

이렇게 설명한다.

<진나라의 군이나 현에는 창해라는 곳이 없다. 한무제 때에 동이의 예군(濊郡)이 항복하자 그곳을 창해군으로 만들었으니 예국(濊國)을 가리킨다. 예국은 고구려의 남쪽이며 신라의 북쪽이고 동쪽 끝의 큰 바다 서쪽에 있다>

이러한 좌표를 지도에서 찾아가면 영락없이 강원도다. 그래서인지 강원도에는 장량골(張良谷)이란 지명이 있고, 그가 외친 호소에 의분을 느끼고 따라 나섰다는 여력사(呂力士)의 근거지인 셈이다.

여력사는 한눈에 반했다. 특히 장량의 손금은 '거문고 무늬'라 불리우는 배상문(拜相紋)이었으므로 장차 크고 귀하게 된다는 믿음이 있었다. 이것은 장량에 대한 믿음의 상징이기도 했다.

의기가 투합한 둘은 백이십 근이나 되는 철퇴를 만들었다. 그것을 풀숲에 숨긴 채 천하를 학정으로 몰아간 진시황(秦始皇)이 나타나기를 기다렸다.

이때가 진시황 29년으로, 당시 동부 지방을 순찰하기 위해 서는 양무의 남쪽 박랑사(博浪寺) 근처를 지나지 않을 수 없었다. 덤불 속에 몸을 숨긴 둘은 진시황의 행렬을 보고 아연실색했다. 호화로운 수레는 모두 스물 일곱 대였다. 자객의 출몰을 막기 위해 진시황은 호화로운 수레를 스물 일곱 개나 만들어 자신이 어디에 있는 지를 알 수 없도록 위장한 상태였다.

둘의 공통된 의견은 가장 호화로운 수레였다. 여력사는 들고 있는 철퇴를 중앙에 있는 수레에 맞추어 몸을 날렸다. 수레는 크게 부숴지고 놀란 말이 날뛰었다. 그러나 그 수레는 비어 있었다. 무장한 병사들이 벌떼처럼 달려들었다. 일이 틀어진 것을 안 여력사는 자신의 머리를 철퇴로 쳐 목숨을 버렸다.

진시황은 공모자를 잡으려고 샅샅이 수색했다. 그리고 얼마 전까지 장량이라는 젊은이가 여력사와 함께 일을 꾸몄다는 증거를 포착했다.

그에 대한 체포령이 떨어지면서 천하는 불쏘시개로 후빈 듯 소란스러워졌다. 역사서에는 진시황이 장량을 잡기 위해 '천하를 열흘 간이나 뒤졌다(大常天下十日)'고 적고 있다.

상법서에는 이 부분을 설명할 때에 진시황에 대한 얘기가 나온다. 12궁 비결에 의하면 진시황은 왼쪽 눈썹이 높고 오른쪽 눈썹이 낮다고 했다. 이러한 상은 아버지는 먼저 죽고 어머니가 시집갈 상이다. 또한 격각(隔角)이라 하여 얼굴이 반쪽같이 보여 정이 없다는 것이다.

이러한 상형의 대표적 형태는 성정이 흉폭하고 거칠다. 자신에 대한 모욕감을 참지 못해 큰 일을 도모하는 실수도 심심찮게 저지른다. 그러므로 자신을 살해하기 위해 여력사와 함께 있었다는 장량을 잡기 위해 혈안이 된 것이다.

그러나 장량은 지혜주머니다. 어느 상태에 처해서라도 흔들림 없이 대처했다. 천하를 10일이나 뒤졌으니 수색의 강도가 어떠했는지는 짐작이 가고도 남는다. 『사기』에는 이 당시의 수색 장면을 묘사한 유명한 일화가 있다.

　장량의 소식을 장량에게 물으니(張良消息問張良)
　장량이 말하기를, 그놈 어디로 갔지(良曰張良何處去)

이러한 배포였기에 큰일을 꾀한 것이다. 이후로도 장량은 여러 번 변성명을 하여 몸을 피하다가 하비(下邳)라는 곳에 자리를 잡았다. 어느 날 근처를 산책하다가 다리를 건너오는데 건너편에서

한 노인이 걸어왔다.

서로가 거의 엇갈릴 정도가 되었을 때 노인은 신고 있던 신발 한 짝을 다리 아래로 떨어뜨렸다.

"내려 가 내 신발을 좀 주워다 다오."

장량은 울컥 화가 치밀었지만 꾸욱 참고 내려가 신을 주워왔다. 노인은 장량의 손을 잡고 잠깐 바라보더니 퉁명스럽게 말했다.

"신겨라!"

노인은 장량이 신발을 신기자 고맙다는 말이 없이 휘적휘적 걸어갔다. 그러다가 문득 걸음을 멈추더니 되돌아왔다.

"흐음, 제법일세. 먼지 낀 구석을 닦아내면 그런대로 쓸만한 그릇이 되겠어."

노인은 혼잣말로 중얼거리더니 한 마디 떨구었다.

"닷새 후 이곳에서 만나자."

"그렇게 하겠습니다."

장량은 노인의 모습이 보이지 않을 때까지 그 자리에 서 있었다. 무척 장난기가 많은 것 같지만 어딘가 모르게 범상치 않은 기운이 흐르는 노인이었다.

장량은 잊지 않고 닷새가 지나 다리 위를 찾아왔다. 기다리고 있던 노인은 잔뜩 화가 나서 소리쳤다.

"젊은 놈이 이토록 느려 터져 뭐에 쓴단 말이야. 이놈아, 넌 노인을 공경할 줄도 몰라. 어떻게 나보다 늦게 온단 말이냐. 에잉, 닷새 후 다시 오너라."

장량은 깊이 사죄하고 닷새 후 첫닭 우는 새벽에 달려왔다. 그러나 노인은 벌써 와 있었다.

"아니 그래도 늦는단 말이야. 도대체 요즘 것들은 말로 해서는 안 된다니까. 그렇게 말을 했는데도 늦게 나와? 에잉, 고약한 놈 같으니! 어서 썩 꺼져라. 나를 만나고 싶으면 닷새 후 다시 오너라.”

이번에는 날이 어두워지기 하루 전에 와서 기다렸다. 그제야 노인이 나타나 웃는 낯으로 말했다.

“아암, 노인의 공경은 모름지기 그리하는 게야.”

노인은 소매 속에서 한 권의 책을 꺼내 주었다.

“이것은 기서(奇書)니라.”

“예에?”

장량이 허리를 잔뜩 구부려 책을 받자 노인이 다시 말했다.

“이것을 읽으면 천하를 통일할 사람의 스승이 될 것이야. 앞으로 10년 후 그런 일이 나타날 것이다.”

장량은 다시 한번 고개를 숙였다.

“내 너의 상이 범상치 않은 데다 수문(手紋;손금)의 형국이 귀한 것이니 기서를 내린 것이다. 모름지기 기서를 깨우쳐 뜻을 이루거라. 너와 나의 인연은 앞으로 열 세 해가 지나야 다시 만날 것이다. 제주(濟主)의 북쪽 곡성산(穀城山) 아래에 있는 누런 돌(黃石)이 바로 나다.”

훗날 장량은 한고조와 함께 곡성산을 지나다가 누런 돌을 보자 그곳에 사당을 짓고 황석공을 모셨다. 장량이 읽은 기서는 『황석공소서(黃石公素書)』로 알려져 있다.

눈이 둥글고 관골이 솟은 상앙

　전국시대 유명한 법가 상앙(商殃)은 위(衛)나라의 공족으로 위
앙(衛殃)으로도 불린다. 위나라가 허약하여 자신의 재능을 발전
시키지 못하자 걸음을 옮겨 위(魏)나라의 상국 공숙좌(公叔座)
휘하로 들어갔다.

　그후 중서자(中庶子)로 임명되어 나라에 큰일이 있을 때마다
계책을 내놓았는데 적중되지 않은 것이 없었다. 위혜왕(魏惠王)
은 상앙의 재주를 흠모하여 그에게 높은 직위를 제수하려 했는데
때마침 공숙좌가 중병에 걸렸으므로 장차의 일을 근심하지 않을
수 없었다.

　"그대가 일어나지 못한다면 누구를 후임자로 세우는 게 좋겠
소."

　문병을 온 위혜왕의 물음에 공숙좌가 대답했다.

　"신이 보건대 상앙은 나이는 어리지만 당대의 기재이므로 등용
하십시오. 그렇지 못하다면 반드시 그를 죽여 후환을 없애야 합
니다."

　공숙좌는 혜왕이 돌아가자 곧 상앙을 불렀다.

"내가 그대를 중용하지 않는다면 죽이라 했으니 몸을 피하는
게 좋겠네."

상앙은 공숙좌의 당부를 웃음으로 답했다. 혜왕이 자신을 중용
하라는 말을 믿지 않는다면, 자신을 죽이라는 말도 믿지 않는다
는 확신이 있었다.

그러나 이곳에서도 뜻을 펼 수 없음을 깨달을 무렵, 진효공(秦
孝公)이 널리 인재를 구한다는 소식을 듣고 찾아갔다.

상앙은 왕이 총애하는 경감(景監)을 방문하여 천거해 주기를
청하였다.

상앙을 만난 효공이 나라 다스리는 도를 물었다. 상앙은 복희
와 요순을 들어 설명했다. 그러는 중 왕은 잠이 들었다. 다음날
경감이 조회를 갔을 때 왕이 책망했다.

"그대는 쓸데없는 말을 하는 자를 천거했는가?"

상앙을 불러 경감은 꾸짖었다.

"모처럼 마련한 자리인데 왜 쓸데없는 말을 하여 왕의 심기를
불편하게 만들었는가."

"나는 제도(帝道)를 설명했는데 왕께서 깨닫지 못한 것입니다.
그러니 한번만 자리를 마련해 주십시오."

5일간의 사이를 두고 상앙은 다시 혜왕을 알현했다. 그러나 이
번에도 혜왕은 상앙의 말을 알아듣지 못했다. 이렇게 되자 상앙
은 다른 나라로 가겠다는 뜻을 경감에게 비쳤다.

"가만 계시게. 닷새가 지나면 왕을 알현할 기회를 만들 것이니
그때 다시 얘길 해보시게."

닷새가 지나 경감이 궁에 들어가자 혜왕은 술상을 받고 있다가
문득 하늘을 날아가는 기러기를 보고 한숨을 지었다.

왕이 말했다.

"그 옛날 제환공은 '과인이 중부(仲父)를 얻은 것은 나는 기러기에 깃이 달린 것 같다' 하였다. 과인이 영을 내려 널리 어진 사람을 구한 지 수개월이 되었는데도 재주를 지닌 자가 나타나지를 않으니 이는 기러기에 비하면 충천할 뜻만 있고 날개가 없는 격이니 한탄한 것이오."

경감은 말했다.

"신의 문객 상앙은 제(帝)·왕(王)·백(伯)의 세 가지 기술을 가지고 있습니다. 예전에 제왕(帝王)의 일을 상주하였는데 왕께서 쓰기가 어렵다 하셨고, 지금 다시 백술(伯術)에 대하여 헌납할 일이 있다 하오니 기회를 주십시오."

다음날 상앙을 불러 백술에 대해 얘기하지 않은 것을 혜왕은 안타깝게 여긴다고 토로했다.

"신이 상주를 하지 않은 것이 아닙니다. 백(伯)이라는 기술은 제나 왕과는 다르옵니다. 제왕의 도는 민정에 순하고 백자의 도는 민정에 역하옵니다."

혜왕은 곧 이유를 물었다.

"마마, 금슬(琴瑟)이 맞지 않을 때에는 줄을 새것으로 갈면 소리가 잘 납니다. 그러므로 정치를 갈지 않으면 잘 다스릴 수 없습니다. 어리석은 백성들은 눈앞의 작은 이익을 좇아 백세의 일을 돌아보지 못합니다. 그러나 중부는 제나라의 정승이 되어 안으로 정사를 작성하고 군령을 세웠으며 나라를 25향으로 만들어 사농공상(士農工商) 사민으로 각각 자기 업무에 충실하게 하여 제나라를 구습에서 개조 시켰습니다. 안으로 정치가 잘 되고 밖으로 적을 굴복시켜 임금의 명예를 천하에 떨쳤으니 어찌 중부가 천하의 재사(才士)가 아니 되겠습니까."

이후 상앙은 진나라의 정치를 개혁할 계책을 말하고 군신간에 문답이 진행되었다. 이것은 사흘간 계속되었으나 조금도 피로함을 느끼지 못했다. 효공은 좌서장에 상앙을 임명하고 제1구(區)를 하사한 후 황금 5백 일(鎰)을 주며 군신에게 영을 내렸다.

"지금부터 정사는 모두 좌서장의 뜻을 채용하여 실시한다. 만약 이를 어기는 자가 있으면 역모의 뜻이 있는 것으로 간주하여 처단한다."

이렇게 되어 곧 변법령(變法令)이 만들어지고 그 세부적인 조항은 효공에게 올려졌다. 그러나 백성들이 정령을 믿지 않으므로 무엇보다 신용은 세우는 것을 선급하게 보았다.

상앙은 세 길이나 되는 장목을 도성의 남문 밖에 세우고 좌서장령을 써 놓았다.

<여기에 있는 장목을 북문으로 옮기는 자는 십금(十金)을 상으로 주겠다>

백성들은 모여 들었으나 의심을 품고 옮기는 자가 없었다. 상금 액수가 적어 백성들이 탐을 내지 않는 것이라 보고 오십금으로 증액했다.

이때 한 사람이 나섰다.

"진나라의 법에 중상(重賞)은 없었다. 지금 이런 전령이 내리는 것을 보면 반드시 어떤 개혁이 있을 것이다. 비록 오십금을 타지 못한다해도 다소나마 상이 있을 것이다."

그는 용기를 내어 장목을 들어다 북문에 옮겨놓았다. 상앙은 그 사람을 칭찬했다.

"그대는 참으로 선한 백성이다. 내 영을 따랐으니 오십금을 받으라."

순식간에 이 일은 백성들 사이에 전파되었다. 좌서장의 영은 한 번 발표되면 틀림없이 지켜진다는 확신을 준 것이다. 다음날

새로운 법령이 발표되었다. 백성들이 몰려들어 읽어보고 소스라
치게 놀랐다.

이때가 주현왕(周顯王) 십년이었다.

첫째, 도읍을 함양으로 천도한다.

둘째, 국경 안의 도시와 촌락은 현을 만들고 이곳에 영승(슈升)
을 두어 새법을 시행하게 한다.

셋째, 논둑과 밭둑을 없애고 묵어있는 땅은 논밭으로 만든다.
평수에 의해 세금을 내야 하며 이를 속이면 벌을 받는다.

넷째, 정전(井田)이나 십일(什一) 제도는 폐지한다. 모든 것은
관에 속하고 백성은 한 치의 땅도 갖지 못한다.

다섯째, 남자는 밭갈이를 하고 여자는 길쌈을 한다. 곡식과 직
조를 많이 하는 자가 양민이고 1가의 부역을 면한다. 게을러서 빈
곤한 자는 관가의 노복이 된다. 공업과 사업은 전쟁 준비를 중히
한다. 백성은 아들 두 사람이 있으면 나누고 나누지 않으면 1인이
세금 둘을 바친다.

여섯째, 전쟁을 권장한다. 관작은 군인이 공을 세워 서임하고
적군 1인을 참하면 상작 1급을 준다. 전장에서 한 걸음 후퇴하면
참한다. 군공은 화려해도 참하지 않으며 공이 없는 자는 부자라
해도 베옷을 입고 송아지를 타게 한다. 종실은 군공에 따라서 친
소를 정하고 전공이 없으면 평민으로 내린다. 사사로이 싸우는
자는 참 한다.

일곱째, 금간(禁奸)한다. 다섯 집이 1보(保)가 되며 십가가 서
로 연락하여 관찰한다. 1가에 허물이 있으면 9가가 드러내지 않
으면 십가가 연좌하여 요참(腰斬)한다. 간첩을 잡으면 적군을 이
긴 것과 같이 동상이고 간음하는 자를 고발하면 작1급을 얻는다.
죄인을 숨기면 죄인과 같으며 객사에 사람을 유숙하면 증명을 제

시하게 한다. 증명이 없으면 유숙을 허락 못한다. 가족 한사람이
죄가 있으면 그 집은 관청에서 몰수한다.

여덟째, 중령(重令)한다. 정령은 귀천을 가리지 않고 실행하며
준행하지 않은 자는 여섯 토막으로 몸을 찢는다.

신령이 발표되자 당연히 여론이 들끓었다. 상앙은 선두에 서서
새로운 영에 대해 불만을 토로하는 자들을 일이이 조사하여 변방
에 수(戍)자리를 살게 했다. 대부 감룡이 신법을 비판하자 즉시에
서인으로 강등시켰다. 놀란 백성들은 서로의 눈치를 살피며 함부
로 말을 하지 못했다.

함양에 궁궐을 짓고 길일을 택해 천도했다. 태자 사(駟)가 신법
을 비판하고 천도에 대해 노골적으로 반대하자 상앙은 사부의 코
를 베었다.

"법이 시행되지 못하는 것은 무릇 권세있는 자가 범하기 때문
이다. 태자는 법령을 위반해도 벌을 가할 수 없으니 그 스승에게
벌을 내리는 것이다."

옹주에서 여러 대를 살아온 귀족들이 함양으로 자리를 옮겼다.
진나라를 분할하여 31현을 만들고 앞다퉈 개간하니 세금은 백여
만에 달했다. 상앙은 친히 위수에서 죄인을 검열하여 처형하니
하루에 7백인이나 되었으며 위수는 피빛으로 붉어졌다. 이제는
길에 물건이 떨어져도 줍는 자가 없고 나라에는 도둑이 없었다.
사사로이 싸우는 자가 없으니 진나라가 부강한 것은 천하가 따르
지 못했다. 군대를 출동시켜 초나라를 정벌하고 무관(武關) 밖의
6백여리를 개척하니 주현왕은 사신을 보내 치하하고 방백(方伯)
에 봉하였다.

『마의상법』에서는 이렇게 말한다.

<어린아이를 기르는 눈은 안정되고 뼈가 단단하다. 목소리는

건강하고 눈동자는 검어야 한다. 눈이 동글고 관골이 우뚝 솟아 화를 낼 때에는 저녁 노을과 같이 붉어지면 분명 살상의 재앙을 만날 것이다. 바로 위나라 상앙과 같은 관상이다.>

상앙은 부국강병의 묘수를 진언하여 진(秦)나라를 강대국으로 변모시켰다. 그러나 그가 시행했던 법은 너무 혹독하여 공분을 샀다.

이 법령을 주도하게 한 진효공이 죽고 태자가 보위에 오르면서 상황은 바뀌었다. 혜문공(惠文公)이 된 태자에게 조정 대신들은 주야로 탄핵했다.

"상앙을 살려 두면 백성들을 다스리기 어렵습니다. 한시라도 빨리 처형하여 조정의 위엄을 세우십시오."

이번에는 원로대신들까지 몰려나와 상앙을 벌주어야 한다고 떠들었다. 상앙은 자신의 식읍으로 도망치다 길목을 지키던 백성들의 손끝에 잡혀왔다.

혜문공은 조목조목 상앙의 죄를 열거한 다음 소 다섯 마리로 몸을 찢어 여섯 토막을 냈다. 이것을 오거분시(五車分屍), 또는 오우분시(五牛分屍)라 한다.

다섯 대의 우차에 사람의 머리와 다리를 묶어 호령과 함께 소 등에 채찍을 가하면 소는 머리와 몸뚱이 팔과 다리를 여섯 토막으로 나누어 버린다. 상앙은 그가 시행한 법이 끔찍했듯이 죽음 또한 끔찍했다.

성질이 포악하고 흉한 방연은 돼지 눈(猪眼)

주(周)나라 양성 땅에 귀곡(鬼谷)이라는 골짜기가 있었다. 한낮이어도 숲이 울창해 사람의 통행이 만만치 않아 '귀신 골짜기'라는 이름이 붙어 있었다.

언제부터인가 이곳에 한 기인이 사숙을 열어 제자들을 가르쳤는데 사람들은 그를 귀곡자(鬼谷子)라 불렀다.

본래 이름은 왕의(王義)였으나 귀곡에 몸을 담으면서 귀곡자라는 이름이 붙은 것이다. 이렇듯 깊은 산중에 숨어 있었지만 그의 학문을 사모하는 젊은이들이 모여들었다. 소진(蘇秦)과 장의(張儀), 그리고 비참한 사연을 세상에 전하게 된 방연(龐涓)과 손빈(孫賓) 등이었다.

어느 날 방연이 물을 긷기 위해 산을 내려갔을 때였다. 방이 걸려 있는 곳에서 사람들이 하는 말을 들었다. 위(魏)나라에서 재물을 후하게 주며 널리 인재를 구한다는 내용이었다. 욕심이 생겼다. 한달음에 위나라로 간다면 당장에 큰 자리를 차지할 수 있다는 생각이 머리에 꽉 찼다. 그러나 스승이 반대하면 어쩌나 싶어 망설이는 데 그것을 귀곡자가 눈치챘다.

"너의 시운(時運)이 왔는데 어찌 하산 하지 않느냐. 부귀를 누리릴 생각을 버렸느냐?"

"아닙니다, 저는 벼슬에 뜻이 있습니다."

"그렇다면 꽃 한 송이를 꺾어 오너라. 너의 운수를 점치마."

방연은 꽃을 찾아 나섰다. 때는 무더위가 기승을 부리는 유월 염천(炎天)이다. 꽃들은 뙤약볕에 시들어 싱싱한 것을 찾기 어려웠다. 한참을 헤매다가 풀 한 포기를 발견하고 얼른 뽑아들었다. 그러나 다시 생각하니 그게 아니었다.

'내가 어찌 이토록 보잘 것 없는 풀꽃을 들고 가 운수를 살피겠는가.'

풀꽃을 내던지고 꽃을 찾아 산을 헤맸으나 어찌된 셈인지 꽃한 송이를 구경할 수 없었다. 좀처럼 꽃이 보이지 않자 처음에 버렸던 꽃을 집어들고 귀곡자 앞으로 나갔다. 스승은 시든 꽃을 바라보며 점괘를 풀었다.

"이 꽃은 마두령(馬兜鈴)이라 불린다. 가지 하나에 열두 송이가 피었으니 이것은 너의 영화를 나타낸다. 또한 귀곡에서 피었다가 해를 보고 시들었으니 귀곡의 귀(鬼)와 시들었다는 위(委)를 합하면 위(魏)가 된다. 너는 위나라로 가면 뜻을 이룰 것이다."

방연은 찔끔 놀랐다.

내심 위나라로 가려는데 스승이 그곳을 지명하니 딱 맞아떨어져 신기한 느낌이 들었다. 귀곡자는 덧붙였다.

"너는 이 꽃을 버렸다가 다시 주워왔다. 좀더 좋은 것을 찾기 위해 그렇게 했을 것이다. 그것처럼 남을 속이면 너도 결국은 속을 것이다. 부디 남을 속이는 일은 하지 말아라. 내 너에게 여덟 자의 글을 주마. '너는 양을 만나면 영화를 누리고 말을 만나면 쇠할 것이다(遇羊而榮 遇馬而瘁)."

길을 떠나는 방연을 동문인 손빈이 산 아래까지 전송하며 아쉬
위했다. 방연은 웃는 낯으로 위로했다.

"형님, 섭섭해 하지 마시고 조금만 기다리십시오. 내 성공하여
형님을 모시러 오겠습니다. 반드시 형님과 부귀를 함께 누리겠습
니다."

"알겠네. 자네가 돌아오기만을 학수고대 하겠네."

방연과 헤어져 돌아온 손빈의 얼굴에 눈물 자국이 있는 것을
보고 귀곡자가 물었다.

"방연과 헤어지는 것이 그리도 섭섭하더냐?"

"함께 공부하던 사인데 어찌 섭섭하지 않겠습니까."

"너는 방연이 큰 장수가 되리라 보느냐?"

"그렇습니다. 선생님의 가르침을 여러 해 받았으니 큰 장수가
되고도 남지요."

"잘못 보았다."

귀곡자는 무슨 말인가를 할 듯 망설이다 그만두었다. 방연은
돼지 눈(猪眼)이다. 흰자위가 혼탁하고 검은 창이 몽롱하다. 주름
은 두텁고 껍질이 관대하여 성질은 포악하고 흉하다. 이런 눈을
가진 방연은 일시적으로는 부귀할 수 있으나 나중에는 형벌을 받
게 된다. 귀곡자는 그 점을 말하려다 꿀꺽 삼켜버렸다.

그 대신 품에서 한 권의 책을 꺼내 주었다. 그의 조부 손무자
(孫武子)가 쓴 병법 13편으로, 오랜 옛날 오왕 합려(闔閭)를 도와
월나라를 징벌하고 고소대에 안치시킨 『손자병법』이었다.

세월이 흘러 월왕 구천이 다시 오나라를 공격하여 고소대에 불
을 지른 바람에 훼손이 될 뻔한 책의 필사본을 어렵게 구해 지니
고 있었다.

세월이 흘렀다.

한번은 묵자(墨子;묵적)가 위나라에 들어가 혜왕을 만났다. 혜왕은 이곳에 앉아 정사를 도와달라는 청을 넣었다.

"신은 이미 초야에 떠도는 쓸모없는 늙은이에 불과합니다. 그러니 무슨 힘이 있어 나라 다스리는 일에 도움을 주겠습니까? 신이 듣기로 손무자의 손자 손빈이 병법에 뛰어나 대장으로 임명해도 손색이 없다는 말을 들었습니다. 그에 비하면 신은 보름달 앞의 반딧불처럼 희미할 따름입니다."

혜왕은 곧 방연을 불러들였다.

"과인이 듣기로 그대와 동문수학한 동도 중에 손빈이 있다는 말을 들었소. 그가 천하를 아우르는 병법을 일신에 지니고 있다하니 과인을 위해 그를 부르는 게 어떻소?"

방연은 달갑지 않았으나 곧 서찰을 띄웠다. 마지못해 부르지만 도착하면 계교로써 암살시켜 버린다는 생각을 굳힌 뒤였다.

혜왕이 보낸 사두(四頭)마차에는 황금과 백벽의 예물이 상당했다. 손빈은 뛰어오를 듯 기뻐하며 방연의 편지를 읽었다.

<동생 방연은 형의 비호를 입어 위왕을 만나 곧 중용되었습니다. 떠나올 때 서로 이끌어 준다는 약속대로 형을 위왕에게 천거하였으니 즉시 오시어 함께 공업을 이룹시다.>

손빈이 올린 편지를 본 귀곡자는 눈살을 찌푸렸다. 이렇듯 서찰을 보내 손빈을 청할 양이면 한 마디 쯤은 스승에 대한 문안의 글귀가 있어야 했다.

그런데 없다. 이것은 무엇을 말하는가. 방연이 스스로 손빈을 청한 것이 아니라는 증거다. 그렇다면 장차 손빈에게 어떤 위해를 가할 지는 불을 보듯 뻔했다. 그렇다고 아니 보낼 수도 없었다. 산을 떠나려고 마음이 들떠 있는 손빈에게 한 송이의 꽃을 꺾어 오게 하였다.

때는 9월이다. 밖으로 나가려던 손빈은 귀곡자의 서안(書案;책상) 위 화병에 꽂힌 한 무더기 노란 국화 가운데 한 송이를 뽑아 스승에게 건넸다.

"이 꽃은 본래의 가지에서 떨어져 나와 화병에 꽂혔다. 모양으로 보면 잔인에게 가지에서 베어졌으나 그렇다고 흉한 것은 아니다. 너의 운수가 이와 같다. 공명이 본토에 있으니 이름을 개명하겠다."

귀곡자는 빈(賓)이라는 이름에 '월(月)' 변을 붙여 주었다. 그렇게 하여 '빈(臏)'이 되었다. 장차 월형(刖刑)을 받아 다리 아래가 끊어질 것이라는 운수에 대한 예시였다. 귀곡자는 그윽한 시선으로 손빈을 바라보았다.

상학적으로 그는 콧날이 시원하게 높다. 마치 학이 발 하나를 들고 있는 듯한 모습이다. 눈이 분명하니 당연히 재백궁(財帛宮)이 풍성한데, 이마에 내 천(川) 자와 주름이 있으므로 운명적으로 역마를 만나게 될 상이다.

"너는 장차 급한 시기가 올 것이다. 그때 풀어보아라."
그리고는 조그만 향주머니 하나를 내주었다.

다음날 손빈은 고쳐진 이름과 함께 위나라로 떠났다. 방연은 목을 길게 빼고 기다리고 있다가 손빈이 도착하였다는 말을 듣고 무엇보다 그의 몸에 책이 있는 지를 탐색했다.

"아하, 그 책. 그 책은 내가 읽어본 후 스승님에게 다시 주었네. 아마 사흘 정도 읽었을 것이야."

그러나 방연은 믿는 눈치가 아니었다. 자신에게 내놓기가 싫어 분명 어딘가에 감춰놓았으리라 짐작했다.

이윽고 사흘 후. 그의 재간을 시험해 본 혜왕은 크게 감탄하며 부군사(副軍師)로 삼겠다는 뜻을 방연에게 비쳤다.

"그것은 안됩니다. 어찌 형을 동생 아래 두겠습니까. 우선 객경 (客卿)으로 삼았다가 다음날 공을 세우면 신이 벼슬을 사양하고 그 아래 있겠습니다."

객경이란 일종의 임시 벼슬이다. 손님 대우를 받는 무인이나 변설가의 위치다. 겉으론 화려해 보이나 아무런 힘도 쓸 수 없는 자리다. 이것은 방연이 병권(兵權)을 쪼개지 않으려는 얄팍한 잔 재주였다.

그나마 이렇게라도 하는 것은 손빈의 조부가 남긴 병법서 때문 이었다. 그것을 수중에 넣기 전까지는 살려둘 속셈이었다. 의도적 으로 술자리를 마련하고 방연은 병법에 관해 질문했다. 손빈의 대답은 막힘이 없었다.

"형님, 그런 애긴 나로서는 처음 들어봅니다. 가만, 형님의 조 부님께서 쓰셨다는 그 책이 아닙니까? 그 책을 빌려주십시오. 잠 시 보고 곧 돌려드리겠습니다."

"내 언제 얘기하지 않았는가. 그 책은 귀곡자 스승님에게 돌려 드렸다고. 사실 읽는 것은 큰 어려움이 없었네. 귀곡자 스승님께 서 주석(註釋)을 달아놓으셨으니 말이야. 참 아까운 일이야. 그게 수중에 있었으면 자네도 볼 수 있었을 터인데."

"기억은 하십니까?"

"희미하나 윤곽은 그런대로 있네."

방연은 계책에 몰두했다. 손빈을 제거하되 머리속에 든 병법 구결은 빼내야 했다. 우선 손빈의 가정부터 파고들었다. 느닷없이 집안 문제에 대해 질문을 받자 손빈의 눈엔 그렁하게 눈물이 맺 혔다.

"정작 동생은 모를 것이네. 나는 네 살 때 어머니를 잃고 아홉 살 때 아버지를 여의었네. 그후에 숙부이신 손교(孫喬)의 집에서 지내게 되었다네. 그러던 차에 전태공(田太公)이 어디서 무슨 말을 들었는 지 손씨 일문 등 옛날의 신하들이 반역을 도모할 수 있다 하여 손씨 일문은 뿔뿔이 흩어지게 되었네. 숙부와 종형 손평과 손탁은 나를 이끌고 주나라로 갔으나 때마침 흉년이 들어 먹을 것이 없자 부득이 북문 밖에서 고용살이를 하였다네. 그러므로 숙부 부자가 간 곳을 내가 어찌 알겠는가. 내가 나이가 들어 귀곡선생의 이름이 천하에 이름을 떨치므로 그 분을 찾아가 일신을 의탁한 것이 동생을 만나게 된 것이네."

"고향엔 분묘가 있습니까?"

"내가 아무리 처지가 빈약해도 어찌 근본을 잊겠는가. 이번 길을 떠나올 때 스승님께서 '공명은 본토에 있다' 하였네. 그러나 위나라에서 벼슬을 하였으니 다만 그것을 잊어 버렸을 뿐이네."

"하긴 그렇습니다. 대장부는 모름지기 세상 돌아가는 흐름에 편승해야지 어찌 고향 타령만 하겠습니까."

반년이 지나갔다. 손빈은 방연과 나누었던 일을 까맣게 잊고 있었다. 어느 날 조회를 파하고 돌아오는 데 정을(丁乙)이라는 사내가 기다리고 있었다. 본명이 서갑(徐甲)인 그는 방연의 수하였다. 그가 손평의 편지를 내놓았다. 편지는 위조된 것이었는데 손빈은 몇 번이나 읽고 또 읽으며 눈물을 흘렸다. 이 편지는 며칠 후 방연에 의해 혜왕에게 바쳐졌다.

"손빈의 고향에서 온 편집니다. 그의 조부 손무자는 오왕에게 공을 세우고 제(齊)나라로 돌아갔습니다. 공을 세워 부귀가 눈앞에 있는 데도 그리한 것은 고향에 대해 남다른 애착 때문이 아니겠습니까. 왕께서도 편지를 보셨다시피 손빈은 결코 위나라를 위해 힘을 쓰지 않을 것 같습니다. 이번 기회에 그를 죽여 장차의 우환거리를 없애는 게 가할 듯 싶습니다."

일을 여기까지 꾸미고 이번에는 손빈을 찾아가, 그토록 절절한 그리움이 있는 형제들이니 한번 만나보는 것이 어떻겠느냐 귀띔했다. 손빈은 즉시 청가표(請暇表)를 올려 제나라에 돌아가 성묘를 다녀오겠다는 뜻을 밝혔다.

"무어라, 성묘를 다녀 오겠다구? 흐음, 이제야 네놈의 본심이 무엇인지 알겠노라."

혜왕의 노여움이 터지자 군정사(軍政司)에서 그를 체포했다. 즉시 도부수의 칼날에 무릎 아래의 뼈가 절단되었다. 이른바 월형(刖刑)이다. 고통을 견디지 못하고 까무라친 손빈의 왼쪽 다리에는 바늘에 먹을 묻혀 '사통외국(私通外國)'이라는 넉 자가 새겨졌다.

돼지 우리와 같은 감옥에 갇힌 채 방연으로부터 『손자병법』을 옮겨 쓰라는 주문을 받으며 간신히 목숨을 연명하게 되었을 때 손빈은 스승이 자신에게 준 향주머니를 생각하고 그것을 끌러보았다. 누런 비단에 쓰인 것은 '사풍마(詐瘋魔)'였다. 즉, 거짓으로 미친 척 하라는 뜻이다.

이때부터 손빈은 살아남기 위하여 돼지 똥을 저어 먹는 등의 눈물겨운 행위를 연출하게 된다.

당시 묵자에게는 금활(禽滑)이라는 제자가 있었다. 그는 묵자의 '겸애설'에 감복되어 위나라에서부터 따라온 학인이었다. 어느 때인가 묵자가 손빈이 뜻을 이루었는 지에 대해 물었다. 그러나 뜻밖의 불행을 전해 들은 묵자는 탄식했다.

"아, 그랬단 말이지. 손빈이 월형을 당했어? 내가 그를 천거하여 화를 주었단 말이지?"

묵자는 이 사실을 제(齊)나라의 장수 전기(田忌)에게 알렸다. 서찰을 받은 전기는 손빈을 위나라에서 탈출시킬 계책을 마련하였다. 순우곤(淳于髡)을 사신으로 삼아 위나라에 가게 하면서 금활을 종으로 변복시켜 사절단에 끼어 넣었다.

금활은 은밀히 손빈이 있는 곳을 찾아가 눈물을 흘리며 말했다.

"저의 스승님이신 묵자 어른께서 손장군님을 구하시려고 백방으로 애쓰고 계십니다. 지금 위나라에 순우곤을 사신으로 보내 손장군님을 구출하게 하셨습니다. 모든 준비가 마련되었으니 걱정하지 마십시오."

돼지 우리와 같은 곳에서 나가자 왕의(王義)라는 젊은이를 손빈으로 가장 시켜 그곳에 있게 하였다. 이윽고 순우곤이 떠날 때가 되자 위혜왕은 성대히 연회를 베풀어 주었다. 손빈은 돌아가는 그의 수레에 숨어 탈출했다.

손빈을 만난 제위왕이 군사(軍師)를 삼으려 들었다. 손빈은 웃으며 물리쳤다.

"아닙니다. 조그만 공도 없는 제가 어찌 군사가 되겠습니까. 더군다나 방연이 신의 소식을 들으면 어떤 일을 꾸밀지 모르니 왕께서는 신이 소용될 때까지 모든 것을 비밀에 붙여 주십시오."

전기는 일단 손빈을 상객으로 모셨다. 손빈은 곧 사람을 풀어 형제들의 거처를 수소문했으나 찾을 길이 없었다. 이 모든 것이 방연의 계책이라는 것을 깨닫고 이를 악물었다. 기다리는 손빈에게 복수할 수 있는 날은 찾아왔다.

그 옛날 위나라의 악후가 악양이라는 장수를 시켜 빼앗은 중산(中山)이라는 곳을 당시에는 조나라가 차지하고 있었다. 위혜왕은 이곳을 다시 찾고 싶었다.

방연은 호기롭게 출병하여 5백대의 전차를 앞세워 한단성(邯鄲城)을 포위했다. 이곳을 수비하던 우선(牛選)이라는 장수는 몇 번이나 패하자 제나라에 사신을 보냈다.

<중산성을 제나라에 바칠 것이니 한단성의 포위를 풀어 주십시오.>

제나라 왕은 손빈을 군사로 삼아 출병하려 했으나 굳이 사양했다. 전기를 대장으로 삼자, 그는 단숨에 한나라의 국경으로 나가려고 병사를 움직일 태세였다. 손빈은 만류했다.

"조나라 장수는 방연의 적수가 못됩니다. 우리가 한단에 이르기도 전에 벌써 함락됐을 것입니다. 그것을 막자면 군사를 중간에 머물게 한 후 간첩을 보내 위나라의 양능(襄陵)을 친다고 소문을 내십시오. 그리하면 방연은 한단성의 포위를 풀고 돌아올 것입니다. 이것이 편안히 앉아 적을 치는 이일대로(以逸待勞)의 전술입니다."

전술은 맞아떨어졌다. 제나라의 함락을 눈앞에 두었는데 느닷없이 양릉이 공격 당한다는 보고가 들어오자 방연은 깜짝 놀랐다. 즉시·병사를 거두어 양릉으로 향했다.

제나라의 군사를 만난 것은 계릉(桂陵)에서 20리 떨어진 지점으로 이곳은 손빈의 명을 받은 원규(袁逵)라는 장수가 3천의 병사를 이끌고 길목을 지키고 있었다. 선발대로 나선 방연의 조카 방총은 상대가 몇 합을 겨루다 도망가자 추격을 포기했다. 보고를 받은 방연은 몹시 화를 냈다.

"그까짓 적장 하나를 잡지 못하고 돌아오다니 말이 되느냐. 자, 출병할 준비를 하라. 내가 직접 나서겠다."

방연은 제릉에 이르러 눈이 휘둥그레졌다. 제나라의 진영에 전도괄문진이 펼쳐져 있었기 때문이었다. 5천의 병사를 이끌고 제나라 군영을 공격하자 문득 그의 시야에 들어오는 것이 있었다. '손(孫)'이라 쓰인 깃발이었다. 제나라 진영에 손빈이 살아있는 것이 증명된 셈이다.

방연은 이후 싸움에서 2만의 병사를 잃었다. 그러나 위혜왕은 패전의 책임을 묻지 않았다. 한단성을 함락시킨 공이 있었기 때문이었다.

당시 제나라에는 변화가 있었다. 추기(騶忌)라는 장수가 전기의 공을 시샘하여 점쟁이에게 묘한 점괘를 풀게 하였다. 전기가 대장에서 사임되자 손빈도 같은 신세가 되었다. 그러나 왕이 세상을 떠나고 태자가 보위에 올라 선왕(宣王)이 되자 둘은 다시 중임되었다. 이무렵 방연이 한(韓)나라를 공격하려는 계책을 내놓았다.

공격을 받은 한나라에서는 급히 제나라에 원군을 청하였다. 예전에 방연으로부터 뇌물을 받은 추기는 전기와 손빈이 공을 세우는 것을 시샘하여 원병의 파견을 반대했다.

"한과 위가 싸우는데 우리가 나설 필요는 없다 봅니다."

그러나 전기와 전영은 주전론을 폈다.

"한나라가 무너지면 우리 제나라도 무사하질 못합니다. 한나라를 구하는 것이 위나라의 세력을 견제하는 것이 됩니다."

손빈도 약자를 구하는 것이 고금의 진리라는 이론을 내놓았다. 그렇게 하여 출병하자 전기는 일거에 한나라로 들어가려 고 서둘렀다.

"그럴 필요 없습니다. 방연을 유인하면 그것으로 전쟁을 끝낼 수 있습니다."

전기는 손빈의 계책에 따라 삼군을 이끌고 위나라의 수도로 진격했다. 급보를 받은 방연이 한나라를 버리고 급히 위나라를 향해 달렸다. 그는 병사를 움직이면서 적의 움직임을 관찰했다. 즉, 적병이 밥을 해먹은 자리를 헤아리게 한 것이다. 처음엔 10만이었는데 지금은 5만이었다. 이것은 자신이 두려워 적병이 도망간 것으로 믿었다.

이러한 방연의 움직임을 손빈은 시시때때로 관찰했다. 위나라의 군사가 사록산을 넘어 주야를 가리지 않고 달려왔다면 해질 무렵이면 마릉(馬陵)에 당도한다. 이곳은 산맥이 양쪽으로 지나고 있는 탓에 매복을 시키기에 더없이 좋은 장소였다.

손빈은 적당한 곳을 택하여 나무를 베어내고 가운데에만 한 그루를 남겨놓았다. 나무의 중앙에 도끼로 글을 새기고 검게 만들었다.

〈방연사차수하(龐涓死此樹下)〉

방연이 이 나무 아래에서 죽는다는 뜻이다. 이 글의 위에 다시 네 자를 썼다.

〈군사손시(軍師孫示)〉

군사 손빈이 알린다는 뜻이다. 이어 원달과 독고진 두 부장에게 5천의 궁노수를 주어 매복시키며 나무통 아래에 화광이 일어나면 일제히 화살을 쏘라는 말을 덧붙였다.

이 무렵 방연은 열심히 마릉으로 달려왔다. 도중에 베어낸 나무들이 깔려있어 통과하는 데 어려움이 적지 않았으나 큰 난관은 없었다. 얼마쯤 달리자 큰 나무 하나가 우뚝 서 있는 것이 눈에 들어왔다. 큰 나무의 중앙은 껍질이 벗겨진 곳이 유난히 하얬다. 가까이 다가가 보니 글자의 윤곽이 GM릿했다.

"무엇이 써 있는 지 살펴라!"

병사들이 불을 밝혔다. 거기엔 방연 자신이 나무 아래에서 죽는다는 내용이 주인을 기다리고 있었다. 소스라치게 놀라 뒤로 물러서며 소리쳤다.

"퇴각하라!"

말이 끝나기도 전에 우박처럼 화살이 쏟아졌다. 방연은 진즉에 손빈을 죽이지 못한 것이 한스러웠다. 화살에 맞아 쓰러지는 병사들을 보며 방연은 스스로 목을 찔러 자결하였다.

오래 전에 방연이 귀곡을 떠날 때 스승은 '말을 만나면 쇠한다(遇馬而瘁)'고 했었다.

그 예언처럼 마릉(馬陵)에서 죽었다. 이것은 위나라에 벼슬한 지 열두 해 만의 일이니 마두령(馬兜鈴)의 경고가 맞아떨어진 셈이다.

중이의 골상은 통갈비(駢脅)

궁안에 있는 관상가들은 진(晉)헌공을 이렇게 평가했다. 상학에서는 처첩궁이 빛나고 윤택하여 처궁을 보호하면 재물이 쌓이지만 진헌공처럼 그곳이 어둡고 검푸른데다 검은 사마귀가 자리를 잡고 있으니 방탕하고 음란한 곳으로 치닫는다는 것이다.

이러한 진헌공의 부인 제강(齊姜)에게는 1남1녀가 있었다. 아들은 신생(申生)이며 딸은 진(秦)나라 목공에게 시집을 갔기에 목희(穆姬)로 불리웠다.

그런가하면 헌공은 또 적(狄)나라 호씨(狐氏) 가문에서 두 자매를 맞이하였다. 언니에게서는 중이(重耳)가 태어났고 동생은 이오(夷吾)를 생산했다. 이후에는 여나라를 공략해 왕녀를 손에 넣어 그녀에게서 해제(奚齊)를 낳았고 누이게서는 탁자(卓子)를 보았다.

이렇듯 어수선한 틈새에 끼어 신생은 자살하고 중이는 적나라로 피했으며 이오는 양나라로 도망쳤다. 이로부터 열 아홉 해 동안 중이는 망명생활을 한다. 당시 중이의 나이는 마흔 셋이었다.

그를 따르는 사람은 숙부 호언을 비롯하여 조쇠, 선진, 가타, 위추, 개자추 등이었다. 적나라에 다섯 해 동안 머물러 있는 동안에 진나라에서는 여러 차례 변고가 일어났다. 순식(荀息)이라는 대신이 태자를 즉위시키자 반대파 이극(李克)의 무리가 시역했다.

순식이 탁자를 즉위시키자 이번에는 둘을 함께 죽여버렸다. 그리고 세운 왕이 혜공(惠公)이다.

보위에 오른 혜공은 이극을 죽이고 멀리 있는 중이까지 불러들여 살해하려고 혈안이 돼 있었다. 그런 이유로 중이 일행은 부랴부랴 제나라를 찾아갔다.

이 무렵은 제환공을 보필하던 습붕이나 관중이 세상을 떠난 뒤였다. 그러므로 제나라에서 보좌역을 찾고 있을 것이라는 믿음으로 찾아간 것이다.

생각했던 대로 제환공은 일행들을 따뜻히 맞아 주었다. 물론 여기에는 관상가 수하(竪蝦)의 보고가 한몫을 차지했다.

"중이 공자의 골상은 비록 오랜 세월을 헤매인 피곤함이 깃들어 있으나 몸의 형국이 통갈비(骿脅)라 들었습니다. 통갈비는 뼈가 나란히 있는 모습으로 장차 귀한 자리에 오르게 되는 것을 나타내고 있으니 혈연으로 맺어놓는 것이 좋을 듯 싶습니다."

제환공은 두 공주를 골라 시집을 보냈다.

두 해가 훌쩍 지나갔다.

이 기간에 제환공이 뜻밖에 세상을 떠나자 뒤를 봐줄 배경이 없어졌다. 그러나 중이는 신혼 초였으므로 제나라를 떠날 생각은 결코 버리지를 않았다.

보다못해 호언과 조쇠가 뽕나무 밑에 앉아 제나라를 탈출시킬 방도를 놓고 머리를 맞대었다. 이때 뽕나무 위에서 뽕을 따던 하녀가 듣고 고자질했다. 중이의 부인은 이 일이 누설될까 봐 하녀를 죽이고 서둘러 제나라를 떠날 것을 권했다. 중이는 대수롭지 않게 받아들였다.

"그 무슨 소리. 남자가 원대한 포부를 갖는 것도 좋지만 이렇듯 당신과 한평생을 탈없이 지내는 것도 괜찮소. 나는 결코 제나라를 떠나지 않을 것이오."

부인은 정색했다.

"당신은 진나라 공자십니다. 돌아가 나라를 부국할 생각은 아니하시고 하찮은 아녀자의 품만 찾으십니까. 당신이 돌아가기만을 기다리는 여러 신하들에겐 당신만이 그분들의 생명이십니다. 당신이 이곳에 눌러 계시는 것은 결국 그분들의 생명을 이곳에 묻는 것이나 다름없습니다. 어서 그분들의 생명을 살려 내십시오. 당신이 돌아가지 않으시면 그분들은 죽습니다."

잔정에 얽매이는 중이는 부인의 말을 한 귀로 흘리며 편한 생활에 젖어있었다. 몇번을 권해도 반응이 없자 부인은 중이를 잔뜩 술에 취하게 한 후 대신들로 하여금 데려가게 할 속셈이었다. 호언은 감격했다.

"부인께서 이토록 마음을 써 주시니 그 어지신 덕은 만고에 빛날 것입니다."

이날 부인의 처소에는 중이가 술잔을 쉬지 않고 들었다. 평소와는 달리 공주는 자꾸만 술을 권했다. 결국 중이가 만취하여 쓰러지자 공주는 신호했다. 조바심을 치던 일행들은 잽싸게 들어와 이불과 요로 싼 중이의 몸을 수레 안으로 모셨다.

"오늘 헤어진다고 다시 못 뵙는 것이 아닙니다. 분명 좋은 날이 올 것이니 부인께서도 몸조심 하십시오."

마차가 움직였다.

술에 만취한 중이는 날이 샐 무렵에야 깨어났다. 그는 자신이 궁에서 끌려나온 것을 알아차리고 칼을 빼들며 화를 냈다. 호언이 무릎을 꿇었다.

"이번 일은 모두 신이 꾸몄습니다. 신을 죽이고 부디 대업을 이루십시오."

중이는 다시 칼을 집어넣었다. 그리고 소리쳤다.

"좋다! 돌아갈 것이다. 진나라에 들어가 뜻을 이루지 못한다면 내 능히 너의 살을 베어 씹어 먹을 것이다."

호언이 태연하게 받았다.

"그렇게 하십시오. 성공하지 못한다면 신의 살은 더욱 딱딱해질 것입니다. 그러면 더욱 먹기 어렵지 않겠습니까."

마침내 중이는 화가 풀려 허허 웃고 말았다.

사마천이 쓴 『사기』에는 과단성 없는 중이의 행동을 잘 나타내고 있다. 매우 '우유부단한 인간형'으로 평가했다. 『마의상법』에서는 중이가 '통갈비(駧脅)'라는 기이한 뼈 때문에 폐업을 이룬 것으로 보고 있다.

마침내 중이는 보위에 올라 진문공(晉文公)이 되었다. 그는 제나라의 공주부터 데려왔다.

"과인에게 오늘이 있게 한 것은 모두 부인의 은덕이오."

공주는 감격의 눈물을 흘렸다.

"어찌 신첩만의 공이겠습니까. 주군 곁의 어질고 용맹한 장수들 때문에 그런 거지요."

모두들 지난날의 연극을 떠올리며 즐거워하였다.

일월각이 솟은 이순풍은 문무겸존의 상

태사령(太史令) 이순풍(李淳風). 그는 간간이 나타난 태백성(太白星)을 보며 침통해졌다. 그가 하는 일은 천문이나 역수·음양의 도를 관장하는 태사국 장관이므로 대부분 나쁜 일을 보고하는 것이 업무였다.

때마침 황제(태종)가 그를 불러 궁안에 떠도는 요사하고 불길한 징조에 대해 묻자 답변이 난감해졌다.

"궁안의 서가에 불길한 문서가 발견됐다는 데 태사령은 어찌 생각하시오?"

예전에도 황실 서가에서 괴문서가 발견되어 머지않아 무씨 성을 쓰는 여인이 당나라 3대 황제 후에 여황제가 된다는 내용이 있었다. 불길한 징조가 모두 사라진 것으로 알고 있는데 태백성이 다시 나타나 불길한 예감에 사로잡힌 것이다.

이순풍은 긴장했다. 스스로 생각해도 이렇듯 긴장하는 것은 처음이었다. '아무리 태백성이 나타났다 해도 이번 일은 큰 문제가 아닙니다' 하는 답변을 기대했는데 황제는 뜻밖의 말에 움츠려들었다.

"폐하, 지금 폐하 가까이에는 이미 무씨 여인이 다가와 있습니다. 앞으로 30년 후에 이 여인이 당나라 천하를 수중에 넣는다는 점괘가 나왔습니다."

다시 말해 태백성이 나타난 것은 그 점을 증명시키는 것이라는 의미였다.

황제 앞에서 거침없이 말하는 이순풍의 상은 일월각이 솟아 군주를 보필하는 전형적인 문무겸존의 상이다. 일월각이 솟았다는 것은 용골이 천장에 꽂힌 모습이다. 상학적으로 볼 때, 이런 상은 문과 무를 겸존한 것으로 풀이한다.

그런 탓인지 이순풍은 젊은 시절에 출사하여 태사령이 되어 황제의 총애를 받고 있었다. 정관 7년의 기록에 의하면 이순풍은 천문을 연구하는 데 필요한 황도혼의(黃道渾儀)를 완성하였다고 적고 있다.

혼천의라는 것은 하늘의 형태를 놓고 해와 달·별들의 이동사항을 체크하는 기구다. 혼천의가 모가 나거나 오목하지 않은 것은 하늘이 둥글다는 것을 의미한다. 이러한 기구에 의하여 일식(日蝕)이 언제 일어나는가를 정확히 알아내 황제를 감탄시킨 천재적인 인물이었다.

그러한 이순풍이 이번 사태에 입을 열었다.

"아뢰옵기 황공하오나 폐하, 지금 무씨 성을 쓰는 여인을 죽인다면 큰 재앙을 받게 됩니다. 장차 폐하의 자손은 다른 무씨 성의 여인에게 멸절 되는 비운을 맞게 됩니다. 이것은 천명이므로 결코 무씨 성의 여인을 죽여서는 아니 됩니다."

황제는 대단한 모욕감을 느꼈다. 그러나 태사령이 하늘의 기운을 읽고 그런 말을 한 데에는 당연히 이유가 있을 것으로 보았다. 태종이 불안스럽게 여긴 것은 황실에 미치게 될 재앙이었다. 그러므로 용안에 분기를 나타내지 않은 것이다.

이 무렵에 이순풍은 『추배도』를 집필하였다. 비록 황제 앞에서는 그렇게 말했지만 『당서』에 의하면 그는 밤낮을 가리지 않고 무씨 여인이 등극하는 것을 막기 위해 동분서주 하였다고 쓰고 있다. 그러나 무씨 여인이 등극하자(무사확의 딸 무조. 훗날의 측천무후) 천하를 떠돌았다.

그가 벼슬길에 있을 때 다음과 같은 일화가 전한다.

하루는 여동생이 찾아와 임신한 것을 알리고 아들인지 딸을 낳을 것인지를 물었다. 그녀에게 글자 한 자를 쓰게 하자 원(元) 자를 썼다. 이순풍이 말했다.

"원(元)은 이팔(二八) 모양이다. 이것은 『주역』의 손괘(巽卦;☴) 형상으로 팔괘 음양으로 손은 장녀다. 동생이 처음으로 임신하고 초효(初爻)가 음(--)이니 딸을 낳을 것이다."

그의 누이는 아들을 낳고 싶은 욕심에 믿고 싶은 눈치가 아니었다. 그녀는 오빠의 점괘를 믿지 않는 것이 아니라 틀려주기를 바라면서 다른 점쟁이를 찾아갔다.

그 점쟁이가 말했다.

"으뜸 원(元)이라면 매사에 먼저요 뛰어난 것이니 분명 사내를 얻을 것이오. 그것도 집안을 일으켜 세울 대장부를 얻을 것이니 걱정 마십시오."

복채를 듬뿍 받은 점쟁이는 듣기좋은 말로 기분을 맞추었다. 해산 날에 이르러 아이를 낳으니 이순풍의 말대로 영락없이 딸이었다.

삼도절도사가 된 안록산의 양발 사마귀

옛부터 있어온 전족(纏足)이라는 것은 무엇보다 사내에게 성행위시에 이로움을 주기 위해 만들어졌다는 점에 역사가들은 이의를 달지 않는다.

중국에서 미약(媚藥)이나 남녀간의 기이한 놀이가 수당(隋唐)시대에 집대성되어 성의학(性醫學)으로 발전하였다는 것은 널리 알려진 사실이다.

수나라의 2세 황제 광(廣)은 이를 실험하기 위하여 동교와 양주를 잇는 남북의 신도에 이궁(離宮)을 세우고 운하 언덕에마흔여덟 개의 별궁을 마련하여 6천여 명의 미인들을 머무르게 하였다. 그들은 민간에서 가려 뽑힌 하음(下淫)의 여인들이었다.

여인들은 별궁에 안내되어 환관 학사들이 가르치는 미술(媚術)을 익히며 황제를 모시게 될 날을 기다린다. 그러다가 황제가 어느 지역을 통과하면 미리 그 지역으로 착출되어 황제에게 즐거움을 선사했다.

역사적으로 볼 때 수나라의 2세 황제 광(廣)이 무도하고 황음하다는 이유로 시호를 '양(煬)'이라 받은 것도 충분히 이해가 가는 대목이다.

그렇다면 당나라 때엔 어떤가. 이때에는 중국 역사상 최대의 미녀 군단을 거느린 현종을 들 수 있다. 현종은 만년에 이르러 정치보다 주색에 빠져 허우적거렸는데, 총애한 여인은 셋이었다.

첫째는 무혜비이고 둘째가 양귀비, 셋째가 매랑이다. 매랑은 양귀비가 마외파에서 액살을 당한 후 얻어들인 미인이었으므로 색도에 이력이 난 현종에게는 그리 끈끈한 것이 아니었다는 계산이 나온다.

이를테면 양귀비가 장삼봉의 『삼봉단결』에 합격점을 받았다면 매랑은 아무래도 「선택정기(選擇鼎器)」에 부합되는 여인으로 보는 것이 무방할 것이다. 즉, 사내에게 이로움을 주는 여인이었다는 시각이다.

양귀비가 고력사에게 목이 졸려 죽은 다음 나타난 매랑. 이 두 여인을 놓고 중국의 시인 묵객들은 한결같이 양귀비에게 비중을 실은 채 한숨을 절절하게 쏟아낸다.

백낙천은 「장한가」에서 탄식을 쏟았으며 「훈몽호색도휘(訓蒙好色圖彙)」에서도 매랑보다는 양귀비 쪽에 후한 점수를 주고 있다. 그래서일까. 작가는 제62편의 기재(器材)라는 항목에 <명림(鳴林)>이라는 단락을 만들고 그 주인공을 매랑이 아닌 양귀비로 뒤바꾸어 놓았다.

중국의 고대 성의학에서는 황제에게 즐거움을 주기 위해 성구(性具)가 등장한다. 이것은 순금이나 순은으로 만든 팔찌와 같은 장신구다. 이것들을 손이며 팔에 감고 있다가 황제가 쉽게 사정하려 들면 얼른 황제의 심벌을 감아버린다. 이를테면 조루 방지책인 셈이다. 그렇다면 명림은 무엇인가. 『훈몽호색도휘』의 작가는 이렇게 말한다.

<연로한 현종 황제가 양귀비에게 성적인 만족을 채우기 위해 하늘에 빌었더니 알(명림)이 떨어졌다. 그것을 손바닥 위에 올려놓으니 꿈틀거렸다. 황제는 몹시 기뻐하여 양귀비의 문 안에 넣고 즐거워 하였다.>

그러나 『고금담개(古今譚槪)』에서는 이 부분을 다르게 표현한다.

<황제가 나이 들어 양귀비의 갈증을 채워주지 못하자 고시종이 헌책했다. 황궁 건축가 하대라는 자가 무소 뿔의 안쪽을 파고 기관을 설치하였는데 이것을 양귀비의 몸안에 넣으면 자연적으로 기관이 발동되어 마치 거양(巨陽)을 넣은 것처럼 효험이 있었다.>

이러한 표현들은 무엇을 뜻하는가? 그것은 양귀비가 아주 특별한 여인이었다는 점이다. 당시에는 중국의 미인 기준이 토실토실 살찐 모습이었다.

그녀는 황제의 총애를 받으면서 일족들이 영화를 누렸다. 특히 종조형 양쇠(楊釗)에게는 국충(國忠)이라는 이름까지 하사할 정도였다. 그런 이유로 민간에이런 말이 떠다녔다.

남불봉후여작비(男不封侯女作妃)
군간여각시문미(君看女却是門楣)

위의 글에 나오는 '문미'는 문의 윗설주다. 그것이 얼마나 높은가에 따라 가문의 위상을 나타낸다. 남자가 과거에 급제하여 입신양명하면 정도에 따라 문의 윗설주가 높아지는 데 양귀비는 여인의 몸으로 단번에 높여 버렸다는 것이다. 양귀비가 액살 당하자 백낙천은 「장한가」에서 이렇게 노래한다.

봄철 추위에 화청지에서 목욕할 것을 허락하니
온천물은 매끄러워 흰살결 부드럽게 씻어주고
시녀가 부축해 일으키니 귀비의 몸 연약하여 힘없으나
비로소 천자의 은총을 받기 시작 하누나

황제는 목욕을 갓 끝낸 양귀비의 몸을 끌어안고 사랑놀이를 즐겼다는 것이다.

이른바 탕개주경(湯開酒莖)이다. 황제는 매끄러운 양귀비의 피부를 사모하여 당나귀젖을 목욕탕 안에 집어넣고 살결이 더욱 윤택해 지기를 원했을 것이다. 이러한 사랑놀이는 안록산(安祿山)이 반기를 들면서 막을 내린다.

상학적으로 볼 때, 안록산은 결코 반골의 상은 아니다. 호인 기질이다. 그는 어린 시절 천민의 신분으로 장수규(張守珪)라는 자를 섬겼다. 어느 날 안록산이 장수규의 발을 씻기는데 갑자기 말이 없었다.

"어찌 아무 말이 없느냐?"

"나으리의 발에 사마귀가 있기 때문입니다. 나으리, 저는 양쪽 발에 사마귀가 있습니다."

그 말을 듣고 장수규는 안록산을 함부로 대하지 않았다. 결국은 큰 흐름에 편승하여 삼도절도사가 되었는데, 그의 이름이 안록산인 것은 바로 '알렉산더대왕'을 본딴 것이 이유라 했다. 그러나 덕이 부족했다.

후계자로 세운 자식들 문제 때문에 목숨을 빼앗긴 것은 좋은 기운을 받고 태어나도 선을 쌓지 않으면 좋은 생기가 사라진다는 것을 말하는 본보기인 셈이다.

미래를 예지 하는 능력자 관로(管輅)

상법서에는 관로에 대해 이런 평을 내리고 있다.

<관로는 「식한(識限)」에 밝았다. 8세, 18세, 28세엔 아래로는 산근에 이르고 위로는 머리털에 이른다. 38세, 48세에는 산근을 오르락내리락 하다가 준두(準頭)에서 멈추는 데 사는 계책이 없으면 두 줄이 없어진다. 그는 48세에 세상을 떠났다.>

관로의 자는 공명(公明)이며 평원 사람이다. 그는 여덟 살 때부터 하늘을 쳐다보는 것을 몹시 즐겼다. 넓고 광활한 하늘에 펼쳐진 밤하늘. 그곳에 널브러진 별무리를 바라보며 밤새 잠을 이루지 못했다.

당연히 부모의 근심은 깊어졌다. 어떻게든 그런 일을 그만 두게 하려고 갖은 말로 달래기를 여러 차례였다.

"사람은 밤이면 잠을 자야 한다. 그렇게 해야 다음날 일을 하게 아니냐. 너처럼 밤마다 별을 보느라 잠을 설치면 결국 일을 해야하는 낮에 잠을 자야 될 게야. 낮과 밤이 바뀌면 아무리 잠을 자도 그네 위에서 자는 것처럼 위태로운 것이다. 어서 자거라. 밤에 자야 건강에도 좋다."

관로의 대답이 엉뚱했다.

"제가 별을 보는 것은 심심해서가 아니에요. 별을 보고 있으면 그 별이 내게 내려와 얘기를 하거든요."

"얘기를 해?"

"예에. 처음에는 날씨가 어떻게 변하는가를 말해줘요. 내일은 안개가 낄 것이다. 또는 비가 올 것이다. 또는 눈이 많이 올 것이니 어떻게 하라는 둥의 얘기를 해주거든요. 저는 별을 바라보는 기간이 짧기 때문에 큰 뜻은 몰라요. 그렇지만 언제가는 별이 전해주는 깊은 뜻을 알게 될 거예요."

너무 당돌하고 갑작스러운 일이라 관로의 부모는 할말을 잃어버렸다. 그러나 어린 것이 밤잠을 설치며 별을 바라보는 것은 좋은 일은 아니라는 생각에, 날을 세우며 별을 바라보는 행동은 그만 두게 하였다.

"별을 보고 세상일을 안다는 것은 참으로 합당치 않는 일이다. 어찌 그런 일이 가능하겠느냐. 설령 그런 일이 가능하다 해도 나이 고작 여덟인 네가 그것을 알 수 있단 말이냐. 그러니 오늘 밤부터는 잠을 자거라."

관로는 자신이 어리기 때문에 무시당하는 것이라 생각했다.

"그건 잘못 아신 거예요. 닭이나 거위도 때를 알리잖아요. 그런데 사람이 그걸 못한다는 것은 말이 안돼요."

어린 자식이라고만 생각한 관로가 고집을 피우는 바람에 부모들은 할말을 잃어버렸다.

관로는 성장하면서 『주역』에 심취하였다. 그때부터 비로소 점법의 오묘한 세계에 빠져든 것이다.

관로가 살았던 곳은 이조현(利漕縣)이다. 이곳에 살던 곽씨 삼형제가 차례로 앉은뱅이가 되었다. 사람들이 찾아와 연유를 묻자 그는 시원스럽게 답변을 뽑아냈다.

"곽씨 집안 대대의 묘소에 혼령이 있다. 그 혼령은 곽씨 집안의
것이 아니고 그 어머니의 숙모지. 여러 해 전 큰 흉년이 들었을
때 그 여자는 가지고 있는 재산을 모두 빼앗기고 우물에 빠뜨려
져 목숨을 잃었다. 더구나 밀어 넣은 놈들은 우물 위에서 큰돌까
지 던져 목숨을 아예 끊었다. 억울한 그녀의 혼령이 하늘에 올라
가 상제께 깊은 한을 호소하여 이런 일이 일어난 것이다. 그때 돈
을 빼앗고 사람을 죽인 자가 그대의 아버지다."

그 말을 들은 곽씨 삼형제는 죽은 자를 위하여 큰 제를 베풀
었다.

그런가하면 이런 일도 있었다. 광평(廣平)에 사는 유봉림이라
는 선비의 아내가 중병을 앓았다. 집안에서는 오래 전부터 관을
준비해놓고 그녀의 죽음을 기다리는 중이었는데, 유봉림이 답답
한 심사를 가누지 못하고 어느 날 점을 치러왔다.

"언제까지 살겠는가?"

"부인의 수명은 8월 신묘 정오까집니다."

유봉림은 믿어지지 않았다. 아무 것도 목구멍으로 넘기지 못하
는 데 그때까지 산다는 것은 무리로 보였다. 그런데 부인의 병세
는 믿어지지 않을 만큼 호전되더니 다시 8월이 되자 급속히 악화
되었다. 그리고는 관로가 말한 그날에 죽었다.

소문을 들은 열인현(列人縣)의 지사 포자춘이 관로를 청하여
물었다.

"그대는 유봉림의 부인이 죽을 날을 예언하였네. 도대체 그 비
법이 어떤 것인지 내게 말해 줄 수 있겠는가?"

관로는 먼저 유봉림의 부인에 대한 상을 풀어주었다. 상법에서
이르는 대로 '눈의 네 곳이 희면(目多四白) 외롭고 흉하게 죽는다

(主孤剋而凶亡)'했으니 결코 오래 살지는 못한다고 보았다.

문제는 그녀의 죽을 날이었다. 그것을 『주역』의 오묘한 수리로 논리 정연하게 설명해 내자 포자춘은 감탄했다.

"나는 어려서부터 『역(易)』으로 점을 치는 것을 좋아하였네. 그러나 그것은 앞을 보지 못하는 장님이 색깔을 알아맞추는 것이나 귀머거리가 소리나는 것을 알아보려는 것 같아 아무리 노력 해도 소용 없었네. 그런데 오늘 그대의 설명을 듣고 보니 내가 얼마나 몽매한 지를 새삼 깨닫게 되었네. 참으로 부끄러운 일이네."

이 당시 관로의 친척 중에 관효국(管孝國)이라는 위인이 있었다. 그는 척구(斥丘)라는 곳에 살았다. 하루는 관로가 그 집에 놀러갔는데 먼저 온 친구 둘이 있었다. 그들이 돌아가자 관로가 말했다.

"저 사람들은 둘 다 천정(天庭;이마)과 입과 귀 사이에 흉한 기운이 나타나 있다. 어떤 이변을 만나 죽게 될 것이다."

그로부터 10여일 뒤에 둘은 수레를 타고 오다가 놀란 소가 강에 빠지는 바람에 목숨을 잃었다.

그런가하면 이런 일도 있었다.

청하태수(淸河太守) 예(倪)라는 이가 청하여 언제 비가 올 것인 지를 물었다. 맑게 갠 하늘을 보며 '오늘 밤 비가 올 것입니다'라고 답했다.

좌중에 있던 사람들은 당치않은 일이라고 입을 모았다. 이토록 청명한데 비가 온다는 것은 어불성설이라고 한소리씩을 내놓았다. 그런데 밤이 깊어지면서 먹장구름이 몰려들더니 번개가 치고 뇌성이 일어났다. 한두 방울 빗방울이 보이더니 기어코 장대같은 빗줄기가 쏟아졌다.

관로에 대한 소문이 퍼지던 어느 날 아우 관진(管辰)이 대장군

사마소가 전한 말을 들려주었다.

"그분께서 뵙고 싶어하십니다. 형님에게 부귀와 광영을 내리고 싶어 하신 답니다."

관로는 한숨을 내쉬었다.

"나는 누구보다 내 일을 알고 있다. 하늘은 나에게 굉장한 재능을 주었으나 내 수는 결코 많이 주지 않았다. 아마도 마흔 일곱이나 여덟 살 정도겠지. 내가 그 이상을 살 수 있다면 낙양의 지사를 해보고 싶다. 내게는 분쟁이 없는 이상향을 만들,좋은 생각이 있으니 말이다."

"그렇게 하면 되잖습니까."

"그러나 어쩌리. 내 재주는 태산에 올라가 망령들을 달랠 수 있어도 살아있는 사람들은 달랠 수 없으니. 그게 내 운명인 것을 어쩌겠느냐."

관진이 놀라 묻자 관로는 한숨 속에 답변을 주었다.

"나의 상을 보면 이마가 약하고 눈엔 정기가 없다. 콧대는 약하고 다리에 천근(天根) 등의 삼갑(三甲), 배의 삼임(三任)도 없다. 이것은 단명의 상이다. 또한 내가 태어난 것은 인년(寅年)의 월식이 있던 날 밤이었다."

관로는 그의 예언대로 48세에 세상을 떠났다.

뛰어난 시인 사마상여는 대인문(帶印紋)

사마상여(司馬相如)는 한대(漢代)의 시문학에서 첫손을 꼽는 인물이다.

그는 촉군의 성도(成都) 사람으로 자가 장경(長卿)이다. 그가 글방에 다닐 때에는 전국시대의 영웅 인상여(藺相如)를 마음에 두고 흠모하였다. 그런 이유로 이름을 '상여'로 바꾸었다.

물론 이것은 자기 개인의 뜻만은 아니었다. 관상에 능한 초복(楚服)이라는 무당의 권유로 이름을 바꾼 것과 깊은 관계가 있다. 초복은 그의 손금이 대인문(帶印紋)임을 살펴보고 '상여'라는 이름으로 바꾸기를 권했다.

대인문은 어떤 손금인가? 이런 무늬가 몸에 있으면 나라에 재상이 된다. 부귀는 원하지 않아도 찾아오고 스스로 이름을 날리고 힘을 쓸 수 있는 자리에 오른다.

이름을 바꾸면서 '벼락출세'를 했다는 것은 어떤 연유인가? 이것은 돈으로 벼슬을 샀다는 것을 의미한다. 뇌물을 주고 감투를 쓴 것과는 차이가 있다.

중국에서는 돈만 내면 벼슬을 살 수 있는 제도가 있었다. 관리가 되는 것은 십만전(十萬錢)을 내면 할 수 있고, 황제의 비서관 격에 해당하는 상시랑(常試郎)은 오백만전이 필요했다. 그러나 청렴결백한 선비에게는 사만전까지 깎아주는 제도가 있었으므로 사마상여가 벼슬길에 나갈 때엔 그렇게 많은 돈이 들어간 것은 아니었다.

이후 그는 효경제 때에 무기상시(武騎常侍)가 되어 육백석의 녹을 받게 되었으며, 황제를 호위하기 위해서는 호랑이보다 무서운 맹수와 사생결단을 하지 않으면 안되었다.

이를 발판으로 출세의 기틀을 삼으려 했던 계획은 수정하지 않으면 안되었다. 양효왕이 천자에게 조회할 때 데려온 추양(鄒陽)·매승(枚乘)·장기(莊忌) 등의 변사를 만나게 되면서였다. 그들과 접촉하며 영향을 받은 탓에 일순간 벼슬을 내던지고 동행하게 된 것이다.

얘기는 한나라 궁으로 돌아가 본다. 기원전 3세기 90년대에 유방과 항우가 동시에 반란을 일으켜 진왕조를 무너뜨렸을 때에 마을 청년들이 진영(陳嬰)을 국왕으로 추대했다. 놀란 그의 모친이 타일렀다.

"너의 아버지와 살아오면서 알게 된 것이다만, 우리 진씨 가문에는 일찍이 높은 벼슬을 산 사람이 없었다. 그러므로 네가 높은 자리에 앉는 것은 결코 바람직한 일이 아니다. 그래서 하는 말이다만 너는 왕이 되는 것보다는 그 아래 장군이 되는 게 좋을 것 같다. 그렇게 하면 실패를 해도 목숨을 잃는 일이 없을 게 아니냐."

진영은 노모의 충고를 옳게 여겨 부하들을 항우의 꽁무니에 붙였다. 그러나 항우가 계속적으로 패하자 이번에는 유방의 발자국을 쫓아갔다. 이러한 일련의 공으로 서한 왕조가 간판을 걸자 당읍후(堂邑侯;후작)의 작위를 받았다.

전영이 죽은 후에는 그 아들 진록(陳祿)이 뒤를 이었으며, 진록이 죽은 후에는 그의 아들 진오(陳午)의 몫이 되었다. 이 진오의 부인이 서한 왕조 6대 황제 유계의 누님 유표이며 그의 딸이 진교(陳嬌)다.

진교는 황후의 자리에 올랐으나 많은 잘못을 저질렀다. 그러는 가운데서도 자식을 낳지 못하자 황제의 사랑이 멀어졌다. 세상에 좋다 하는 약을 다 써보았으나 효험이 없자 이번에는 무당의 힘을 빌어 아들을 낳으려 들었다. 그것만이 멀어져 간 황제의 총애를 되살릴 수 있는 유일한 방법이었다.

진교는 영험한 무당을 고르고 고른 끝에 초복(楚服)을 선택했다. 앞에서도 잠깐 사마상여가 개명하는 것을 권했던 그녀의 능력을 보았던 것처럼 세상에 알려지기로는 대단한 능력자였다.

그러나 초복이 궁에 들어오면서 황제의 노여움은 하늘을 찌를 듯 높아졌다. 천하의 모든 것을 두려워하지 않은 황제였지만, 귀신의 친구인 무당은 예외였다.

연일 궁안을 소란스럽게 한 죄로 초복과 무파 일행은 목이 달아났다. 그런가하면 황후 진교는 모든 직위를 해제 당한 채 장문궁(長門宮)에 수감되었다. 갑작스러운 궁안 변화에 놀란 진교의 어머니 유표는 무릎을 꿇고 용서를 빌었다. 그러나 별다른 효험이 없었다.

이러한 시기에 사마상여가 <자허부(子虛賦)>를 발표하였다. 이 글은 문인들과 귀족 사이에 대단히 호평을 받았다. 황제는 즉시 그를 불러 새로운 <자허부>를 짓게 하였다. 이에 대해 사마천은 『사기』에 이렇게 소개한다.

<상여는 이 시부에서 세 명을 등장시킨다. 자허(子虛)는 거짓
말을 하는 사람이라는 뜻으로 초나라 사람임을 늘어놓고 오유생
(烏有生)의 오유(烏有)는 '어찌 그런 일이 있으랴?' 하는 뜻으로
자허의 자랑을 따지고 든다. 또 한사람 무시공(無是公)은 어느 것
도 옳을 것이 없다는 뜻으로 천자의 본의를 밝힌다. 이 세 사람을
가공의 인물로 등장시켜 말을 이끌어 나감으로써 천자와 제후들
의 원유(苑囿)를 설명하고 마지막에 가서는 검약을 내세워 이로
써 천자를 풍간(風諫)하게 된다.>

상여가 자허부를 올리자 황제는 낭(郎)이라는 벼슬을 주어 가
까이 있게 하였다.

소문은 즉시 진교에게로 전해졌다. 더구나 초복이 궁에 들어왔
을 때에도 적극적으로 사마상여를 추천하였기 때문에 그녀는 잊
지 않았다.

진교는 사마상여에게 한편의 부를 쓰게 하였다. 그것은 장문궁
에 유폐되어 있는 자신을 주인공 삼아 짓게 하여 궁녀들로 하여
금 부르게 할 속셈이었다.

이 한편에 그녀의 운명을 걸었던 만큼 원고료도 금세기의 최고
랄 수 있는 황금 35킬로그램이었다.

그러나 진교의 노력은 허사였다. 「장문부」는 문학사에 사마상
여를 나타내는 데 큰 족적을 남겼을 뿐, 황제의 마음을 움직이는
데엔 역할을 하지 못했다. 기원전 110년. 그녀는 서른 여덟의 나
이로 세상을 떠났다.

한쪽으로 이지러진 오자서의 오악(五岳)

고금의 역사가들이 미인을 꼽는다면 단연 서시(西施)다. 도대체 어떤 미모였기에 2천년이 지난 지금에도 그녀에 대한 미색이 사내들 입에 오르내리는 것일까.

중국의 학자들은 시매희(施妹喜)와 소달기(蘇妲己)에 대해서는 요녀로 혹평한다. 그러나 서시만은 온갖 부드러운 말로 미화시킨다. 그 이유가 무얼까?

서시가 살았던 시대는 기원전 5세기 춘추시대 말이며 전국시대 초엽이다. 이 무렵 양자강과 전단강(錢塘江) 양대 지류에는 두 왕국이 남북으로 대치하고 있었다.

오(吳)와 월(越)이었다. 분쟁의 역사를 기록한 『오월춘추』에는 이런 내용이 담겨져 있다.

기원전 5세기. 월왕국을 수중에 넣으려 오나라의 공격이 대대적으로 시작되었다. 그러나 결과는 뜻밖에 오나라의 대패로 막을 내린다. 선공에 나선 오나라의 왕 광(光)은 발가락에 화살을 맞고 목숨을 잃는 참담한 상황이 벌어진다. 장례를 후히 치른 손자 부차(夫差)는 조부의 유언을 잊지않고 문밖 출입을 할 때마다 시종들에게 묻게 하였다.

"부차여, 조부를 죽인 월나라를 잊었느냐?"

이럴 때면 부차는 준비한 답변을 내놓는다.

"어찌 그 일을 잊겠습니까."

그리고 시간이 흘러 조부 밑에서 전국을 지휘했던 명장 오자서(伍子胥)와 백비(白嚭)에게 수륙 양군을 맡겨 훈련에 박차를 가하였다.

2년 후인 기원전 494년. 이번에는 월왕 구천(句踐)이 선공 해왔다. 물론 이것은 상대를 제압하기 위한 공격은 아니었다. 선공을 취하여 오나라의 병력이 공격하는 것을 미리 막아보자는 기선을 제압하기 위한 허세의 공격이었다.

이것을 절호의 기회로 여긴 오나라의 공격으로 월왕 구천은 항복할 수밖에 없었다.

승리자가 되자 오나라 조정은 항복자의 처리를 놓고 연일 소란스러웠다. 오자서는 이번 기회에 월나라와의 합병을 주장하였고, 백비는 월나라를 위성도시로 남겨두어야 한다는 반대 의견을 내놓았다. 결국 뇌물을 먹은 백비의 의견이 채택되어 구천은 고소에 인질이 되어 간신히 살아남는다.

이때부터 구천의 인내심이 강조되는 인고의 세월이 시작된다. 어느 때인가 부차가 병석에 눕자 구천은 찾아가 대변을 맛보고 큰소리로 떠들었다.

"병자의 대변에서 향기로운 냄새가 나면 위험합니다. 대왕처럼 악취가 나면 쉬 일어날 수 있으니 걱정 마십시오."

살아남기 위한 눈물겨운 연극은 어느 누가 보아도 알 수 있었다. 그러나 구천의 연극에 감동한 부차는 3년이 지난 기원전 491년에 월나라로 되돌려 보냈다. 구천의 은밀한 정병정책(精兵政

策)이 막을 올렸다. 나라를 부강하게 하려면 정병에 힘을 써야 하지만 그것이 부차의 귀에 들어가면 또다시 공격을 받게 된다. 그러므로 모든 훈련은 은밀한 가운데 이루어졌다. 부차의 시선을 가리기 위한 계책은 '미녀의 헌납'이었다.

나라 안에 미녀 징발령이 내려지고 곳곳에서 모여든 미녀 가운데 두 명이 뽑혔다. 한 명은 서시(西施)였고 다른 한 명은 정단(鄭旦)이었다. 두 미인의 교육은 관상가 범려(范蠡)가 맡았다.

시서화금(詩書畵琴)을 비롯하여 미술(媚術)과 방술(房術)도 교육 과목이었다. 이 기간이 무려 6년이었다. 이 6년 동안에 두 미인은 오왕 부차의 입맛에 맞도록 훈련되고 길들여졌다. 그렇게 하여 궁으로 두 미인을 들여보내고 아첨의 말로 구구절절 스스로의 심정을 잡아눕혔다.

<동해의 비천한 신하 사구천은 항상 대왕의 하해와 같은 은혜를 받으면서 감사해 하고 있습니다. 마음은 간절하지만 대왕의 짐만 되는 가족까지 데려가 대왕의 폐를 끼칠 수 없어 이곳에 머물러 있습니다. 이제 전국을 샅샅이 뒤져 미녀 둘을 물색하였으니 바라옵건대 대왕께서는 이들을 후궁에 두면서 술 시중을 들게 한다면 비천한 신하의 더 없는 영광이옵니다>

사구천의 뛰어난 연기에 말린 부차는 크게 기뻐하며 의심없이 받아들였다.

두 미인의 자태나 기예는 어느 누가 보더라도 우열을 가리기 어려웠다. 그러나 부차의 입장에서 보는 저울대, 이른바 잠자리 시중은 엄연히 서시가 한 수 위였다. 능동적인 서시와는 달리 수동적으로 부차를 받아들인 정단은 긴긴 밤을 홀로 지내는 날들이 많아지고 결국은 조울증으로 자살해 버린다.

이후 흥미로운 기록 하나가 나타난다. 부차의 궁전인 고소대

(姑蘇臺). 이곳에는 관와궁 안에 향서랑이라는 복도가 있다. '서' 는 나막신을 뜻하고 '랑'은 복도다. 관와궁의 복도에 그 밑을 깊이 판 후 옹기를 넣고 서시로 하여금 나막신을 신고 걷게 했다. 소리 는 당연히 오음(五音)이 조화를 이루었다. 마치 음악을 연주하는 것처럼 울림판에 공명이 되어 멀리멀리 퍼져나갔다.

'향서랑' 끝에 있는 침실에서 부차가 듣고 있었다면 그 설레임 은 말로 표현할 수 없을 정도였다고『오월춘추』에 기록되어 있을 정도다.

<오나라의 왕 광(光)이 수도 고소에서 17킬로미터 남짓 떨어진 고소산에 높은 대를 지은 것은 정사를 돌보던 중 피곤한 몸을 쉬 게 하기 위함이었다. 그러나 부차는 휴식이 아닌 환락을 위해 3년 간 공사를 벌여 고소대를 더 높고 넓게 증축하여 둘레는 3킬로미 터가 넘었다. 그곳에 천여명의 궁녀를 머무르게 하고 춘소궁에서 밤낮을 가리지 않고 주연을 베풀었다. 술을 1천말(斗)이나 담을 수 있는 술독을 만들었으며 인조 호수에 청룡주(靑龍舟)를 띄워 서시와 함께 환락을 즐겼다. 또한 구리로 기둥을 만들고 옥으로 창틀을 꾸몄으며 진귀한 것으로 장식한 해령관과 관와각을 건축 하였다>

훗날에 평가하는 고금의 역사에는 하나의 공식이 있다. 왕이 환락만을 따라갈 때엔 반드시 충신을 멀리 한다는 점이다. 이러 한 맥락에서 보면 부차도 어김없이 그 길을 걷는다. 충신 오자서 를 멀리하고 간신 백비를 가까이 두어 나라의 병권을 일임시킨 것이다. 오자서는 탄식했다.

"나의 실책이다. 진즉 피리(被離)의 말을 들었어야 했었다. 내 인정이 그리되었구나."

피리는 오나라의 관상가다. 오자서가 망명했을 때 그의 추천에 의해 공자 광에게 안내되었다. 자신의 힘으로 오나라의 왕이 되었던 공자 광은 보위에 오르자 합려(闔閭)로 고쳤다. 오나라의 사실적인 실권자가 되었을 때, 초나라에서 한 인물이 찾아왔다. 부친이 억울하게 누명을 쓰고 세상을 떠났다는 백비라는 장수였다. 오자서는 그를 합려에게 추천하여 대부 벼슬을 받게 하였다. 이를 두고 관상가 피리가 물었다.

"당신은 어찌 백비를 한 번 보고 믿는 것이오?"

"나와 같은 처지에 있기 때문이오. 그런 노래가 있잖소. 같은 병은 서로 불쌍히 여기고(同病相憐), 같은 근심은 서로 구원한다(同憂相求). 어디 그뿐인가. 나는 새는 서로 따라서 날고 여울 아래 물은 함께 흐른다고 하였소. 호마는 북쪽 바람을 향해 서고 월나라 제비는 햇빛을 찾아 노는 법이오. 육친을 잃고 슬퍼하지 않는 사람이 어디 있겠소."

그러나 피리는 고개를 저었다.

"내가 보기에 백비의 눈은 매와 같고 걸음걸이는 범을 닮았어요. 이는 사람 죽이기를 보통으로 하는 아주 잔인한 상이오. 그대가 마음을 주면 훗날 당신의 등을 칠 것이니 결코 마음을 주지 마시오. 또한 그대는 예전과는 달리 오악(五岳)이 크게 이지러지고 있으니 안타까울 뿐이오."

오악이란 얼굴을 이마·코·좌우 광대뼈·입 등의 다섯으로 나누는 점법이다. 오자서는 중악이 융성하고 높다. 그러나 만년에 이르러 중악의 형상이 한쪽으로 이지러졌으니 수명도 길지 못하다. 별도의 좋은 곳이 있다 하여도 결국은 길지 못한 게 이 상의 특징이다.

피리의 예언은 현실로 나타나기 시작했다. 기원전 484년. 오나라는 노(魯)와 동맹을 맺고 연합군을 결성하여 제나라를 공격하여 승리했다. 백비를 재상으,로 승격시키자 오자서는 눈물을 흘리며 간했다. 충신이라면 나무가 굽으면 굽었다고 말한다. 입을 다물고 있으면 간신이 날뛰기 때문이다.

매사에 통촉해 달라는 청을 올리자 왕은 오히려 보검을 내렸다. 자살할 것을 명한 것이다.

"내 눈알을 뽑아 동문에 걸어라. 월왕국의 군대가 오는 것을 내가 보겠다!"

부차는 격노하여 오자서의 목을 베어 성루에 걸고 몸은 양자강에 버렸다.

1년여가 지나 오나라 군이 남방 끝에서 북방으로 나가 진(晉)과 무리한 싸움을 벌였다.

오군은 이 싸움에서 승리했으나 회군하는 길에 구천의 공격을 받아 타격을 입는다.

결국 기원전 493년. 고소성 밖에서 패한 지 20여년 만에 오나라는 무너졌다. 월나라의 삼군사령관 문종(文種)은 부차를 무릎 꿇리고 여섯 가지 죄를 낭독했다. 그 가운데 충신 오자서를 살해한 죄와 간신 백비를 중용한 죄가 포함되었다.

며칠 후 황궁으로 들어온 백비가 의기양양하게 말했다.

"내가 중간에 오자서를 역적으로 몰아 죽이지 않았다면 당신은 20여년 전에 세상을 떠났을 것이오. 오늘의 영광이 있는 것은 모두 나의 공이오."

그러나 구천의 대답은 냉랭했다.

"당신의 왕은 양산(陽山)에 있소. 그런데 어찌 당신만 이곳에 있는가?"

부차의 주검이 양산에 묻혔는데 백비가 살아있을 명분이 없다는 뜻이었다. 결국 백비는 9족이 몰살당하는 비운을 맞이한다. 주위에 늘어선 신하들에게 구천은 말한다.

"내가 이렇게 하는 것은 오자서의 충성심에 보답하기 위해서다."

『오월춘추』라는 역사서의 기록은 마침표를 찍었다. 세월이 흘러 후대의 학자들이 양산을 뒤졌으나 무덤은 찾아내지 못했다. 그 이유에 대해 구천이 부차를 후작으로 대했기 때문이며, 강소성 태호 호반에 묻혔다고 했다. 그런데 문제는 서시에 관한 처리다. 물론 역사서에는 어느 곳에도 정확하게 그 이유를 짚어내지 못하고 있다.

첫째, 부차가 세상을 떠난 후 서시를 첩으로 받아들였다는 점. 서시는 월나라 태생이므로 당연히 구천의 첩이 되어야 한다. 그러나 이 무렵은 30대 후반이다.

궁안에 지천으로 있는 미인들을 놓아두고 굳이 전리품을 접수할 이유가 없다.

둘째, 일단 전리품으로 접수되어 궁안에 들어왔다가 본부인에게 살해되어 전당강 깊숙이 던져져 고기밥이 되게 했다는 것이다.

셋째는 범려라는 지략꾼이 오나라를 선공한 후 서시와 함께 도주하였다는 것이다. 역사가들이 이 부분을 내세운 것은 아름다운 결론을 믿고 싶기 때문이다.

희궁날은 음험한 매부리코(鷹嘴鼻)

주왕조 12대 제왕은 희궁날(姬宮捏)이고, 이 사람의 부인이 포사(褒姒)다. 그녀에 대해 말하자면 아무래도 신화 속을 더듬어 가야 한다. 얘기는 천년 전쯤으로 거슬러 올라간다.

당시 포나라에 살던 두 노인이 어찌된 셈인지 용으로 변해 순식간에 하왕조의 수도 짐심으로 날아갔다. 담 위에 내려앉은 용은 먼 길을 날아온 탓인지 꾸역꾸역 침을 흘렸다. 대경실색한 사이계(姒以癸)가 점술사를 불러 오행점으로 길흉을 물었다. 점술사가 답했다.

"폐하, 용이란 신령스러우니 신선이라 할 수 있습니다. 용이 나타난 것은 신선이 속세에 하강한 것으로 보아 무방합니다. 이 어찌 길조가 아니겠습니까. 그러하오니 폐하, 속히 금쟁반을 준비하시어 용의 타액(침)을 받으시옵소서."

사이계는 곧 금쟁반을 준비하여 용의 타액을 받아 황실 보고에 넣어두었다.

이후 자천을이 이끄는 연합군단에 의하여 사이계는 서호 땅으로 쫓겨가고 세월은 흘러 주황실의 10대 제왕 희호가 보위에 올랐다. 황제 말년에 황실 보고에서 빛줄기가 새어나오는 일이 있었다.

황제는 그것을 가져오게 하였는데 천년의 세월이 지나는데도 용의 타액은 굳어지지 않은 게 몹시 신묘했다. 호기심이 잔뜩 깃든 눈으로 용의 타액을 들여다보던 황제가 아차 실수하여 금쟁반을 떨어뜨리고 말았다. 용의 타액은 순식간에 금빛 자라로 변해 이리저리 도망치다 사라졌다.

이때 한 궁녀가 우연히 자라 발자국을 밟았는데 갑자기 아랫배가 부풀어올랐다. 사내와 동침하였다는 죄목으로 궁녀는 특별감옥에 갇힌 채 세월이 흘렀다.

기원전 828년.

희호 황제가 세상을 떠났으나 황실의 특별감옥에 갇힌 궁녀는 그때도 석방되지 못했다. 이후 40년이 지난 어느 날, 복통을 일으키더니 계집아이를 순산했다. 당연히 그 아이는 강물에 던지라는 명이 떨어졌다.

호경 일대에 이상한 동요가 퍼진 것은 이 무렵이었다. 내용은 간단했다. '뽕나무로 만든 대궁, 가느다란 풀줄기로 짠 전통, 이제 주나라는 더 이상 존재하지 않네'라는 의미심장한 노랫말이었다.

황제는 뽕나무 활과 풀줄기로 짠 전통의 판매를 금지시켰다. 이렇게 하면 주왕조의 몰락을 막을 수 있다는 믿음 때문이었다.

바로 이 무렵 세상에서 가장 불행한 부부가 성문을 들어서고 있었다. 남편이 만든 뽕나무 활과 자신이 만든 풀줄기 전통을 팔기 위해서였다.

아낙은 성문에서 즉시 체포되었다. 일이 심상치않게 돌아가자 남편은 단숨에 십여 리를 도망쳐 강변에 주저앉아 아내의 처형 소식을 들었다.

하염없이 눈물을 흘리고 있을 무렵, 한무리의 세떼가 강에서 무언가를 들어올리는 것을 보았다. 사내가 달려가보니 그것은 돗 자리 함에 든 계집 아이였다.

주나라에서 살길이 막막해진 사내는 계집을 안고 친구가 있는 포국으로 길을 떠났다.

이후 시간이 흘러 기원전 782년. 희궁날이 보위에 올랐다. 후대 의 사가들이 지적한 것처럼 희궁날은 신하의 충성스러운 직간을 멀리하고 주색잡기에만 혈안이 된 대단히 방탕한 위인이었다. 그 의 모습을 본 관상가들은 이런 평을 내놓았다.

"희궁날은 매부리코라 불리는 응취비(鷹嘴鼻)다. 험악하고 간 교하며 음험하기가 이를데 없다. 코끝이 뾰족하니 매의 부리 형 상이다. 상학적으로 이러한 사람은 사람의 골을 쪼아먹는 간악한 성품의 소유자다.

기원전 780년. 포사는 미녀선발대에 뽑혀 주왕조의 수도 호경 으로 보내졌다. 포사를 보는 순간 미녀 사냥에 도가 튼 희궁날의 눈에 불길이 일어났다.

당연히 황제의 사랑을 독차지 하였으나 단 한번도 그녀는 웃지 를 않았다. 이듬해에 희백복이라는 아들을 얻으면서 그녀에 대한 남다른 총애는 더욱 깊어졌다. 그러면 그럴수록 황제의 머릿속은 복잡했다.

'어째서 웃지 않는 것일까? 혹시 희백복이 황태자가 되지 못해 그러는 것이 아닐까?'

정비 신황후를 서인으로 삼고 태자의 왕위승계권까지 박탈했 다. 그런데도 웃지 않자 괵석부라는 자가 묘안을 내놓았다.

"폐하, 오래 전부터 이민족들은 우리 주나라의 변경을 침입하 여 수도까지 침범해 왔습니다. 그들의 침입을 방지하기 위해 봉화대 20여로를 설치하여 비상사태에 대비하여 왔습니다. 그러나 지금까지 천하가 태평하여 1백여년 동안 봉화를 올리지 못했습니다. 폐하, 소신이 생각하기로는 폐하께서 황후마마를 대동하시어 여산에 행차하신 후 봉화를 올리십시오. 그리하면 천하 각지에 흩어진 제후들이 한달음에 달려올 것입니다. 또한 그들이 헛걸음 하여 돌아간다면 그것 또한 제왕의 구경거리가 아니겠는지요."

희궁날은 괵석부의 헌책을 받아들였다. 정나라에서 온 희우가 혼비백산하여 달려왔다.

"폐하, 멈추시옵소서. 봉화란 모름지기 먼 훗날의 위급사태에 대비하는 것입니다."

"무어라 먼훗날의 위급 사태? 그 무슨 당찮은 말인가. 태평가 소리 드높은데 감히 세 치 혀를 놀려 군신 간을 이간질하는 저의 가 무엇이냐? 짐과 황후가 한때의 여흥으로 봉화를 올리지만, 이 것은 1백여년이나 내버려 둔 봉화를 올려 봉국(封國;제후국)의 충성심을 헤아리려는 뜻도 있다. 헌데, 먼훗날의 위급사태니 어쩌 니 하여 금방 큰일이 날 것처럼 떠들어대는 너의 저의가 무엇이 냐. 네놈이야말로 역적이 아니냐?"

희우는 즉시 입을 다물었다. 이윽고 봉화불이 오르고 번쩍이는 갑주를 입은 장수들이 비지땀을 흘리며 여산 기슭에 도착했다. 그들의 귀에 들린 것은 질탕한 음악소리 뿐이었다. 오로지 국왕 을 위해서라면 목숨까지도 바치겠다는 제후들 앞에 두고 희궁날 은 만족스런 낯으로 선포했다.

"아하하하, 고맙소! 지금은 아무 일도 발생하지 않았소. 마음이 너무 울적하여 봉화불을 올린 것이니 너무 언짢아 마시오. 이곳 까지 왔으니 장수들에게는 상을 내리겠소."

제후들은 자신의 귀를 의심했다. 봉화불을 올려 자신들을 농락

한 사람이 왕이라는 점에서 모두들 함구한 채 물러났다. 이들의 모습을 보고 포사가 배시시 웃었다. 곽석부는 황후를 웃게 한 공으로 1천금을 상으로 받았다.

그런데 참으로 묘한 일은 정작 봉화불을 올리게 될 상황이 벌어졌다. 신나라의 태자가 경호 부근의 야만족 견융부락(犬戎部落)을 찾아가 군사동맹을 맺은 것이다.

장차 신나라와 견융 부락이 희궁날을 징벌하면 호경성 안의 금은보화를 비롯하여 백성들까지 노예로 부릴 수 있는 권리를 보장받았다. 하늘에서 넝쿨째 떨어진 좋은 기회를 견융부락이 마다할 이유가 없었다.

순식간에 1만 5천의 병사가 호경성으로 밀려들었다. 그러나 보고를 받은 희궁날은 가소롭다는 듯웃었다.

견융부락의 대군이 호경성 밖에 도착할 때까지 눈썹 하나 까닥하지 않은 것이다. 일단 봉화가 오르면 곳곳에서 제후들이 병력을 이끌고 당도할 것을 믿어 의심치 않은 탓이었으나 이것은 대단한 착각이었다.

신나라의 병사가 성안을 침범할 때까지 원병은 한군데에서도 도착하지 않았다.

희궁날은 혼비백산하여 포사를 대동하여 탈출했다. 여산 기슭을 겨우 벗어났을 때 추격병의 손에 붙잡히고 말았다. 희궁날은 야만족 추장의 매서운 칼날에 목숨을 잃고 말았다. 이후로 포사의 행방은 역사 속에서 사라졌다. 기원전 8세기 20년대의 일이다. 동양의 이솝우화는 이렇게 막을 내렸다.

요옹(寥翁)의 관상술

당나라 초기의 어지러운 소란이 현실로 이루어져 3대 황제 후에 무씨 성의 여인이 보위에 올라 측천무후(則天武后)가 되었다. 그녀는 개혁을 서둘렀다.

무씨의 원조를 주나라 무왕이라 선포하고 주력(周曆)을 채용했다. 이것은 혁명에 대한 신호탄이었다.『역경(易經)』에는 이렇게 써 있다.

<왕자가 일어나는 것은 하늘에서 받는다. 그러므로 혁명이라고 한다.>

바로 이 점을 근거 삼아 예종에게 선양의 형식으로 보위를 이어받았다.

무력으로 은나라를 멸했던 주나라는 혁명의 당위성을 내세우며 유민들을 설득했었다.

상고의 성천자 요(堯)는 보위를 허유(許由)에게 물려주려 했으나 기산에 숨은 채 나타나지를 않자 별 수 없이 순(舜)에게 양위했다.『마의상법』에서는 이러한 허유의 모습을 '형용준아 종작고현(形容俊雅 終作高賢)'으로 풀이한다. 이러한 형상은 곤륜산의 옥처럼 뜻이 고상하고 대체로 드러나지 않고 숨어사는 선비다.

아무리 천명을 받아 황제의 자리에 오른다 해도 힘이 쇠하고 덕이 없으면 당연히 덕 있는 인재를 골라 보위를 내리는 것이 '선양 사상'이다.

무조(武照)가 보위에 오르자 때맞춰 장안거리에는 유언비어가 떠다녔다. 어떤 이가 봉황이 날아오르는 것을 보았다고 하자 소문은 금새 퍼져나갔다.

다른 소문은 주작이 맑게 갠 하늘에 구름을 이루었다가 날아간 것으로 정리되기도 했다.

마침내 태후 무씨는 천수 원년(690) 9월 12일에 성신황제(聖神皇帝)라 일컫는다. 이때 무조의 나이 63세였다. 이것은 60여년전에 관상가 원천강(袁天罡)이 그녀의 관상을 보고 '신채오철(神采奧徹) 용청봉경(龍睛鳳頸) 일각용안(日角龍顔)'이라 했던 점괘가 맞아떨어진 것이다.

당시 궁안에 사는 요옹(寥翁)이라는 관상가가 알 듯 모를 듯한 여운을 남기는 말을 했다.

"장차 궁안은 사내로 인해 소란스러워질 것이다."

그것은 궁안에 명당을 건립하기 위해 도사와 승려들이 무시로 출입하게 되면서였다. 때맞춰 항간에는 『여의군전(如意君傳)』이라는 책이 비밀리에 읽히었다.

이 책의 주인공은 설회의다. 중이 아닌 자가 궁에 들어와 중 행세를 하게 된 그의 속명은 풍소보였다. 그는 궁에 들어오기 전에 시장 어귀에서 싸구려 약을 팔던 약장수로 타고난 재치와 탄력있는 몸이 천금공주의 눈에 들어 궁에 들어온 것이다.

이러한 천금공주의 행장이 『이목기(耳目記)』에는 다음과 같이 쓰여 있다.

<당황실의 어느 공주는 남편이 바람을 피우자 그 여인을 붙잡아 코를 베어 버리고 음부를 깎아 얼굴 위에 올려놓고는 사람들에게 구경시켰다.>

당시엔 이 만큼 잔인했다는 것이다. 다른 쪽으로 보면 대단한 질투심이라고나 할까.

길거리에서 창봉술을 펼치던 풍소보가 천금공주의 눈에 띈 것은, 상당한 시간 동안 눈여겨보았다는 얘기가 된다. 일단 상대의 능력을 시험해 보고 측천무후에게 풍소보를 소개했다. 이 부분을 『여의군전』에는 다음과 같이 묘사한다.

<옛성인의 말씀처럼 양기는 남자만 기르는 것이 아니라 여자도 길러야 합니다. 여자가 음기를 길러 방사시에 음양의 기운을 합하게 하면 남자의 정액은 모두가 여인의 몸에 이로움을 주는 진액이 되어 들어갑니다. 이렇게 되면 백가지의 질병이 달아나고 얼굴에는 광채가 나며 오랫동안 젊음을 유지할 수 있습니다.>

『여의군전』을 비롯한 중국의 역사 기록에는 무후가 일흔 둘의 나이 때에도 머리칼이 젊을 때와 다름없었다고 기록하고 있다. 천금공주가 풍소보를 소개할 당시 무후의 나이는 예순에 불과했다. 이때 무후가 먹었던 비방은 어떤 것일까?

당나라 황실 법도에는 흥미로운 것이 있다. '맛있는 것은 나눠 먹는다'는 것이다. 이 점에 대해 아랫것들이 우선 음식(?)의 맛을 보고 괜찮다 싶으면 지체없이 윗전에 상납 한다. 이렇게 함으로써 또 다른 즐거움을 도모하고 거기에 대한 보상을 받을 수 있다.

남자 4명과 여자 2명 등 도합 여섯 명을 생산했지만 무후는 남편(고종)이 생존해 있을 당시엔 성적인 희락을 느끼지 못했었다. 그러나 금상의 높은 자리에 오르면서 완전히 정복자의 입장으로 바뀌자 생활리듬이 변했다.

황포를 입고 일곱 종류의 보석 꽃을 머리에 꽂고 3천여 명이 꿈틀대는 후궁을 답보했다. 이렇다보니 천금공주는 충분히 시험을 거친 풍소보라는 인물을 잠자리 손님으로 맞아들였다. 비록 천민이었지만 체격이 좋은 이 인물이 측천무후의 염사(艶事)를 다룬 『여의군전』에 거양의 인물로 등장한다.

설회의의 입장에서 본다면 한창 피끓는 나이다. 그러다보니 무리하게 힘을 쓴다 해도 탈이 없을 터이지만 무후는 달랐다. 일흔을 넘긴 할머니가 밤마다 설회의와 뒤엉켜 감미로운 환희를 맛본 데에는 어떤 비법이 있었을까? 『여의군전』에는 그것이 '무후주(武后酒)'라 밝힌다.

중국에서는 이 술을 '취하(醉蝦)'라 부른다. 살아있는 새우를 강한 도수의 술에 담갔다가 산 채로 먹는 방법이다. 새우는 팔짝 대며 난리굿을 피울 것이다. 이때 뚜껑 있는 그릇에 담갔다가 하나씩 꺼내 껍질을 벗겨 먹으면 강정 효과가 그만이다. 『여의군전』의 작가는 풍소보를 이렇게 스케치한다.

<그의 살덩이는 자못 여물고 굵었으며 음약을 사용해 매일 관계할 때마다 날이 새어도 싫어하는 법이 없었다. 그러므로 무후는 그를 사랑했고 태평공주의 남편인 설소의 아저씨라 하여 설회의라 고치고 궁에 머물게 하였다.>

이렇게 전개되어서인지 측천무후의 상은 변했다. 신령스러운 눈빛은 점차 원앙안(鴛鴦眼)으로 바뀌었다. 눈자위가 도화색을 띄웠다. 이런 눈은 부부간에 음양이 순하지만 부귀가 자신에게 돌아오면 음탕하고 난잡해진 것이 특징이다.

이렇게 하여 설회의는 당조 최대의 불사인 백마사의 주지가 되어 최고의 지위를 누리게 된다.

무식했던 건달은 자신을 추스르지 못하고 무후의 친정 조카들에게 말고삐를 잡게 하는 등의 건방을 떤다.

그의 무엄하고 방자한 행동으로 인하여 무후의 사랑은 심남로라는 어의(御醫)에게 옮아간다. 이 부분을 작가는 이렇게 묘사한다.

<심남로는 어의다. 여인의 은밀한 부위 가운데 어느 곳이 민감한 지를 알았으므로 쉽게 무후에게 즐거움을 안길 수 있었다.>

이후 무후는 궁안의 여러 사내들을 침전으로 불러들인다. 그러다가 일흔 셋에 세상을 하직한다. 여기에 흥미로운 사실 하나가 있는데 그것은 풍소보를 비롯하여 심남로 등이 성의 체위나 기교를 설명할 때에는 반드시,

"옛성인이 말하기를…."

이라 하며 자신이 행하고 있는 것이 한결같이 '옛성인의 도'라는 것을 강조한 것이다.

다시 말해 이런 것을 강조하기 위해 낭송하듯 읊조렸다는 것이다.

이것은 자신들의 행동이 '성인들의 말씀'으로 바꾸려는 의도였음을 관상가 요옹은 괴이한 일이라 하였다.

천하 제일의 부자 석숭은 호양비(胡羊鼻)

무당의 사설 가운데 '수명은 동방삭이고 부자는 석숭(石崇)'이라 하였다. 그는 부(富)와 사치(奢侈)로 중국의 역사에 첫손을 꼽는 인물이다.

그의 부친 석포(石苞)는 동진(東晉) 효무제 때의 인물로 왕의 신임을 얻어 전권을 쥐고 있었다. 그는 마땅히 그럴만한 자리에 올랐지만 본래는 보잘 것 없는 농민의 자식이었다. 그에게는 여섯 아들이 있었는데 모든 재산은 다섯 아들에게 나눠주고 석숭에게는 아무 것도 주지 않았다.

"여보, 어찌 그럴 수 있어요. 나이 어린 석숭에게도 재산을 좀 나눠주세요."

보다못해 어머니가 나섰으나 남편은 웃는 낯으로 고개를 저었다.

"그런 걱정은 당신이 아니 해도 되요. 숭은 제 손으로 억만금을 모을 것이오."

과연 석포가 장담한 대로 숭은 천하 갑부가 되었다. 석포는 어떤 이유로 그렇듯 장담을 했을까? 그것은 관상술이었다. 석숭은 호양비(胡羊鼻)다.

이른바 오랑캐 양의 코라는 뜻이다. 이런 코의 모습은 코가 크고 준두가 풍만하다. 그러나 석포가 걱정한 것은 산근과 연상과 수상이 튀어나왔다는 점이다. 석숭이 만석꾼이지만 끝이 불행한 것은 모두 이와 같은 이유 때문이다.

본시 진나라는 사치로 망한 나라다. 고관대작들이 사치하는 정도는 가히 말로 다할 수 없었다. 그 무렵 석숭과 사치 경쟁을 하던 인물은 왕개(王愷)였다.

왕개가 자사포(紫紗布)로 사십 리 보장을 만들면 석숭은 비단으로 오십 리 보장을 만들었다. 석숭이 호초가루로 벽을 바르자 왕개는 보란 듯이 적석지(赤石脂)를 사용했다. 어디 그뿐인가. 왕개가 조청으로 가마를 닦으면 석숭은 밀초로 밥을 지을 정도로 팽팽한 겨룸은 진행되었다.

당시 효무제는 사치 경쟁을 하던 왕개의 후원자였다. 한번은 효무제가 황실에서 전해오는 산호 지팡이를 왕개에게 주었다. 물론 그것을 가지고 석숭에게 가보라는 얘기였다. 산호 지팡이가 없는 석숭은 당연히 굴복할 것이라는 귀뜀이었다.

왕개가 자신 있게 내민 산호 지팡이를 석숭은 책상 위에 있던 철여의(鐵如意)로 중간을 쳐서 부러뜨려 버렸다.

"이게 무슨 짓인가?"

왕개가 의기 등등하게 따지자 석숭은 시큰둥하게 대꾸했다.

"변상해 드리면 될 게 아니오. 좀 나은 것을 드릴 것이니 나를 따라 오시오."

석숭은 앞장 서 창고로 안내되었다. 거기에는 수십 개의 산호 지팡이가 아름다운 광택을 내고 있었다. 석숭은 그 가운데에서 한 개의 지팡이를 골라 주었다.

『진서(晉書)』에 전하는 그의 사치에 대한 일화가 있다. 어느날 친구가 그의 집을 찾아왔다.

큰 대문을 지나 여러 개의 문을 거쳐 석숭이 있는 곳으로 온 친구는 화장실에 가도 싶다고 했다. 석숭이 맞은편 방을 가리켰다. 친구가 문을 열자 안에서 기이한 향내가 쏟아졌다. 거기에는 아름다운 여인들이 세 사람이나 있었다.

"어이쿠!"

그는 얼른 문을 닫았다. 잘못하여 안방으로 들어간 것이라 생각하고 질겁하여 돌아섰다.

"아니야, 거기가 화장실일세. 안으로 들어가면 계집 아이들이 잘 돌봐 줄걸세."

뒤가 급한 친구는 다시 안으로 들어갔다. 여인들이 공손히 맞이하는 그곳에는, 안에 비단이 있었고 그 위에 앉으면 뚫려있는 중앙으로부터 향수가 흘러나왔다. 여인네들이 밑까지 씻어주자 친구는 질겁하여 집으로 돌아가 버렸다.

당시에는 조왕(趙王) 윤(倫)이 전권을 쥐고 있을 때였다. 그에게는 구양건(歐陽建)이라는 조카가 있었는데, 이 조카가 조왕 윤과 사이가 좋지 않았다. 당시 윤의 심복인 손수(孫秀)라는 자가 있었는데 석숭의 애첩 녹주(綠珠)를 마음에 두고 있었다. 손수가 사람을 보내 녹주를 내놓기를 청했으나 말을 듣지 않자 모략을 꾸몄다.

결국 석숭은 어머니와 형, 처자 권속들이 처형을 당했다.

다시 말해 아무리 좋은 상이라 해도 '선'을 쌓지 않으면 변한다는 것이다.

유비는 용골은 길고 호골이 짧다

손(手)은 무엇인가를 잡는 것이 기능이다.

『마의상법』에서는 손이 섬세하고 긴 경우에는 성질이 너그럽고 베풀기를 좋아한다. 손이 짧고 두터운 자는 성질이 보잘 것 없고 천하며 취하기를 좋아한다. 그러나 손을 내려서 무릎보다 긴 사람은 세상의 영웅호걸이지만 손이 허리를 넘지 못하면 가장 빈한하다는 것이다.

『마의상법』에서 손이 무릎까지 내려간 것은 촉나라의 선주(先主) 유비(劉備)를 두고 한 말이다. 유비는 신장이 6척5촌이오, 손이 늘어져 무릎을 지났으며 스스로 눈을 돌려 그의 귀를 보았다는 것이다.

『삼국지연의』에 의하면 유비는 일단 기반을 잡자 깊은 생각에 잠기는 일이 많아졌다. 이제까지 많이 노력해 왔는데도 왜 능력이 오르지 않을까를 생각하였다.

첫 번째, 자신은 한나라 황실의 중흥이라는 대의명분 아래 열심히 노력하였다.

두 번째, 관우나 장비, 조자룡과 같은 장수들이 싸우고 있으므로 촉한의 군세는 누구보다 강하다.

그런데 유비는 실효를 거두지 못했다. 그 이유는 작전을 짜고 병력을 부릴 군사(軍師)가 없는 게 가장 큰 이유였다. 이럴 때에 서서가 제갈공명을 추천한다.

당시 공명은 남양의 융중산에 들어가 삼간초옥을 짓고 척박한 15경(頃)의 밭과 8백그루의 뽕나무로 근근히 생계를 꾸리는 중이었다.

유비는 의형제인 관우와 장비를 대동하고 세 번이나 찾아가 스물 일곱의 청년을 스승의 예를 다하여 받아들인다. 이른바 '삼고의 예'다.

촉한의 군사가 된 제갈량은 헌책한다.

"무엇보다 나라의 기틀을 든든히 하여 중원으로 나가야 합니다."

그리고 나서 당면한 정세에 대하여 털어놓는다.

"북쪽은 조조에게 양보하여 천(天)의 시(時)를 차지하게 되고, 남쪽은 손권에게 양보하여 지(地)의 이득을 취합니다. 또한 우리는 인(人)의 화(和)를 차지하여 형주를 손에 넣어 전진기지로 삼고 이어서 익주를 근거지로 삼아 천하를 삼분하는 제안을 하여야 합니다."

이것은 공명이 사세를 정확히 파악하여 내놓은 헌책이었다. 이렇게 하여 유비의 군세는 크게 일신했다.

관록궁이 매끄러운 조조(曹操)의 영화

전한(前漢)이나 후한(後漢) 시대나 황후 일족들을 둘러싼 외척과 환관들의 득세로 천하는 항상 소란스러웠다.

제10대 황제인 환제(桓帝) 때에 일어난 '전당고(前黨錮)의 화(禍)'는 2백여명을 살해한 사건이었고, 뒤이어 영제(靈帝) 때에는 7백여명이 살해 되었으며, 그후로 친족들까지 유형 당하는 '후당고의 화'가 일어났다.

이러한 일련의 일로 인하여 정치가 어려워 지면서 한나라 황실은 쇠퇴하기 시작했다. 이러한 시기에 하북지방의 장각(張角)이 이끄는 태평도라는 사교가 일어났다.

삼황오제의 하나인 황제(黃帝)나 노자(老子)의 학설에 불필요한 이유를 달아 민심을 현혹시킨 신흥종교였다. 장각에 대하여 『마의상법』은 지적한다.

<나계성(羅計星)은 나후와 계도다. 장각은 나후와 계도(두 눈썹)가 드물고 성기며 또 뼈가 높이 솟았으며 사람의 성질이 급하고 나쁜 짓을 좋아하게 된다.>

나라가 어지러워지면 백성들은 무엇에든지 구원을 찾으려 한

다. 그래서인지 사교의 무리들은 순식간에 수십만으로 늘어났다. 이때가 영제 17년으로 난을 일으킨 무리들은 엄청난 숫자로 늘어났다.

그들은 반란의 표시로 이마에 누런 수건을 썼으므로 황건적(黃巾賊)이라 불리웠다

황실은 비상이 걸렸다. 당고의 화 때에 구금되었던 사람들의 죄를 사해 주는 한편, 이들을 내세워 반란군의 무리들을 막게 하였다. 야심에 찬 패거리들은 앞다투어 군사를 일으켰다. 이무렵 조조(曹操)라는 젊은이 역시 반란군을 무찔러 이름을 떨쳤다.

당시 하남성 여남(汝南) 땅에는 허소(許劭)라는 자가 사촌형 정(靖)과 살고 있었다. 이 두 사람은 매달 초하룻날에 고향 인물들을 골라 비평을 가하였다. 이 비평은 아주 적절하게 맞아떨어졌으므로 '여남의 월단'이라는 평이 있었다. 이른바 '월단평(月旦評)'이다.

어느 날 조조가 허소를 찾아가 물었다.

"내가 어떤 사람인지 보아주시오."

허소는 상대를 살펴보았다. 유심히 시선이 가는 곳은 관록궁(官祿宮)이었다. 이곳은 이마의 중앙 부분으로 산근과 창고가 조화로워야 한다. 조조는 이곳에 결점이 없으므로 관리로서 영화를 누리는 상이었다.

"당신은 태평한 세상에서는 유능한 정치가가 됩니다만, 세상이 어지러워지면 난세엔 간웅이 될 것입니다."

조조는 이 말에 몹시 흡족해 하였다.

만약 허소가 다른 말을 해주었다면 『삼국지연의』는 내용이 바뀌었을 것이다.

제갈공명은 용안과 청수미(淸秀眉)

제갈공명은 이름이 양(亮)이며 호가 와룡(臥龍)이다. 그러니까 공명(孔明)은 자(字)인 셈이다. 그의 선조 제갈풍은 사예교위 직책에 있었으나 별것도 아닌 일에 참소를 받아 관직을 빼앗긴 채 향리로 내려와 평범하게 일생을 마쳤다.

그의 부친 규는 태산군승을 지냈고, 숙부 현이 예장 태수로 있었으므로 당시로서는 제법 여유 있는 집안이었다.

그러나 공명의 나이 열살 남짓 되었을 때 생모가 세상을 떠났고, 부친은 장(章)이라는 후처를 얻었으나 얼마 되지 않아 아버지마저 세상을 떠났다. 당시 제갈량의 집안은 형과 아우, 그리고 누이동생의 4남매였다.

형 제갈근은 계모와 함께 오(吳)나라로 들어가고 제갈량은 동생 균(均)을 데리고 남양의 융중산으로 들어가 어려운 생활을 하고 있었다. 나이가 이미 약관에 이르렀는데도 혼처를 정하지 못한 것은 전연 이상한 일이 아니었다.

제갈량에 대해서는 많은 얘기가 전해지지만, 「신선전(神仙傳)」에 의하면 제갈량은 어릴 때부터 폐앓이를 해온 것으로 나타나 있다. 그가 남양의 융중산에 칩거해 있을 때에 구천현녀(九天玄女)의 시녀 호리녀(狐狸女)가 찾아와 세 권의 천서(天書)를 주었다는 것이다.

『기문둔갑』을 비롯하여『육임』과『태을신수』가 그것이다. 제갈량은 이 신서를 익혀 천하의 재사가 되었다는 것이「신선전」의 내용이지만 너무 신빙성이 떨어지는 얘기다.

그에 대한 다른 기록에는 이런 내용이 자리잡고 있다.

어느 날 초당에 앉아 책을 읽다가 서안(書案;책상)에 의지한 채 잠이 들었는데 턱밑에 허연 수염을 나풀거리며 한 노인이 꿈길을 찾아왔다.

"그대는 용의 눈(龍眼)에 눈썹은 청수미(淸秀眉)다. 봉의 눈(鳳眼)에 눈썹이 일자미(一字眉)인 여인을 만날 것이니 내일 아침 일찍 동남쪽으로 가라."

깨어보니 너무나 선명한 꿈이었다.『마의상법』에서는 용안에 대해 이렇게 설명을 붙인다.

<용안을 지닌 사람은 크게 귀하게 되며 관직은 최고의 경지에 오른다. 눈의 흑과 백은 분명하고 빛이 나며 기와 신이 감춰져 있다. 이런 눈은 부귀가 상당한 경지에 이르고 많은 녹봉을 받고 천자를 배필하는 지위에 오른다.>

또한 청수미에 대해서도 좋은 평을 마다하지 않는다.

<청수미를 가진 사람은 부귀가 넘쳐흐르고 인정도 많으며 3, 4명의 형제가 있을 상이다. 청수미란 눈썹이 맑고 활같이 휘었으며 길고 순하게 천창(天倉)을 지나쳤다 눈은 귀밑머리로 들어가는 것이 대부분이며 다시 맑고 길게 된다. 총명하여 일찍 벼슬길에 오르고 동생은 공손하니 형제간에 우의가 돈독하다.>

다음날 아침. 동남쪽으로 떠나기에 앞서 제갈량은 자신의 사주

(四柱)를 써 품에 담고 길을 떠났다. 꿈속의 노인이 일러준 장소에 도착하니 수백 년 먹은 것으로 보이는 아름드리 나무 한 그루가 나타났다. 그때 반대쪽 길에서 가마 한 채가 나타났다. 상당히 먼 곳에서 온 탓인지 가마꾼들은 잠시 가마를 내려놓고 이마에서 흐르는 땀을 연신 닦아냈다.

제갈량이 흘깃 바라보니 가마앞에 걸린 족자(簇子)에는 얼굴은 곰보이고 눈은 뎅그런 봉황의 눈에 눈썹은 마치 한 일자를 그은 듯 옆으로 축 쳐진 아주 추한 여인의 모습이 걸려 있었다. 제갈량은 꿈속의 노인이 했던 말을 떠올렸다.

"그 처녀는 외견상으론 몹시 추해 보이네. 허나 내용을 알고 보면 더없이 아름답고 슬기로우니 기회를 놓치지 말고 그대의 사주를 주시게."

제갈량은 잠시 생각을 가다듬었다. 가마의 문앞에 건 족자의 얼굴은 볼품 없지만 실제로는 대단히 빼어난 용모의 여인이 앉아 있을 것이라는 생각을 해본 것이다. 이런 믿음으로 제갈량은 쉬고 있는 하인을 불렀다.

"나는 남양에 사는 제갈량이라 하네. 그대들이 메고 온 가마의 주인과 연분이 있어 청혼하려 하니 내 사주를 그대들 상전에 올리게."

하인은 즉시 사주를 받아 가마 안으로 밀어 넣었다. 잠시후 맑고 또렷한 소리가 가마 안에서 새어나왔다.

"그만 돌아가자."

일자미(一字眉)로 알려진 가마 속의 처녀. 그녀는 황승언(黃承彦)이라는 처사의 외동딸이었다.

황처사가 늦도록 자식을 갖지 못하여 북두칠성께 발원하여 늦게 얻은 외동딸은 태어날 때부터 모습이 흉하여 일반 처녀의 평

범한 용모에도 못 미쳤다. 더구나 머리카락까지 노란 탓에 본래
의 이름보다 황발처녀(黃髮處女)로 불리었다. 사정이 이렇다보니
혼처가 나올 리 만무였다.

그러나 그녀는 대단한 비밀을 감추고 있었다. 비록 용모는 추
했으나 침선공예(針線工藝)와 부덕(婦德)은 물론이려니와 천문·
지리·음양·오행·인사에 이르기까지 통하지 않은 것이 없고
제자백가(諸子百家)의 글에도 달통하고 기문둔갑의 법술에도 능
했다.

지난 밤 황발처녀는 자신의 박복한 처지를 한탄하다 스르르 잠
이 든 모양이었다. 비몽사몽간에 한 노인이 나타나 다독거렸다.

"그렇게 슬퍼하지 말아라. 인간사의 모든 일은 업(業)과 업의
연속이 아니겠느냐. 전생은 천하절색이었으나 그대가 아름다움
을 내세워 너무 교만히 굴었으므로 다음 생에서는 추물로 태어난
것이다. 그대의 심성이 고와 전생의 허물을 용서받을 수 있으니
분명 인연의 끈이 이어질 것이다."

처녀는 다음 날 꿈속의 노인이 일러준 대로 얼굴을 그린 족자
를 가마 앞에 걸고 삼거리로 나갔다. 그곳에서 사주를 건네주는
자가 남편이 될 것이라는 설레임의 당부를 들으면서. 황발처녀는
그렇게 하여 제갈량으로부터 사주를 건네받았다.

혼인은 순식간에 진행되었다. 평생 혼인 근처에도 못갈 것이라
는 빈정거림과는 달리 준수한 용모의 제갈량이 신랑이라는 말에
손님들은 믿어지지 않는 기색들이었다.

힘께나 쓰는 황승언은 외동딸의 혼인 음식을 넉넉하게 준비하
였으며, 초대받은 손님들은 밤이 깊어지도록 술잔을 나누며 두
사람의 혼인을 축하하였다.

신방에는 사모관대를 쓴 신랑과 신부가 첫날밤을 맞이하여 합

환주가 놓인 작은 상을 받고 있었다. 제갈량의 마음은 설레었다. 족자에 그려진 추악한 신부의 모습이 결코 실물은 아닐 것이라는 생각을 해본 것이다. 슬그머니 신부의 모습을 들여다보던 제갈량의 두 눈이 휘둥그레졌다.

'아니 이럴 수가?'

기대했던 용모가 아니었다. 추악하기 이를 데 없는 괴물 하나가 능라금침 위에 앉아 있었다. 하마터면 비명을 지를 뻔하다가 황급히 자리에서 일어났다. 황발처녀가 다급히 도포자락을 잡는 바람에 부욱 찢어졌다. 그런데도 제갈량은 밖으로 나가려고 상대의 손을 뿌리쳤다.

"잠시만 기다리십시오. 군자께서는 어찌 찢어진 옷을 입고 나가시렵니까. 첩이 곧 꿰매드리겠습니다."

용모는 추했지만 목소리는 더없이 아름다웠다. 이상하다는 생각을 하면서 곧 도포를 벗어주었다. 황발처녀는 큼직한 대바늘을 꺼내 듬성듬성 꿰맸다.

"서방님, 다 됐습니다."

큼지막한 대바늘로 꿰맨 옷가지는 흠 잡을 데가 없었다. 내친 걸음에 밖으로 나와 집으로 돌아가려고 얼마쯤 걸었다. 쉬었다 걷고 또 걸었다. 그러나 자신은 여전히 황발처녀의 문앞을 조금도 벗어나지 못했다. 그제야 제갈량은 마음에 짚이는 게 있어 신방에 되돌아 와 황발처녀를 꾸짖었다.

"부인은 문벌 좋은 가문에서 가르침을 받고 자랐을 것인데 어찌 이토록 무례하고 방자하단 말씀이십니까?"

황발 처녀가 눈물을 흘렸다.

"군자께서는 부디 노여움을 거두십시오. 첩이 전생에 무슨 죄를 지었길레 이토록 추한 몰골로 태어났는지 알 수가 없습니다.

어느 누가 첩과 혼인하려 들겠습니까. 나이가 찼음에도 어느 한
곳 혼담이 들어오지 않으니 죽고 싶은 마음이 간절했으나, 차마
연로한 부모님이 계신 터라 그러지도 못했습니다. 그러던 차에
군자께서 첩에게 청혼하여 동방화촉을 밝히기에 이르렀사온대,
오늘 군자께서 첩을 버리고 가신다면 부모님의 심정은 어찌시겠
습니까. 그런 연유로 예의에서 벗어난 줄 알았으며 꿈속에서 만
난 신명(神明)의 지시대로 군자를 돌아가지 못하도록 비방을 쓴
것입니다."

　제갈량은 다정다감한 사람이었으므로 부인의 간곡한 애소(哀
訴)를 듣고 신혼 초야를 지나게 되었다. 새벽녘에 눈을 뜬 제갈량
은 깜짝놀랐다. 황발 처녀의 추한 모습은 오간 곳이 없고 천하절
색의 아름다운 여인이 누워 있었다.

　"그대는 누구요?"

　"첩은 군자의 아내 황발부인입니다. 전생의 업보를 받아 추하
게 태어났으나 이젠 때가 되어 죄업을 속량 받아 본래의 모습을
찾았습니다."

　그곳에서 사흘을 보낸 후 부인과 함께 융중산의 자기 집으로
돌아왔다. 세상을 놀라게 한『육임』·『태을신수』·『기문둔갑』은
부인의 도움으로 익힌 기서(奇書)였다.

노자의 눈은 좌우가 빛나는 서봉안(瑞鳳眼)

눈은 관상학에서는 정신을 관찰한다. 이러한 눈은 첫째는 수려해야 하며 모양이 제자리에 있어야 한다.

둘째는 가느다란 것이 그러하면 재주가 있고 긴 것이 가느다랗지 못하면 사납다.

셋째는 안정되어 드러나지 말아야 하며

넷째는 눈망울이 시원해 보이면 신(神) 기가 있고 그,러하지 못하면 방탕하다.

다섯째는 눈의 위아래에 흰자위가 많지 않아야 한다. 흰자위가 많으면 형벌을 받는다.

여섯째는 사물을 오래동안 관찰하여도 피곤한 기색이 없으면 신이 풍족하다. 일곱째는 눈이 마음의 보살핌을 받아 오래 사용하여도 흐릿하지 않아야 한다.

이러한 일곱 가지의 방법이 『마의상법』에서는 신주안(神主眼)이라 하여 눈을 관찰하는 방법으로 사용돼 왔다. 눈이 좌우의 어느 쪽으로 움직여도 흐릿하지 않아야 되는 이유가 무엇인가? 그것은 눈이 마음의 거울로 보장을 받기 때문이다. 이를테면 흐릿하지 않고 피곤함을 느끼지 않는다면 정신이 맑다는 뜻이다.

흔히 '도덕을 지키려는 달인'으로 치부되는 노자(老子)의 눈은 서봉안(瑞鳳眼)으로 알려져 있다. 좌우 눈은 태양처럼 분명하고 모서리가 가지런하며 그곳에서 신광(神光)이 쏟아져 나온다는 것이다. 바로 이 신광 때문에 학문으로 이름을 날린다는 게 관상술의 시각이다.

노자가 황실의 사서 일을 팽개치고 길을 떠났다. 어느 때인가 함곡관(函谷關)에 이르자 곧장 관소로 통하지 않고 검은소의 고삐를 당겨 안쪽으로 돌았다. 이것은 벽이 낮은 곳을 찾아, 소의 잔등에 서서 관문을 넘을 심산이었으므로 당연히 검은 소는 성벽의 안쪽에 놓아둘 심산이었다.

관문을 지키는 순라꾼들은 벌써 알아차렸다. 처음에는 말을 탄 병사가, 그 다음에는 관소의 조장 격인 관윤희(關尹喜)와 네 명의 순라군이 달려왔다.

"멈춰라!"

큰소리를 지르며 달려온 그들은 노자를 보는 순간 훌쩍 말에서 뛰어내려 예의를 갖추었다.

"아니, 노담(老聃) 선생님 아니십니까? 이렇게 뵙게 되어 참으로 영광입니다."

노자는 난색을 지었다. 상대에 대한 일면식의 기억이 없는데 조장격인 관윤희는 오래 전의 기억을 툭 건드렸다.

"예전에 선생님의 서재에서 세수정의(稅收精義)를 배운 적이 있습니다."

그 사이 관소의 병사는 검은 소의 이곳저곳을 뒤집어보았다. 혹여 특별한 것이 있지 않나 싶었지만 별다른 것이 나오지 않자 입을 삐죽거리며 슬며시 그곳을 떠나버렸다. 좁은 길을 함께 걸으며 관윤희가 물었다.

"선생님, 성벽을 산책하십니까?"

"아닐세. 나는 밖으로 나가려 하네."

"예에? 나가신다구요?"

"신선한 공기를 마시고 싶네."

"일단 관소로 가시어 가르침을 주십시오."

그들은 노자의 답변을 듣지 않고 우르르 몰려들어 검은 소 위에 태웠다. 관소에 도착하자 더운 물에 만두를 대접하고 목간을 준비했다. 강의가 시작되었다.

"참된 도는 영구불변의 도가 아니다. 참된 이름도 영구불변의 이름이 아니다. 무명(無明)은 천지의 시작이고 유명(有明)은 만물의 어머니다."

병사들은 난처한 표정을 지었다. 서기는 꾸벅꾸벅 졸기 시작하였고 이미 몇 사람의 낯빛은 굳어 있었다. 그도그럴 것이 노자 강의에는 문제가 있었다. 발음도 정확하지 않을 뿐 아니라 섬서(陝西) 지방의 사투리에 호남음(湖南音)이 섞여 있어 발음을 구분하는 데 애로점이 많았다. 강의는 며칠 동안 계속되었다. 이윽고 노자가 강의를 끝내고 일어섰다.

"선생님 그동안 수고 많으셨습니다. 참으로 죄송한 말씀입니다만, 강의 내용을 목간(木竿)에 써 주신다면 더 이상 바랄 것이 없습니다."

노자는 식사하는 시간을 빼놓고 목간을 썼다. 이것이 훗날 이름을 찬연히 드러낸 『도덕경』이다.

관윤희는 이것이 언제 돈이 될 것인지를 가늠해 보다가 밀수품이 놓인 선반에 올려놓았다.

명궁(命宮)이 밝은 위과의 승리

위주(魏犨)는 춘추오패(春秋五霸)의 한사람인 진문공의 휘하 장수다. 공이 난을 피하여 초나라에 망명했을 때, 어느 날 사냥을 나갔다가 맥(貘)이라는 이상한 짐승을 맨손으로 잡아 이름을 떨쳤다.

맥은 곰처럼 생겼으나 곰은 아니었다. 머리는 사자처럼 생겼으며 발은 호랑이와 같았다. 수염은 멧돼지를 닮았고, 머리칼은 영락없는 승냥이였다. 꼬리는 소처럼 생겼으며 크기는 말보다 몸집이 컸다. 이게 맥의 모습이다.

사냥터에서 이 괴물이 5천여 병사에게 포위되었을 때 조최라는 점술사가 이 괴물에 대해 설명했다.

"맥이라는 녀석은 쇠와 구리 먹기를 좋아합니다. 오줌이나 똥이 쇠에 닿으면 금방 녹아 물이 됩니다. 뼈는 골속(骨髓)이 없고 쇠처럼 단단하고 질겨 쇠와 칼이 들어가지 않습니다. 다만, 한군데 뚫려있는 콧구멍으로 강철을 밀어 넣으면 제압할 수 있습니다. 움직임이 빠른 것은 불을 사용하면 됩니다. 놈은 불에 닿으면 녹습니다."

바로 이런 맥을 위주는 맨손으로 때려잡아 이름을 떨친 것이다.

무심한 세월이 흘러갔다. 명성을 날린 위주의 시대를 지나 그의 아들 위과의 시대가 왔다. 이때 진나라는 위기를 맞이하였다. 그것은 진(秦)나라 장수 두회(杜回) 때문이었다. 그는 백적(白翟) 태생으로 청미산의 흉포한 호랑이를 다섯 마리나 잡아 내려와 이름을 떨쳤다.

진환공은 그를 불러 용맹을 시험하고 단번에 수레를 함께 타는 거우장군(車右將軍)을 삼았다. 그후 두회는 차아산에 출몰하는 만여 명의 도적들을 깨끗이 빗질해 버렸다. 바로 이 두회가 위과의 진영을 급습해 쑥밭으로 만들었다.

두회는 도저히 대항할 수 없는 적이었다. 위과는 난국을 타개할 묘수를 찾기 위해 잠을 이루지 못하고 뒤척였다. 그러다가 얼핏 잠이 들었는데 누군가 속삭이는 소리가 들렸다.

"청초파(靑草坡)!"

위과는 잠이 깨었다. 그리고 머릿속에서 맴을 도는 '청초파'라는 말을 몇 번이나 되뇌었다.

'꿈속에서 누군가가 청초파라 했었다. 무슨 뜻일까. 무엇 때문에 그런 말을 내게 해주는 걸까.'

그때 동생 위기가 깨어났다. 고심하는 형에게 자신의 생각을 내비쳤다.

"형님, 우선 제가 그곳으로 가보겠습니다. 일단 병사들을 매복시키고 기다리겠습니다. 형님이 공격해 오시면 적을 앞뒤로 조각낼 수 있잖습니까."

다음날 위과는 두회를 만나 몇합을 싸우는 척 하다가 말머리를 돌려 달아났다. 두회는 장창을 휘두르며 한달음에 쫓아왔다. 이윽고 청초파라는 곳에 이르렀을 때 그토록 용맹하던 두회가 말 위에서 곤두박질 치며 나동그라졌다. 좋은 기회라 여긴 위과와 병사들이 달려들어 순식간에 나포해 버렸다. 위과가 물었다.

"도대체 어찌된 일인가. 두회라면 천하가 아는 용장인데 오늘은 어찌된 셈인가?"

"글세, 그 이유를 모르겠소이다. 청초파에 이르렀을 때 말이 힘을 쓰지 못하고 거꾸러지지 않겠소. 그러니 낸들 도리가 있어야지요."

위과의 머릿속에 스쳐가는 것이 있었다. 그것은 꿈길이었다. 그날밤 꿈길에 한 노인이 찾아왔다. 노인은 선 채로 두 손을 합해 예를 갖추며 말했다.

"두회라는 장수는 이 늙은이가 그 놈의 말이 달릴 때 풀을 엮어 고리를 만들었으므로 넘어진 것이랍니다."

노인은 덧붙였다.

"이 늙은이는 조희의 아비 되는 사람입니다. 장군께서는 선대인의 유언에 따라 내 딸아이를 좋은 곳으로 시집 보내 주었으므로, 이 늙은이는 하나 밖에 없는 딸을 살려주신 것에 대해 깊은 은혜에 감격하고 있습니다. 그로 인해 이번 싸움에서 고민하고 있는 장군님을 잠시 도와주신 것입니다. 부디 좋은 일을 하십시오. 장차 장군님의 자손들은 나라를 세우게 될 것입니다. 이 늙은이의 말을 잊지 마십시오."

"잠깐만 기다리십시오 노인장."

위과는 한 잔의 술이라도 대접하기 위해 노인을 불렀으나 이미 사라지고 난 뒤였다. 깨어보니 꿈이었다. 너무나 생생한 꿈을 곱씹으며 위과는 예전으로 돌아갔다.

위과의 부친 위주는 늙으막에 조희라는 어린 첩을 두었다. 너무 귀엽고 깜찍한 조희는 늙은 위주를 즐겁게 해주었다. 그는 전쟁에 나갈 때면 항상 이렇게 말했다.

"모름지기 장수는 싸움터에 나가면 언제 목숨을 잃을 지 모른다. 혹여 내가 전쟁터에서 목숨을 잃거든 어린 조희에게 좋은 배필을 구해 시집 보내거라. 그래야만 내가 편히 눈을 감을 것이다."

그러나 위주는 전쟁터에서 공을 세우고 돌아왔다. 그리고 천수를 누리고 병사했다. 평소에는 어린 조희의 재가를 원한 위주였지만, 나이 들어 병으로 죽게 되자 유언이 바뀌었다.

"조희는 애비가 사랑했던 여자다. 그러니 내가 죽거든 나와 함께 묻어다오."

이른바 순사(殉死) 시켜 달라는 뜻이다. 위과는 그런 말을 한지 얼마 안되어 세상을 떠났다. 당시에 위과는 부친을 장사지낼 때 조희를 함께 묻지 않았다. 그것은 부친의 정신이 온전할 때 했던 말을 유언으로 받아들인 것이다.

장사를 마치자 위과는 좋은 배필을 구하여 서모인 조희를 시집 보냈다. 그러므로 조희의 부친이 꿈길을 찾아와 옛은혜에 보답한 것이다.

위과는 명궁(命宮)이 밝다.

이곳에 깨끗하고 광채가 나므로 학문에 통달하였다. 만약 이곳에 주름이 있거나 흔적이 있다면 결국에는 가산을 없애고 조상까지 해를 입힌다.

마량의 흰 눈썹은 경청미(輕淸眉)

눈썹은 사람의 얼굴을 잡아주는 사표(師表)다. 관상학적으로 보면 눈썹의 모습에서 여러 가지를 짐작케 한다. 예를 들자면 속 눈썹에 사마귀가 있으면 총명하고 귀하며 장수한다. 만약 눈썹 위에 결함이 있다면 간사한 이들이 많고 눈썹이 박약하면 교활하고 망령됨이 많다.

이렇듯 눈썹에 관하여 생긴 모습으로 길흉을 논하는 것이 논미(論眉)다.

역사적으로 눈썹을 얘기하면 떠오르는 인물이 마량(馬良)이다. 그가 이름을 날린 시기는 위(魏)를 비롯하여 오(吳)·촉(蜀)의 삼국이 정립하여 패권을 다투던 이른바 삼국시대였다. 이 때 촉나라에 마량이라는 장수가 있었다. 자를 계상(季常)이라 하였는데 뛰어난 참모였다. 유비가 촉한을 세우자 시중(侍中)으로 임명될 만큼 뛰어난 인물이었다.

그의 능력을 알고 있는 유비는 마량으로 하여금 남방의 야만족을 다스리게 하였다. 마량은 임무를 충분히 수행하여 야만족들을 신하로 거둬들였다.

이러한 마량은 다섯 형제였다. 그들은 자에 상(常)이 들어 있으므로 세간에서 오상(五常)이라 불렀다. 마씨 오형제는 학문이 높았다. 이들 형제 가운데 마량은 유달리 태어날 때부터 눈썹이 희었다. 그로인해 사람들은 백미(白眉)라 했는데, 눈썹모습은 영락없이 경청미(輕淸眉)였다.

이 눈썹은 일찍부터 귀해지고 대개 다섯이나 여섯 명의 형제가 있다. 눈썹은 맑고 활처럼 뛰놀 듯이 성기면 일찍 출세를 한다. 형제 간에 우의가 두터운 게 특색이다. 사람들은 이렇게 말했다.

"마씨 집의 오상은 뛰어나지만, 그 중에 흰 눈썹의 마량이 제일이다."

그러므로 흰눈썹(白眉)이라 하면 여럿 가운데 뛰어나다는 것을 나타낸다.

마량의 주군인 유비는 위와 오를 격파하고 한실의 부흥을 목표로 싸웠다. 그리고 큰 공을 세워 이름을 날렸다. 그러나 마량은 사천성에서 오나라 군사들과 대치하던 중, 공명과 상의를 하지 않고 병력을 이동시켰다가 전사하였다. 이렇게 보면 흰눈썹은 '장수를 보장한다' 것은 아닌 모양이다.

화독은 긴 팔 원숭이의 눈(猿目)

춘추 초기의 송나라에 공부가(孔父嘉)라는 이가 있었다. 그는 송상공의 심복으로 삼군사령관인 사마(司馬) 자리에 있었다. 그런데 송상공은 이 자리를 자신의 부친에게서 물려받은 게 아니고 작은아버지에게서 받았다.

잠시 집안 내력을 살펴보면, 송상공의 아버지 선공(宣公)은 세자인 상공을 놓아두고 보위를 아우인 녹공에게 넘겼다. 그러자 녹공은 아들을 잠시 정나라에 있게 하고 조카 상공에게 넘겼다. 그런데 이 때에 녹공이 조카에게 나라를 넘기라고 위촉을 받은 이가 바로 공부가였다.

보위에 있는 상공의 생각은 달랐다. 아버지나 작은 아버지가 했던 것처럼, 그 역시 보위를 공자 풍에게 넘겨야 했지만 그것을 따르고 싶지 않은 것이다. 그렇게 하자면 풍을 죽이는 수밖에 다른 도리가 없었다.

당시 나라의 사람들은 녹공에 대한 추모의 정이 깊어졌고, 그의 아들인 풍에 대해서도 좋은 감정을 지니고 있었다. 공부가 역시 녹공의 청탁을 받기 전에는 풍을 좋아했다. 그러나 죽음에 직면하여 그같은 일을 위촉한 이상 무엇보다 군신 간에 신의를 지키는 것을 중요하게 생각하였다.

그런데 이 당시 공부가 보다 관직이 높은 태재(太宰) 화독(華督)은 공자 풍과 사이가 원만했다. 어떻게든 풍을 죽이려는 상공은 여러 차례 이유를 들어 정나라를 공격하였다. 그때마다 화독은 공격의 옳지 않음을 주장했지만 이미 공부가와 상공이 짜 맞춘 일이므로 어쩔 도리가 없었다.

이 무렵에 공부가는 본부인이 죽고 위씨에게 새로 장가를 들었다. 새로 맞은 여인이 천하의 절색이라는 말에 화독은 궁금증이 불길처럼 일어났다.

'도대체 어느 정도의 미색이기에 그런 소문이 났을까?'

얼굴이라도 한번 보았으면 소원이 없을 것 같았다. 그런 마음이 통해서일까. 늦은 봄 친정에 왔다가 돌아가던 위씨는 성묘를 가게 되었다.

그녀는 기왕 나온 김에 주위의 풍경을 보고 싶어 마차의 휘장을 걷고 산과 들을 살피며 지나갔다. 화독도 화창한 봄 거리를 구경차 나왔다가 위씨의 아름다운 자태를 보게 된 것이다.

'참으로 빼어난 미색이다.'

화독은 가슴이 철렁 내려앉았다. 주위의 시종들에게 넌지시 물었다.

"뉘집 여인이냐?"

"공사마댁 마나님이십니다."

화독은 그때부터 마음이 들떠버렸다. 눈을 감거나 잠을 자도 온통 위씨 모습뿐이었다. 어떻게든 그녀를 자신의 수중에 둘 수 있다면 무슨 일이든 못할 바 없었다.

그렇게 하루 이틀이 지나고 몇 달이 지나는 동안 흐트러진 마음은 하나의 결심으로 굳어졌다.

'어차피 미운 놈의 계집을 빼앗는 것이니 큰일을 저지르는 것이 좋겠다.'

화독이 이런 꿍꿍이를 마음에 키우고 있을 때, 공부가는 대(代)라는 나라를 치러 갔다가 정나라에서 원병을 파견하는 바람에 홀로 도망쳐 온 일이 있었다.

이것은 추태에 가까운 결과였다. 당연히 백성들의 원성이 높아질 수밖에 없는 점을 화독은 이용했다. 수하들을 길거리로 내몰아 공공연히 유언비어를 퍼뜨린 것이다.

"전쟁을 해마다 일으키는 것은 모두가 공사마의 짓이다."

그런가하면 공자 풍을 죽이기 위해 전쟁을 일으킨다는 점도 강조했다.

기다렸다는 듯이 병사들이 나섰다. 그들은 화독에게 몰려가 해마다 전쟁이 일어나는 것을 중지시켜줄 것을 요구했다. 화독은 능청을 떨었다.

"전쟁은 나의 소관이 아니오. 모두가 공사마의 소관이므로 들어줄 수 없소."

다시 병사들이 모여들었다. 그들은 옷 속에 칼을 숨긴 채 숫자를 더해갔다.

"전쟁이란 나라를 운영하기 위해 어쩔 수 없다. 그러므로 백성들은 군주를 위해 죽음도 불사한 채 전쟁터로 나간다. 그러나 우리나라를 보라. 백성들이 무슨 죄가 있어 해마다 전쟁터에 나가 죽임을 당하는가. 군주의 사사로운 욕심 때문에 우리가 희생해야 된단 말인가?"

군중이 격분하여 날뛰자 화독이 나섰다.

"그대들이 이렇듯 날뛰면 공사마가 어찌 모르겠는가."

누군가 외쳤다.

"태재께서 우리를 이끌어 주신다면 두려울 게 없습니다. 자, 태재를 모시고 무도한 자들을 처단하러 갑시다!"

화독은 그들을 진정시켜 일체 말을 못하게 하고 공부가의 집으로 가서 대문을 두드렸다. 이때 공부가는 술을 마시고 있었다. 그는 화독이 급한 일을 상의하러 왔다는 말에 문을 열었다. 순식간에 병사들이 밀려들었다.

"백성들을 해치는 도둑이 여기에 있다!"

화독의 심복 옥사가 칼을 빼들었다. 순식간에 공부가의 목이 떨어졌다. 위씨는 갑작스러운 변고에 이끌려 나왔다. 주위는 이미 어둑해진 상태이므로 화독은 위씨를 마차에 태우고 집으로 데려왔다. 마음이 어느 정도 진정되자 위씨는 비로소 사태가 파악되었다. 이렇게 된 이상 욕된 삶을 살고 싶지 않았다. 은장도를 찾았으나 품안엔 아무 것도 없었다. 위씨는 허리띠를 풀었다. 그것으로 자신의 목을 세차게 조였다.

집에 도착한 화독이 마차의 문을 열었을 때에는 이미 위씨의 숨은 끊어진 후였다. 땅이 꺼져라 한숨을 몰아쉬며 위씨의 주검을 들판에 버리게 했다. 화독은 공부가의 죽음을 조상하러 온 상공을 살해하고 정나라에서 공자 풍을 데려와 보위에 앉히며 소란은 가라앉았다.

이때 공부가엔 목금부(木金父)라는 아들이 있었다. 가신들은 그를 안고 노나라로 도망쳤다. 그곳에서 성을 공(孔)이라 하고 공씨의 시조가 되었다.

공자는 그의 6대 손이다.

금궤와 갑궤가 풍부한 왕지

서한 왕조가 세워질 무렵 장도(臧荼)라는 인물이 있었다. 황제인 유방이 그를 연왕(燕王)으로 책봉했는데 봉지는 하북성 북부이고 수도는 계성(薊城)이었다. 생각지도 못한 자리에 오른 장도를 요옹(蓼翁)이라는 관상가가 이렇게 평했다.

"장도는 다리가 길며 정강이가 마르고 기색이 수척하여 항상 머무르지 않습니다."

요옹이 말한 이러한 관상은 크게 고생할 상이다.

과연 그런 일이 벌어졌다. 과대한 욕심으로 반란을 일으킨 탓에 봉국은 몰수당하고 모든 직위는 취소되었다. 장소는 당연히 목숨을 잃었다. 가족들도 애꿎게 헤어질 수밖에 없었다. 그의 손녀 장아(臧兒)도 평민의 신분으로 떨어져 장안의 위성도시 괴리(槐里)의 왕중(王仲)에게 시집갔다.

장아는 1남 1녀를 생산했다. 사내아이는 왕신, 계집 아이는 왕지와 왕식후이다. 왕중의 사후 장아는 장안의 다른 위성도시인 장릉(長陵)의 전선생에게 개가하여 두 명의 아들을 낳았다. 전분과 전승이었다.

그런가하면 왕지는 스무 살이 조금 못되어 김왕손(金王孫)과 혼인하여 딸을 하나 낳았다. 그런데 어느 날 이곳에 온 쪽집개 점쟁이 요옹이 일을 복잡하게 만들었다. 그는 장아 자녀들의 관상을 보다 왕지의 얼굴에 이르러 탄성을 터뜨렸다.

한마디로 왕지는 금궤(金匱)와 갑궤(甲匱)가 풍부하게 살이 찌고 누런 빛이 살아 있다는 것이다. 그러므로 마침내는 집안을 크게 일으킨다.

금궤와 갑궤는 콧구멍의 양쪽 곁에 있다. 또한 왕지의 와잠(臥蠶)이 윤택하여 누에가 있는 것 같으므로 귀한 아들을 낳는다. 관상가 요옹은 말한다.

"당신의 따님은 머지않아 천자를 생산하실 것입니다. 능히 황후가 되실 상입니다."

이어서 다른 자녀들의 상도 보았다. 모두들 앞날이 유망하지만 큰 딸만큼은 못할 것이라고 일침을 놓았다. 장아는 천하를 얻는 느낌이었다. 그러나 일개 평민에게 시집을 간 딸이 어떻게 황후가 되겠는가. 그것은 도무지 풀리지 않는 수수께끼였다.

때마침 유계가 황태자로 책봉되어 시중을 들 처녀를 고르는 중이었다. 장아는 손뼉을 쳤다. 이것이야말로 하늘이 내려준 기회로 본 것이다.

'왕지를 태자궁으로 보내 황태자의 눈에 들기만 한다면 요옹의 예언이 이루어지는 것은 식은 죽 먹기야.'

왕지는 남편이 있는 몸이었지만 모친의 엄명에 따라 열 여덟 살 숫처녀로 가장하여 태자궁으로 들어갔다. 이어 장아는 김왕손을 찾아가 헤어질 것을 강요했다.

김왕손으로서는 참으로 어처구니가 없었다. 아무리 세도가 좋기로서니 자식을 낳은 딸을 억지로 갈라놓는 장모가 그리 고울리 없었다. 아무리 협박해도 효과가 없자 마침내 본색을 드러냈다.

"흥, 그렇다면 어디 두고 보아라. 옛날에야 너의 재물이 탐이나 딸을 주었다만 지금이야 사정이 다르지 않은가. 좋게 말할 때 말을 듣지 않은 결과가 어떤 지를 알게 되리라."

이 무렵 유계 태자는 완전히 왕지에 빠져 있었다. 남자 다루는 솜씨가 뛰어난 왕지의 교태에 유계는 완전히 매료되어 버렸다. 더구나 그녀는 동생 왕식후까지 바쳤다.

이렇게 되고 보니 그녀는 더없이 현숙한 여인으로 비쳐졌다. 예나 제나 여인들이 현숙하게 보이기 위해서는 이만큼의 대가는 지불해야 한다.

왕지는 평양공주(平壤公主)와 남궁공주(南宮公主) 등의 두 딸을 낳았다. 그리고 사내아이를 낳았다. 이 사내아이에 대하여 많은 이야기가 있다.

기록에 의하면 그는 기원전 156년 7월 7일에 태어났다고 하여 칠석(七夕)이라 불렀다.

그후 유계의 꿈에 조부인 유방이 나타나 유저(劉猪)라 부르게 했다 하여 '유저'라 지었으나 이름이 좋지 않다는 생각에 철(徹)로 바꾸었다.

바로 한무제(漢武帝) 그 사람이다.

반초는 제비 턱에 호랑이 이마

광무제(光武帝) 유수로부터 출발한 후한 제국은 명제·장제·
화제 초기에는 융성기를 맞이하였다. 그러므로 왕망이 신(新)나
라를 세워 주변국을 흔들지 못했던 매듭들은 비로소 화통하게 풀
리기 시작했다. 즉, 중국의 서쪽에 있는 여러 나라의 정벌을 본격
적으로 시작한 것이다.

유수가 보위에 오른 이후 흉노는 내부 분열을 일으켜 둘로 나
뉘었다. 남흉노는 한나라에 항복했으나 서북방에서 이동해 온 북
흉노는 기회만 있으면 변경 도시들을 침입하여 방화와 약탈을 일
삼았다.

그들은 점차 세력을 확충시키더니 급기야 서역 방면을 경영해
나갔다. 한나라 조정에서는 급기야 흉노 토벌대가 편성되고 원정
군은 길을 떠났다.

그 시작은 2대 명제 때였다. 명제는 광무제의 사위 두고(竇固)
에게 명해 흉노를 천산에서 무찌르고 이오로(伊吾盧)에 둔전병을
두었으나 워낙 멀리 떨어진 곳이라 북흉노의 침입을 제때 막을
수 없어 골치를 썩고 있었다.

이때 중앙정부에서는 반초(班超)를 서역으로 파견하였다.『마
의상법』에 의하면 반초는 '제비 턱에 호랑이 이마(燕頷虎額)의 형
상이다'라고 밝히고 있다. 당시의 관상가 허부(許負)가 말하기를,
"대개 이런 류의 상은 장군이나 정승의 반열에 오른다. 머리와
이마는 모나고 둥글며 입과 눈이 함께 크다."

반초는 본시 장안 교외 부풍안릉(扶風安陵)의 학자 반표(班彪)
의 아들이다.『한서(漢書)』의 저자로 알려진 사학자 반고(班固)의
아우이기도 한 그는 소년 시절부터 남다른 면이 많았다.

이후 그는 난대영사(蘭臺令史)라는 지위에 있었다. 난대라는
것은 황제의 도서관이고 영사는 도서관의 책을 관리하는 자리다.
요즘으로 말하면 도서관장에 해당한다.

반초는 이 자리에 있으면서 열심히 글을 썼다. 그것은 형제 자
매들의 영향도 많았다. 어느 날 흉노가 변경에 침입하여 불을 지
르고 약탈하는 바람에 가곡관의 성문이 폐쇄되었다는 말을 듣고
격분했다. 그는 붓을 집어 던지고 무장을 갖추더니 원정군에 합
류했다. 이때의 정경을『후한서』「반초전」에는 다음과 같이 그리
고 있다.

"남자가 대장부로 태어났으면 마땅히 장건을 본받아 나라에 공
을 세우고 자신은 봉후의 자리에 오르거늘 어찌 필연(筆硯)에 의
지하고 있을 것인가!"

원정군 사령관은 두고였다. 그는 반초를 가사마(假司馬)로 삼
아 서역에 사자로 파견했다.

처음 그들이 도착한 곳은 선선국이었다. 처음에는 사신 대접이
극진했으나 날이 갈수록 소홀해졌다. 반초는 그 이유가 흉노의
사자 때문이라는 것을 알아차렸다.

"우리가 이곳에 온 것을 알고 흉노 쪽에서도 사자를 보낸 것

같다. 좀더 사태의 추이를 살펴 본 후 방도를 세우는 것이 좋겠다."

아닌게 아니라 선선국에서는 흉노의 사자가 도착하여 왕에게 압력을 넣고 있었다. 그들은 한나라의 사자들을 빨리 생포하여 자신들에게 넘기라고 성화였다.

시일이 지체되면 자신들의 처지가 포로로 떨어질 판이어서 반초는 여섯 명의 수행원을 불러모았다.

"이대로 있다가는 언제 저들의 손아귀에 들어갈 지 모른다. 이왕지사 여기까지 왔으니 호랑이 굴로 들어가야겠다. 호랑이 새끼를 잡으려면 그리하지 않고서야 어찌 가능하겠는가. 흉노의 사자를 치지 않으면 우리가 위태로워질 것이다. 그리되면 서역은 저들의 손아귀에 들어갈 것이다."

"알겠습니다."

"처지가 이러하니 오늘밤 행동을 개시하는 게 좋겠네. 저들의 움직임을 예의 주시하게."

반초는 이날 밤 행동을 개시했다. 흉노의 사자들이 묵고 있는 숙소를 급습하여 서른 명을 살해하였다. 선공을 하여 기선을 제압한 것이다. 변고를 듣고 달려온 선선국 왕은 무슨 일이든 따르겠다고 애걸했다.

이후 반초는 오전과 소록을 위시하여 천산 산맥 남쪽 지역의 여러 나라까지 복속시켰다.

복덕궁에 결함이 있고 지각(地閣)이 깎인 한신

우리가 장기 알을 만지작거리며 장이야 멍이야 즐겁게 소리치는 초한상쟁(楚漢相爭)에 대해 모르는 사람이 없을 것이다. 그만큼 초패왕 항우와 유방의 얘기는 구전되거나 소설로 만들어져 많은 사람의 사랑을 받아왔다.

계략을 짜는 데 일가견이 있는 장량이나 입담 좋은 소하, 또 천군만마를 호령하던 한신(韓信)의 얘기를 들을 때마다 한 편의 역사 드라마 속에 자리잡은 호걸들의 모습을 떠올린다.

서한 왕조 초기에 진희가 반란을 일으켰다. 난을 진압코자 유방이 출정하는 데 한신은 병을 빙자하여 합류하지 않았다. 물론 진희를 아끼는 마음에서였다. 얼마 후 전황이 전해졌다. 진희가 곡양에 진을 치고 있다는 소식이었다.

'이런 낭패가 있나. 감단에 진을 쳤다면 버틸만 하나 곡양에 진을 치면 위험하다. 유방이 감단에 들어가 진을 치면 필경 패하고 말리라.'

한신은 급히 진희에게 밀서를 썼다.

<그대는 서둘러 군세를 나눠 소롯길로 올라와 도성을 치라. 그

러면 나는 안에서 내응하리라. 이렇게 되면 유방은 앞뒤로 협공
당하여 패하리라.>

한신의 하인 중에 사공저(謝公著)라는 자가 있었다. 그는 밀서
를 가지고 가는 자와 친분이 있어 전송할 때에 마신 술이 과하여
크게 취했다. 한신은 비틀거리는 녀석에게 꾸짖었다.

"네놈은 무슨 일로 아침에 나갔다가 이제야 만취되어 나타났느
냐?"

사공저의 대답이 뜻밖이었다.

"내 일찍이 적과 내통한 바가 없는데 어른께선 어찌 못 믿으십
니까."

한신은 소스라치게 놀랐다.

사공저라는 놈이 자신의 기밀을 탐지했다는 확신이었다. 살려
둘 수 없다는 생각을 하고 내실로 들어가는 데 부인 소씨(蘇氏)가
묻는다.

"어찌 노하셨습니까?"

"그놈이 함부로 말을 하는 바람에 살려둘 수가 없소."

소씨가 만류했다.

"나으리께서 야밤에 그 아이를 죽인다면 사람들이 놀랄 거예
요. 하오니 날이 밝거든 엄히 주의를 주는 게 좋겠습니다."

한신도 추궁할 생각을 접었다. 그러나 새벽 오경쯤 되어 사공
저의 아내는 취기에서 깨어난 남편에게 핏기가 가신 낯으로 퍼부
어댔다.

"도대체 당신은 정신이 있는 사람이오, 없는 사람이오. 뭘 믿고
그런 말을 함부로 한단 말이오. 당신이 돌아오자 한후(韓侯)께서
적지않게 의심을 하고 있는데 함부로 망령된 말을 지껄였으니 노
여움을 산 건 당연하잖아요."

"내가 뭘 어쨌다고 그래?"

"당신이 한후께 그랬잖아요. 당신은 일찍이 적에게 내통한 일이 없는데 어찌하여 믿지 못하느냐고요. 한후는 더욱 놀라고 의심하여 내실로 들어갔으니 필경은 무슨 사단이 나도 날 거예요. 그러니 속히 이 집을 떠나는 게 좋을 것 같애요."

사공저는 간단하게 짐을 꾸려 집을 빠져나왔다. 그러나 갈 곳이 없었다.

한신의 휘하에는 많은 하인들이 있다. 섣불리 도망 치다간 십중 팔구 목숨을 잃기 마련이다. 사공저는 한동안 골똘히 생각하더니 승상부를 향해 달려갔다. 살 수 있는 길은 고변 뿐이었다.

승상 소하는 밀고자의 말을 듣고 긴장했다. 급히 사공저를 데리고 여후(呂后)를 찾아가 자초지종을 고했다. 당연히 여후의 눈꼬리가 치달아 올랐다.

"자라처럼 엎드려 병을 핑계 삼아 나서지 않는다 싶더니 그런 꿍꿍이가 있었구만. 어쨌든 한신의 음모가 밝혀졌으니 지체없이 잡아들여 처단 하시오."

소하는 목소리를 낮추었다.

"아닙니다 마마. 이 일은 극비에 붙여야 합니다."

"그게 무슨 말이오?"

"만약에 일어날 지 모르는 소란에 대비하자는 것입니다. 우선 진회를 닮은 죄수를 옥중에서 끌어내 참한 후그 머리를 성문에 높이 걸고 폐하께서 진회를 토벌하였다고 선포하면 신하들이 한 차례 올 것입니다. 그때 병사들에게 명하여 잡는 것이 좋을 듯 싶습니다."

모든 일은 소하의 계획대로 진행되었다. 급히 승상부에서 사람을 파견했다. 내용은 진회를 평정했으니 개국 원훈에게 봉작을 내린다는 것이었다. 한신과는 달리 소씨가 걱정했다.

"천자께서 도성을 떠나실 때에 당신은 나가 보지도 않았어요. 이것만으로도 의심을 사기에 충분하잖아요. 그런데 승전의 소식을 듣고 나가신다면 여후가 당신에게 위해를 가하지 않을까요?"

한신은 여유가 있었다.

"그건 그렇지 않소. 조야의 대신들이 모두 나와 천자의 환궁을 축하하는 자리에 나만 빠진다면 그게 더 이상한 일이 아니오. 소하는 나와 각별한 사이니 다른 일은 없을 것이오."

그런데도 소씨는 불안한 마음을 감추지 못했다.

"첩이 오늘 공의 기색을 살피니 참으로 어둡습니다. 오늘 따라 유난히 턱이 둥글고 이마가 좁아 보입니다. 이것은 옛 관상가들이 말하는 것처럼 복덕궁(福德宮;옆 이마 상당으로 천창에 위치한다)에 결함이 있으며 지각(地閣)이 깎인 형상이니 분명 좋지 않은 일이 일어날 조짐이에요. 그러니 다시 한번 생각해 보세요."

그러나 한신은 두 번 생각할 필요가 없다는 듯이 집을 나섰다. 여러 조신들이 함께 한 자리에서 여후는 한신 혼자만 남게 한 후 결박을 지웠다.

"황제께서는 너를 끔찍이도 총애하였거늘 네 놈이 무슨 염치로 반역을 도모했느냐?"

한신은 그런 적이 없다고 펄쩍 뛰었다. 그러나 사공저가 등장하고 밀서가 나오자 마침내 고개를 숙였다. 여후는 즉시 목을 베라는 명을 내렸다. 끌려가는 한신은 탄식했다.

"아, 정말 후회막급이다. 내 어찌 괴철을 말을 듣지 않고 한낱 아녀자의 손에 죽게 됐는가."

한신을 끌고 나간 무사들은 미앙궁 장락전 종실(鍾室) 아래에

서 목을 베고 삼족을 멸하였다. 이때가 대한 11년 9월 11일이었
다. 하늘은 온통 먹구름에 휩싸이고 남녀 모두 슬픔에 싸였다.

얼마후 진회를 평정하고 돌아온 유방이 물었다.

"한신이 죽을 때에 무슨 말을 남기지 않았소?"

"괴철의 말을 듣지 않아 그리 되었다는 것 같아요."

유방은 신하들에게 물었다.

"괴철이 누군가?"

진평이 설명했다.

"그 자는 제나라 태생으로 지모와 기변(機變)이 능한 술사라고
합니다. 십이궁 비결에 의하면 괴철의 형제궁(兄弟宮;두 눈썹)은
서로 이어져 있고 누렇고 박한 형태로 알려져 있으니 형제 간에
는 쥐와 뱀같은 사이가 되며 타향에서 목숨을 빼앗기는 형상으로
알려졌습니다. 그 자는 일찍이 한신과 인연을 맺었으며 항상 그
의 곁에서 세상이 놀랄 계교를 내놓았습니다. 그런데 자주 한신
에게 모반할 것을 권하였으나 한신이 듣지를 않자 그때부터 미친
척 하며 세상을 떠돌며 유리걸식했습니다."

괴철의 행방을 수소문한 후 잡아오기 위해 육가가 제나라로 떠
났다. 군주 이현(李顯)을 찾아가 괴철의 소식을 탐문했다. 이현의
기색이 들썩였다.

"무슨 일로 그 미치광이를 찾으십니까?"

"모르시는 말씀. 그 자는 미친 척 할 뿐이오. 그 자를 찾아가 한
신이 죽었다는 소식을 전하면 크게 울부짖을 것이니 그리되면 황
제께 잡아갈 것이오."

과연 육가의 말대로 괴철은 한신의 죽음을 듣고 방성통곡했다.
그때 육가가 잡아끌었다. 거의 압송되다시피 천자 앞에 끌려온
괴철을 향해 추궁이 떨어졌다.

괴철은 태연했다.

"제가 모반할 것을 권했습니다. 나는 그대로 말하면, 신은 그때 한신이 있는 것만 알뿐 폐하가 계시는 것은 몰랐습니다. 그 어린 애가 내 말을 듣지 않고 목숨을 잃었으니 소신도 홀로 살고 싶지 않으니 죽여 주시옵소서."

유방은 감탄했다.

"과연 소문대로 그대는 기재로다. 사람마다 제각기 주인이 있다는 말을 들었거니와 과연 괴철은 한신의 사람이로다."

그런 다음 괴철에게 다시 말했다.

"짐은 그대의 죄를 용서하고 관록을 내리겠노라."

그러나 괴철은 머리를 저었다.

"관록은 신이 원하는 바가 아니옵니다. 원컨대 폐하께서는 한신이 천하를 평정한 공을 생각하시어 그의 수급을 신에게 하사하시어 초왕으로 추증해 주시옵소서. 또한 회음 땅에 장사를 지내게 하신다면 신은 평생을 그의 무덤이나 돌볼까 하나이다."

천자는 허락하였다.

죽음을 눈앞에 둔 괴철은 다시 삶의 자리에 서서 죽은 옛주인의 망령을 달래는 책임을 안고 있었다.

소공은 의리가 박약하고 탐욕스런 노루코(獐鼻)

남조(南朝)의 세 번째 왕조인 양조(梁朝)는 4대 55년을 이었다. 그 가운데 48년간이 문인 천자 양무제(梁武帝)의 치세다. 그러고 보면 그는 39세에서 86세의 노령까지 재위에 있던 셈이다.

여름날 팥죽 끓듯 하는 남조 180년간의 역사에 양무제의 치세 기간은 결코 짧은 것이 아니었다.

그가 재위에 있는 48년간은 마지막 몇 년을 제외하고는 천하가 조용했다. 따라서 이 시기를 남조의 유일한 황금시기로 잡는다. 이렇듯 그의 치세가 아름다울 수 있었던 것은 학문과 문예에 힘을 기울였고 불교 신앙이 깊은 것으로 풀이된다.

양무제 소연(蕭衍)은 송조의 효무제 대명 8년에 남경 부근의 말릉현에서 태어났다. 부친 소순지(蕭順之)는 하급 관리였다. 족형뻘인 소도성(蕭道成;제나라의 고제)이 나라를 세워 천자가 됐으므로 차츰 그의 벼슬은 높아졌다. 그러나 소도성의 아들 대에 이르러서는 벼슬길이 더 높아지지 못하고 그저 평범한 말년을 보내게 되었다.

따라서 양무제는 청년시절의 황금기를 아주 편안하게 지냈다.

단순히 문학을 좋아하는 청년이라기보다 대세를 가름지을 수 있
는 혜안을 기르고 농축된 정치적인 자질로 다져 끊임없는 내열성
(耐熱性)을 숨기고 있었다.

제나라의 명제 건무 5년에 북위의 군사가 쳐들어 왔다. 전황은
다급해지고 패색은 짙어졌다. 그러나 소연만은 용전 분투하여 작
전을 성공으로 이끌었다. 그리하여 옹주자사로 임명되었다.

이러한 무제가 옹주에서 거병하여 명제의 장자 등혼제를 폐하
고 동생 화제를 옹립했다. 이어 선양의 형식으로 자리를 이어 받
고 스스로 보위에 올라 국호를 양(梁)이라 하였다. 이때 가 천감
(天監) 원년으로 개원한 것은 502년이다.

이긴 자는 정복자로서 살육을 저지른다. 그러나 양무제는 그렇
게 하지 않았다. 형제간이나 친족에게도 지나치게 관용을 보였다.
하나의 예를 들어보자. 그의 이종 동생 임천왕 소굉(蕭宏)은 겁이
많으면서 탐욕스러웠다.

『마의상법』에서는 그를 노루코(獐鼻)라 평했다. 이런 코는 의
리가 희미하다. 탐욕스럽기가 이를 데 없으며 친구 사이에서는
의리를 배반한다. 그렇다면 노루 코는 어떤 모습인가. 준두가 뾰
족하고 콧구멍이 훤히 드러나 보인다. 공로가 없으므로 가업을
잇지 못하는 것은 너무 당연하다.

그런가하면 소굉은 평도 좋지 않았다. 예전에는 원정군의 도원
수로 출정했으나 전쟁터에서는 겁을 집어먹고 도성으로 도망쳐
와 비웃음을 산 일이 있었다. 그런데도 무제는 허물을 따지지 않
고 중용했다.

날이 갈수록 임천왕의 탐욕은 깊어졌다. 그의 집 곳간에는 재
물이 넘쳐났다. 이런 때에 해괴한 소문이 돌았다. 모반을 기도하
기 위해 군자금을 조성 중이라는 것이었다.

어느 날 무제는 시종 몇 사람을 데리고 임천왕의 집을 방문했
다. 술자리가 파한 후 불쑥 창고를 보여달라고 했다. 창고 안으로
들어간 후 칸칸이 검사한 후 무기가 발견되지 않자 비로소 안도
의 한숨을 쉬었다.

"그대는 대단한 장사꾼이로구만."

훗날 임천왕은 무제의 딸 영흥공주(永興公主)와 통하고 암암리
에 암살을 기도했다.

그러나 실패했다. 역대의 제왕이라면 당연히 임천왕을 살해하
였을 것이지만 무제는 전연 문제 삼지 않았다. 그것은 임천왕 같
은 겁쟁이는 신경을 쓸 필요가 없다는 태도였다.

이후 무제의 후반생은 학문보다는 불교에 귀의하여 열정을 쏟
았다. 다시 말해 불교와 도교의 2대 사상에 귀를 기울인 것이다.
그러나 도교를 버리고 불교에 귀의하면서 열정은 더욱 깊어졌다.
많은 절을 창건하고 대법회와 사신(捨身)의 법사도 행하였다.

'사신'이라는 것은 글자 그대로 자신의 몸을 불교의 제단에 희
사하는 것이다. 이를테면 자신의 육신과 재물·의복 등을 모조리
불(佛)·법(法)·승(僧)의 삼보에 귀의하여 노역에 봉사하는 것
을 말한다. 역사서에 의하면 양무제는 네 차례에 걸쳐 '사신의 법
사'를 기울였다고 했다.

흥미로운 기록 하나가 보인다. 그것은 무제의 중대통(中大通) 6
년, 북위의 효무제가 고환에게 쫓기어 낙양에서 장안으로 출발했
을 때에 조정에서 천문을 살피던 관원이 보고했다.

"폐하, 형혹성(熒惑星)이 남두(南斗)에 들었나이다."

형혹은 오성의 하나로 화성(火星)이다. 이 별은 병란이 있을 때
에 징조를 나타낸다. 또한 남두는 28수(宿)의 하나로 천자의 수명
을 관장한다. 그러므로 화성의 운행이 빗나가 남두성의 위치를

범하는 것은 천자의 신상에 좋지 않은 징후가 있음을 나타낸다. 액땜을 하기 위해서는 천자가 맨발을 벗은 채 전상(殿上)에서 뛰어내려 달리는 것으로 재화를 물리치는 의식이있었다.

액땜을 한 후에 안심을 했지만 '형혹이 남두에 든다'는 하늘의 경보는 10년 후에 나타나는 게 보통이다. 『마의상법』에는 양무제의 상을 등사쇄순(騰蛇鎖脣)이라 하였다. 난대의 옆이 법령인데 이곳은 항상 순하지 않으면 대개 49세를 넘기지 못한다.

그래서일까? 하늘의 변화를 증명하듯 난이 일어났다. 이른바 후경(侯景)의 난이다. 당초 거병했을 때는 1천여명이었으나 곳곳마다 백성들이 합세하여 10여만으로 늘어났다. 당시 도성의 문은 일류시인 동궁학사 유신(庾信)이 막고 있었다, 그는 가면을 쓰고 육박하는 적의 기세에 눌려 도망치고 말았다.

수많은 병사들이 있었지만 그들은 싸우는 것을 포기했다. 그 바람에 후경은 어렵지 않게 성을 함락시켰다. 이로부터 모든 실권은 후경에게 넘어갔고 무제는 감옥에 갇혔다.

먹을 것을 날마다 줄인 탓에 결국은 굶어 죽었다. '등사쇄순'이라는 상의 결과였다.

관감은 잔인한 뱀눈(蛇眼)

봉선(封禪)이라는 것은 흙을 쌓아 단을 만들고 하늘과 땅에 제사를 지내는 의식을 말한다. 이것은 비밀리에 진행되는 성스러운 의식이었다.

기원전 110년 4월. 한무제는 태산에 올라 봉선하기로 결정했다. 이때 태사령으로 있던 사마담은 직책상 반드시 봉선의 행렬에 낄 것으로 생각했다.

왜냐하면 태사령은 하늘의 기운을 살피고 천자의 행동을 기록하는 직책이었기 때문이다. 그러므로 무제를 수행하는 것은 너무 당연했다. 그러나 유감스럽게도 수행원에 뽑힌 건 곽거병의 아들 곽자후(藿子侯)였다.

수행에 뽑히지 않은 사람들이 적지 않았지만 상심하는 것으로 보면 사마담보다 더한 사람은 없었다. 그는 자살을 결심하고 아들 사마천에게 유언했다.

"내가 봉선에 끼지 못한 것은 하늘의 명일 것이다. 내가 죽으면 네가 태사가 되어라. 또한 내가 저술하려 했던 것을 잊지 말아라. 효라는 것은 무릇 어버이를 섬김으로써 시작하여 섬기고 몸을 세워 그 이름을 후세에 남기는 것이다."

사마천은 부친이 세상을 떠난 지 3년만에 태사령이 되었다. 그는 당대의 석학 동중서와 공안국에게 수학했는데 부친의 영향을 받아서인지 역사에 흥미를 가졌다. 20세 때에는 하남을 비롯하여 호남·절강·강소·산동성 등을 돌아다녔으며 30세 때에는 황제의 시종이 되었다가 그 자리를 이어받았다.

『마의상법』에 의하면 사마천은 두 눈썹인 형제궁이 가늘다는 것이다. 이곳이 단정하면 형제간에 우애가 깊지만 이곳이 조악하여 동기간이나 친척간에 이별하고 형벌을 받게 된다.

사마천은 10여 차례 무제를 수행하며 지방 순행에 올랐다. 무제가 직접 지휘하는 황하의 치수 공사와 만리장성 밖의 일들과 봉선에 참여하였다.

그런가 하면 황제의 사자로서 인근주변국을 돌아보는 일까지 맡기도 하였다. 그의 발자취는 멀리 운남성 서부까지 미쳤으며 사마천은 각지의 풍속을 속속들이 알게 되었다. 그러므로 그의 수중에는 풍부한 사료들이 넘쳐났다.

이렇게 되어 그의 나이 43세 때부터 본격적으로 『사기(史記)』의 저술 작업에 착수하였다. 그런데 이로부터 5년 후에 뜻하지 않은 재난에 휩싸인 것이다. 그것은 흉노족과 관계가 깊었다.

당시 흉노 토벌에 나섰던 이광리(李廣利)에게는 3만의 정병이 있었다. 그는 주천에서 천산으로 출격하여 흉노군 1만명을 무찔렀으나 장안으로 들어오는 길에 급습을 당해 7할 가량이 전사하여 궁지에 빠졌다.

조충국의 결사적인 분전이 있었기에 가까스로 궁지를 탈출한 것이 그나마 다행이었다.

이 무렵 기도위(騎都尉) 이릉(李陵)은 별동대 5천을 거느리고 일선기지 거연의 북방 1천리 되는 곳에 진을 쳤다. 그가 본진을 떠나올 때 이광리 휘하 보급부대의 지휘관으로 삼으려 했으나 이릉은 직접 일선에 나가 싸우겠다는 뜻을 밝혔다.

"기병이 없잖은가?"

"보병이라도 상관 없습니다."

그렇게 하여 5천여명을 이끌고 이릉은 준계산에서 선우의 주력부대 3만과 사투를 벌였다. 흉노 쪽에서는 이릉의 군사가 대군이라 생각하고 퇴각하려 들었다. 이때 이릉의 군후로 있던 관감(管敢)이라는 자가 흉노 쪽에 투항하여 이쪽 사정을 털어놓았다.

그는 생김생김이 영락없는 뱀눈(蛇眼)이었다. 그러므로 잔인하다. 이런 눈을 가지고 태어나면 윤리나 의리가 없이 행동한다. 눈동자는 붉고 붉은 핏줄이 띠를 이루는 데 크게 간사하여 사고를 친다. 그가 말했다.

"지금 한군은 겨우 5천명입니다. 응원부대는 오지 않고 화살과 식량은 바닥 난 지 오랩니다."

고변은 전황을 뒤바꾸어 놓았다. 선우는 퇴각하려는 말 머리를 돌려 맹공을 가했다. 이릉의 부대는 다시 싸웠다. 여드레 동안의 전투 속에서 응원군은 오지를 않고 창검은 부러져 마침내 전멸했다. 용감하게 싸운 이릉은 피로에 지쳐 기절하였다가 포로의 신세가 되었다.

파발마는 이 사정을 '투항'으로 보고했다. 당연히 한무제는 노했다. 무제는 이광리를 신뢰하고 있었으므로 이릉을 그의 휘하에 두어 공을 세우게 할 참이었다.

그런데 이릉이 별동대를 자진하였으므로 괘씸하게 생각하던 참이었다. 더구나 이릉의 군대는 전멸하고 포로가 되었다고 하니 한무제는 중벌을 내릴 참이었다.

신하들은 무제의 속내를 읽었다. 그러므로 한결같이 이릉에게 벌을 내려야 한다고 떠들었다. 그러나 단 한사람 사마천만은 그를 옹호하고 나섰다.

"이릉은 효심이 깊고 친구를 사귐에 있어 신의를 중히 여깁니다. 그는 용맹하였으며 나라를 위하여 무엇을 할 것인가를 깊이 생각하는 장수이기도 합니다. 그러한 장수를 조정 대신들이 죄를 논하는 것은 참으로 안타까운 일입니다. 이릉은 불과 5천의 보병으로 이레 동안 흉노의 3만 명과 대치했습니다. 비록 패전하였다고는 하나 그의 높은 기개는 흉노의 사기를 꺾은 것으로 보아야 합니다. 전령의 보고대로 만약 그가 항복하였다면 다시 복수를 하기 위한 것이 분명합니다. 폐하, 죄를 논한다면 제 때에 원병을 보내지 않은 이광리에게 있다고 할 것이옵니다."

무제는 마음이 상했다. 이광리는 무제가 총애하는 이부인의 오빠였다. 이광리를 옹호하고 나선 황제에게 정면으로 배치된 의견을 내놓았으니 결국 사마천은 궁형(宮刑;불알을 거세)을 받았다. 그의 나이 48세였다. 이때의 심정을 사마천은 친구에게 토로한 적이 있었다.

<나는 천하의 전설을 모아 그 사실의 개요를 연구하고 위로는 황제에서부터 아래로 백성에 이르기까지 고금의 변천사를 말하고자 하였다. 그런데 책을 미처 완성하기도 전에 '이릉의 화'를 입었다. 나는 지금 살고 싶은 생각은 한 치도 없다. 이 때문에 극형을 받으면서도 분한 기색을 보이지 않았다. 내가 이 책을 저술하여 나의 뜻을 아는 이에게 전한다면 이제까지의 굴욕은 보람을 얻을 게 아니겠는가.>

사마천은 자살을 결심하였다. 그러나 그의 결심을 막은 것은 아버지의 유언이었다. 이릉에 대해 변호한 자신의 행위는 정당했

다는 생각에는 변함이 없었다. 이러한 마음의 시련속에서 역사 집필에 매달린 사마천은 기원전 93년 『사기』를 완성하였다. 16년 간이나 걸린 대사업이었다.

『사기』는 제자백가(諸子百家)의 전통을 이어받은 것으로 그의 저술은 『태사공서(太史公序)』란 이름이 붙었다. 그런가하면 또 다른 이름은 『용문사(龍門史)』다.

왜 이런 이름이 붙게 됐을까?

용문은 황하 상류에 있는 협곡이다. 물살의 흐름이 워낙 거세 웬만한 물고기는 거슬러 오르지 못한다. 그러므로 한번 이 물살을 올라가면 그 물고기는 당장에 용으로 변하여 승천한다는 믿음이 있었다.

여기에서 탈락된 물고기들은 이마에 상처를 입고 죽는다는 뜻으로 점액(點額)이라 한다. 상처를 입고 하류로 떠내려오는 물고기! 다시 말해 출세의 경쟁에서 낙오된 모습이다. 사마천은 이토록 견디기 어려운 역경 속에서 급류를 뛰어넘어 용이 된 물고기와 같다는 의미에서 『용문사』라는 평가를 받았다.

최초의 통사인 『사기』는 황제(黃帝)로부터 한무제에 이르는 3천년의 역사를 다루고 있다. 연대기 12권, 왕조 열국, 표 10권, 서 8권, 세가 30권, 열전 70권으로 도합 130권, 52만 6천5백자의 대저(大著)이다.

인당(印堂)에 누런 꽃이 점 조각처럼 핀 종요

진(晉)문제는 헌제를 핍박하여 보위를 선양 받은 인물이다. 흥미롭게도 『마의상법』에는 진문제의 상을 다음 같이 그리고 있다.

<문제는 머리, 코끝, 턱 끝이 뾰족하다. 또한 눈썹, 눈, 귀, 입이 얇다. 그러므로 문제는 비록 높은 지위에 있으나 빈천해 보이고 간교한 상이다.>

헌제를 받들려는 무리 가운데 대종백(大宗伯) 종요(鍾繇)도 한 사람이었으므로 진문제가 탐탁치않게 여길 것은 당연했다. 그러나 종요는 덕망이 높아 많은 대신들이 따르고 있었으므로 멋대로 죄를 줄 수는 없었다.

어느 날 사씨(史氏) 부인이 남편 종요에게 말했다.

"벼슬을 내놓는 게 좋을 것 같습니다. 당신이 그렇게 심려하신다고 아니 될 일이 되겠습니까. 보아하니 이 나라의 사직이 결코 오래갈 듯 싶지 않습니다.. 그러니 벼슬을 내놓고 은거를 하는 게 좋을 것 같습니다."

"나도 그렇게 생각은 하고 있소. 그러나 신하된 자가 어찌 의롭지 않은 일을 보고 물러선단 말씀입니까. 마지막으로 한 번 간

(諫)을 해보고 듣지 아니하면 물러나겠소."

종요는 다음날 조정에 나가 머리를 조아렸다.

"신하된 자는 모름지기 군주를 배반할 수 없습니다. 이것은 천하를 거스르는 일입니다. 헌제를 받들려는 무리들이 궁안을 소란스럽게 하고 있으니, 이번에 그들의 뜻대로 보위를 물려두는 것이 어떻겠는지요. 신하된 자는 마땅히 나라를 위하여 목숨을 초개같이 여기는 충성스러운 마음이 있는 것이니 그 누구도 불가하다곤 하지 않을 것입니다."

종요의 눈에 그렁하게 눈물이 맺혔지만, 문제의 두 눈은 붉게 충혈되었다.

"그렇다면 짐이 물러나야 한단 말씀이오?"

"황공하오나 신하된 몸이니 헌제를 받드는 것이 가한 것으로 보입니다."

한 마디로 보위를 헌제에게 주고 물러가라는 말이었다. 얼마 전에 문제는 헌제 앞에서 칼을 뽑아들고 위협을 했었다. 선양의 형식을 빌어 양위를 하지 않았다면 그날 피를 보았을 것이 분명했다. 그런데 종요의 말은 갈수록 가관이었다.

"어느 누구든 하늘의 뜻을 저바릴 수는 없습니다. 선인의 크신 뜻을 받들어 가납하여 주시옵소서. 만약 그리하지 않으시면 결단코 신하라 칭하지는 아니할 것입니다."

문제는 노하여 소리쳤다.

"여봐라, 저 늙은 것을 당장에 하옥시켜라!"

문제는 노기로 인하여 몸을 사시나무 처럼 떨어댔다. 그만큼 분노가 극에 달했다는 것이다. 조야가 들끓었다. 한 대신은 종요와 같은 대학자를 핍박하는 것은 하늘이 그냥 있지 않을 것이라 하였고, 또 어떤 사람은 무엄하기 짝이 없는 종요를 참수형으로 다스려야 한다고 목소리를 높였다.

대종백 종요. 관상가들은 그를 이렇게 평했었다.

"대종백께서는 인당에 누런 꽃(桂花)이 점 조각처럼 보이고 그
것이 누렇게 구주(九州)에 피었으니 문장으로 크게 이름을 날릴
것이다. 특히 인당에 붉은 점이 있어 응하는 것이 빠르다. 그러나
용호각(龍虎角)에 붉은 기운이 있으니 장차가 미묘한 것이다."

아무리 그렇다 해도 정면으로 대치하고 나온 이상 내버려 둘
수는 없었다. 문제는 며칠을 생각하여 좋은 방법을 찾아냈다. 종
요를 끌어내 조건을 걸었다.

"죄인은 들으라. 당장 참수할 것이로되, 학자로서 깊은 충의가
있다하여 짐은 두고 보았다. 이제 짐은 그대에게 글을 짓게 할 것
이다. 사언 절구 2백5십수를 내일 아침까지 짓되 결코 한 글자를
두 번 써서는 아니되노라."

하루 저녁에 사언 절구 2백5십수를 짓는다는 것은 결코 쉬운
일이 아니다. 거기에다 한 자라도 중복이 된 글자가 있어서는 안
된다. 종요가 묵묵히 답했다.

"죽음을 각오한 몸이니 어찌 구차하게 살기를 바라겠습니까.
다만 한 가지, 내가 만약 그런 글을 짓는다면 보위를 헌제에게 선
양하시겠습니까?"

문제는 딴전을 피웠다.

"나는 죄인의 생사만을 관여할 것이다."

후다닥 옥좌에서 일어나 내전으로 들어가 버렸다.

다시 감옥으로 돌아온 종요는 한동안 무릎을 꿇고 눈을 감은
채 있었다.

온갖 생각들이 머릿속을 흘러 다녔다. 그는 하늘이 내린 재능
을 다하여 한 자 한 자 써 내려갔다.

천지현황(天地玄黃)
우주홍황(宇宙洪荒)

하늘과 땅은 검고 누렇고
우주는 넓고 거칠다

이렇게 시작하여 사언절구 2백5십 수를 지었다. 물론 중복된 글자는 한 자도 없었다. 천지대자연과 인간이 지켜야할 법칙에 이르기까지 한 자씩 써내려 간 것이다.

이것은 종요가 쓴 글이라기보다 그의 재능을 내려 준 하늘이 그로 하여금 대신 쓰게 하였다고 보는 것이 옳았다.

"종요가 어찌 하고 있는 지 보고 오라."

시종을 맡은 내관이 감옥을 다녀와 보고했다.

"사언절구 2백5십 수가 완성됐다 하옵니다."

문제는 탄식했다.

"대종백 종요가 짐을 버렸도다!"

문제는 약속대로 종요를 방면했다. 그런데 이상했다. 감옥에서 나온 종요의 머리가 백발로 변해 있었다. 온갖 진력을 다한 탓에 밤새 백발로 변해버린 것이다.

그러므로 후세 사람들은 천자문(千字文)을 '백수문(白首文)'이라고도 칭한다.

용의 뇌에 봉황의 눈인 방현령

'당초삼대(唐初三代)'란 말이 있다. 당나라 초기의 번영하는 연대를 가리키는 말이다. 즉, 정관(貞觀)·영휘(永徽)·개원(開元)이다. 그러나 '개원'은 현종의 개원년을 말하는 것으로, 며느리로 책립했던 양귀비와의 불륜이 시작되면서 무능한 황제로 전락되어 버린다. 더구나 현종의 기록에 양귀비로 인하여 안록산의 난이 일어났으며, 결국 양귀비가 액살당하는 비운의 기록까지 남기게 된다.

정관 연대인 당의 2대 군주 태종은 참으로 어진 정치의 귀감이 되고 있다. 태종이 신하들과 더불어 정치를 논한 내용을 모은 『정관정요(貞觀政要)』는 중국뿐만이 아니라 동양 여러 나라에서 시정(施政)의 본보기가 되고 있다.

<남의 물건은 길 바닥에 떨어진 것이라도 줍지를 않고, 도둑이 없는 세상이므로 행상 하는 자는 아무 곳에서나 노숙하였다.>

이러한 '정관의 치'는 무엇보다 태종이 사치를 금하는 데 있고 그 다음으론 어질고 총명한 신하들을 적재적소에 등용 배치하였다는 점이다.

무슨 일에나 결단이 뛰어난 두여회(杜如晦)와 총명하고 치밀한 방현령(房玄齡)이 좌우에서 보필하고 있었으므로 가능한 일이었다. 그래서 생겨난 말이 '방두(房杜)'였다.

『마의상법』에는 방현령에 대해 이렇게 쓰고 있다.

"방현령은 용의 뇌에 봉황의 눈동자다. '용뇌(龍腦)'는 두골이 낭떠러지처럼 솟고 봉정(鳳睛)은 눈이 가늘며 길고 흑백이 분명하며 광채가 있다. 이런 상은 재상이 된다."

과연 방현령은 『마의상법』에 적시된 것처럼 재상이 되었다. '방두'를 비롯하여 강직한 위징(魏徵), 청렴결백한 왕규(王珪)가 있었기에 바른 정치가 펼쳐진 것은 의심할 바 없는 사실이다. 이들이 태종과 나눈 대화 중에 이런 것이 있다.

어느 날 태종이 중신들에게 물었다.

"나라를 창업(創業)하는 것과 그것을 지키는 것(守城) 중 어느 쪽이 더 어려운가?"

방현령이 대답한다.

"원시적인 시대에는 사람들이 바글댔으니 생각해 보면 창업이 어려웠을 것입니다."

그러나 위징은 의견을 달리한다.

"옛날부터 제왕들은 그 자리에 오르기까지 수없이 많은 고생을 해왔습니다. 그러다가 너무 쉽게 생각하여 얼마 되지 않아 이것을 잃어 버립니다. 그렇게 보면 창업보다는 지키는 것이 더 어려운 것이지요."

이들의 의견을 듣고 나서 태종은 결론을 내렸다.

"두 사람의 말이 다 그럴 듯 하오. 방현령은 짐이 천하를 얻기까지 함께 한 사람이며, 위징은 짐으로 하여금 교만과 사치, 그리고 향락을 결코 가까이 해서는 안 된다는 걸 깨우쳐 준 사람이오.

어찌 두 사람의 말을 그르다 하겠소."

『당서(唐書)』의 「방현령전」에 나온 이 얘기에서, 맹자는 창업(創業)이라는 어휘를 일을 시작하여 일으킨다는 의미로 풀이한다.

정관 11년에 방현령은 양국공(梁國公)으로 봉해지고 그의 딸은 고조의 11황자인 한왕 원가(元嘉)의 왕비가 되었다. 그런가하면 태종의 17황녀인 고양공주는 방현령의 차남 방유애에게 출가하였다. 처지가 이러하자 방현령은 자신의 세력이 커지는 것을 두려워 하여 재상 자리에서 물러나게 해 달라고 여러 차례 청원했었다.

이러한 방현령이 세상을 떠난 지 얼마 안 되어 장안 거리의 어떤 도둑놈이 사직(司直;순라꾼)에게 붙잡혔다. 이 도적이 홍복사에서 베개를 훔쳤는데 그 장식이 호화로워 보통의 것이 아니었다. 그 자는 어사대로 소환되어 취조를 받았는데, 뜻밖의 말이 튀어나와 궁안을 발칵 뒤집어 놓은 것이다.

"이 베개는 변기(弁機)라는 사문(沙門;스님)의 방에서 나온 것인데 이놈이 은밀히 알아본 바에 의하면 고양공주에게서 받은 것이라 하옵니다."

처음에는 송불(頌佛)을 해주고 그에 대한 값으로 받은 것이려니 하였다. 그러나 변기라는 스님이 너무 젊은 데다 베개가 너무 호사스럽다는 점에 의혹을 지우지 못하고 집중적으로 추궁하여 자백을 받아냈다. 즉, 남편 방유애의 비호 아래 터놓고 불륜을 자행했다는 것이다.

여기에는 그럴만한 이유가 있었다. 당나라 초기에는 무(武)를 숭상하기는 했으나 그래도 유교를 바탕으로 한 문치주의(文治主義)가 국시로 되어 있었다. 다시 말해 엄연히 귀족 관료의 세계였

다. 방유애는 기운은 셌지만 무식했다. 이러한 유애에게 고양공주
가 매력을 느낀다는 것은 상상도 못할 일이었다. 그러므로 남편
에게 불만이 많은 고양공주는 자신을 공신들의 도구라고 생각하
고 있었다.

이러던 차에 변기라는 학승을 만나 사련을 불태운 것이다. 『당
서』의 「공주열전」에 씌어진 내용에는 '환관이나 시녀들이 암자에
임시로 자리를 마련하자 공주는 변기를 청하여 그곳에서 둘은 청
춘을 불태웠다'고 하였다.

이때 남편 방유애는 혹시 다른 사람이 눈치를 챌 새라 주변을
경계하여 주었고, 고양공주는 남편의 배려에 보답하기 위하여 아
름다운 시녀를 보내 침실에서 시중을 들게 하였다는 것이다. 참
으로 이상한 부부였다.

그렇다면 변기(弁機)는 어떤 인물인가. 『마의상법』에서는 먼저
고양공주에 대해 다루고 있다. 상학적으로 눈이 빛나고 입이 넓
어 탐욕스럽다. 또한 음탕하여 먹을 것을 구한다고 씌어 있다. 특
히 고양공주처럼 손을 건들거리고 머리를 흔드는 여인은 남을 범
하고 남편을 이기는 자(擺手搖頭氾濫刑夫之婦)라고 지적한다.

그런가하면 변기는 비록 학식승(學識僧)이지만 형체가 여유있
어 신(神)이 부족하다는 평이다. 그러므로 형과 신이 모이지 않으
니 이를 불온(不蘊)이라 하는 데 이런 상은 가난하지 않으면 반드
시 요절한다는 것이다.

역사적으,로 살피면 변기에 대한 가문이나 속명 등에 관해서는
알려진 바가 없다. 그러나 역경(譯經)의 대사업에 참여한 영광스
러운 <철문대덕(綴文大德) 9명>에 포함된 뛰어난 인재로 『대당
서역기』를 편찬한 젊은 석학이었다.

이러한 석학의 기록이 없는 것은 갑작스러운 요절로 인해 자료

정리가 충분하고 못하고 황제의 명에 의하여 말살됐기 때문으로 풀이된다.

다만, 『대당서역기』에는 '찬(贊)'이라는 제목을 단 후기가 있는데 거기에는 변기 자신이 겸손한 문구로 자신을 소개하고 있다. 자신의 조상은 은둔자였으며, 그러한 혈통을 이어 받아 어린 시절부터 학문에 뜻을 두었고, 15세에 세상을 등지고 출가하여 대통지사(大統持寺)의 주지였던 도악법사(道岳法師)의 제자가 되었다는 것이다.

정관 19년에 들어와 흥복사에서 역경을 한다고 결정하였을 때 변기는 장안성밖 서쪽의 금성방(金城坊)에 있는 희창사에 기거하였는데 이 당시에도 석학으로 이름이 높았다. 그러므로 역경자로 뽑힌 것이 고양공주의 영지 안에 있는 흥복사로 오게 된 계기가 되었다.

고양공주의 눈에 든 변기는 단번에 사련의 늪으로 빨려들어갔다. 이로 인해 역경사업에 차질이 일어나자 부득이 자제해 줄 것을 청하였다.

"이번 일은 국가적인 대사업입니다. 그러하오니 마마, 조금만 기다려 주옵소서. 공주님을 만날수록 역경 작업이 늦어지고 있사오니 그리되면 소승은 편안히 마마를 만날 기회를 영원히 잃고 맙니다."

마지막 밀회를 나누고 공주는 그 동안 시용 했던 향기로운 보침(寶枕;금은으로 장식한 베개)을 변기에게 주었다.

어사대에 잡혀온 변기는 처음엔 펄쩍 뛰었다. 그러나 이곳이 그렇게 만만한 곳인가?

결국 그는 고문기술자의 손놀림을 견디지 못하고 고양공주가 손수 자기에게 준 것이라고 자백하였다.

어사대로부터 보고를 듣고 자초지종을 알게 된 태종은 격노했다. 변기를 즉시 요참(腰斬)에 처하라는 명을 내린 것이다. 커다란 도마 같은 곳에 발가벗긴 죄인을 눕히고 허리를 동강내어 처형시키는 형벌이다.

이 무렵에는 천하 만민에게 본을 보이기 위해, 죄인에게 더없는 굴욕감을 주기 위해 공개 처형을 하고 있었다.

처형장은 장안 서시장(西市場) 네 거리였으며 해묵은 나무 한 그루가 있었다.

변기의 극형에 이어 고양공주의 노비 수십 명도 죄를 얻어 죽어나갔다. 공주와 변기의 관계를 알고 있으면서 그 사실을 숨기고 있었다는 게 죄명이었다. 물론 이들은 서시장이 아닌 궁내에서 처형을 집행했다. 그것은 고양공주의 이름이 밖으로 새어나가는 것을 막기 위해서였다.

변기와 고양공주의 정사 사건. 아무리 감추려도 애를 써도 금방 새어나갔다.

서시장 일대의 주점이나 노점의 밥집에서는 소문은 더욱 꼬리를 물고 날조되고 과장되어 터무니없이 왜곡되어 꾸며졌다. 그들은 마치 정사 장면을 목격이라도 한 듯 손짓과 발짓을 해가며 술자리에서 안주 삼아 음탕하게 늘어놓았다.

노루 머리에 쥐의 눈(獐頭鼠目)인 이임보

　당나라의 6대 현종 시대가 왔다. 초기에는 '개원의 치'를 구가할 만큼의 어진 군주였으나 재위에 오른 지 45년만에 정치에 싫증을 내고 사치와 방탕의 늪에 빠져 허우적거렸다. 어진 재상 장구령(張九齡)을 들어내고 이임보(李林甫)를 기용하면서 국정은 혼란으로 빠져버렸다.

　당시 이임보는 무혜비와 함께 그녀의 소생(수왕)을 동궁으로 세우려는 계책을 꾸몄다. 그 결과 죄 없는 동궁 영(瑛)과 요(瑤)와 거(琚)를 모함하여 사약을 마시고 죽게 하였다. 그렇다면 무혜비 소생의 수왕이 황태자가 됐는가? 그건 아니다. 오히려 무혜비만 악귀로 몰려 참살 당했다.

　간사하기 이를 데 없는 방법으로 재상이 된 이임보는 수단과 방법을 가리지 않고 조정 중신들을 괴롭혔다. 어느 누구든 그의 비위를 맞추지 않으면 자리 보전을 하기 어려웠을 뿐더러 목숨까지 지탱하기가 힘들었다. 그의 전횡은 조정 중신들이 황제를 만나는 것을 최우선으로 차단시켰다.

　그의 집에는 월당(月堂)이라는 처소가 있었다. 지어진 형태가

기울어진 달의 모습과 같아 '언월당(偃月堂)'이라고도 불렀다. 언
젠가 관상술에 뛰어나다는 소문을 듣고 동해처사를 불러 자신의
평생운수를 들은 적이 있었다. 점괘의 내용에 흡족해서인지 상당
한 금백을 주어 내보냈다. 언월당에서 나온 동해처사는 혼잣말로
중얼거렸다.

"이임보는 장두서목(獐頭鼠目)이로다. 필경은 국정을 농단할
것이다."

노루머리에 쥐의 눈을 한 자는 교활하기 이를 데 없어, 한때는
풍성할 지 모르나 결코 오랫동안 자리를 지키지는 못한다는 의미
였다. 설령 억지를 부려 그 자리를 보전한다 해도 필경은 흉칙한
꼴을 당하게 된다는 뜻이었다.

동해처사는 그곳을 나온 즉시 품에 지닌 금백을 가난한 사람에
게 나눠주고 자취를 감춰버렸다.

국정이 날이 갈수록 혼탁해지자 선왕 때부터 충신이었던 장구
령은 세간에 흘러 다니는 황제의 패륜적인 행위를 탄핵하고 나섰
다. 비록 이임보 패거리들에게 재상 자리를 빼앗겼지만 불의를
미워하는 강직한 성품은 사그라지지 않았다.

그는 형주장사(荊州長史)로 쫓겨난 상태였다. 장구령은 선릉전
앞에 꿇어앉아 황제가 나타나기를 기다렸다. 고력사에게 보고를
들은 황제가 그곳으로 나아가자 기다렸다는 듯이 장구령은 머리
를 조아렸다.

"폐하, 오늘은 신이 목숨을 버릴 각오로 왔사옵니다."

"무슨 일로 목숨을 버린다는 것이오?"

"하늘이 부자지간의 정리를 내린 것은 인간이 금수가 아니기
때문입니다. 그러므로 인간들은 윤도(倫道)를 지켜 지금껏 살아
오고 있습니다."

황제의 불편한 기색에는 아랑곳없이 장구령의 말은 계속되었다.

"폐하께서는 전조에 음란하기 짝이 없는 위황후(韋皇后) 일족들을 벌하신 기개가 있으십니다. 하온대 어찌하여 아들의 비를 후궁으로 삼으신 우를 범하셨사옵니까."

곁에 있던 고력사가 질책했다. 감히 황상을 기망하였다는 죄를 물어 늙은 몸을 질질 끌어다 팽개쳤다.

경조윤 왕홍(王鉷)이 언월당을 찾아와 한시바삐 늙은 것을 참살해야 한다고 강조했다.

"저 늙은이에게 서둘러 죄를 묻지 않으시면 유생들이 벌떼처럼 들고 일어날 것입니다. 한시바삐 없애는 것이 장차를 위하여 이롭습니다."

장구령은 얼마 후 감히 황상을 기망하려든 역린(逆鱗)의 죄를 물어 목숨을 빼앗았다.

언월당의 용도는 무엇인가? 이곳은 이임보가 홀로 명상에 잠기는 곳이다. 스스로 암계(暗計)를 꾸며 어떻게 하면 정적을 일거에 쓸어버릴 것인가를 궁리하는 장소다. 그러므로 조정 대신들은 수없이 화를 입었다.

이임보가 사람을 모함하거나 해칠 때에는 반드시 달콤한 말로 상대를 안심시켰다. 그런 연후에 일거에 상대의 허점을 노려 참살시키므로 뱃속에 칼이 있다는 말이 나왔다. 생전에는 그렇듯 전횡을 휘둘렀지만, 그가 세상을 떠난 뒤에는 오랑캐와 내통하여 반란을 일으키려 했다는 죄목으로 모든 직위가 박탈되었다. 안록산이 반란을 도모한 것은 이 직후였다.

눈 꼬리에 검은 사마귀가 있는 원순제(元順帝)

많은 사람들이 '서천'과 '서번'을 혼동한다. 어떤 이는 '서천'이 '서번'이 아니냐고 오히려 큰 목소리를 내기도 한다. 틀린 말이다. 서천은 인도를 가리키지만 서번(西蕃)은 토번이나 서역을 의미한다. 그러므로 '서번승'이라 할 때엔 당연히 '라마승'을 의미한다. 이 라마승이 가장 득세한 것은 원나라 순제 때였다. 그는 남녀의 성행위를 신봉하는 환희불(歡喜佛)을 추종하는 라마교를 궁안으로 불러들여 나라의 재정을 바닥으로 몰아갔다.

이 당시 라마승의 음란한 행위를 원나라 궁전으로 가져온 것은 하마(哈麻)였다. 하마에게는 투루티멀(禿魯帖木兒)이라는 누이의 남편이 있었다. 그는 집현전 학사가 될 만큼 학문이 있었으며 하마와 뜻이 맞아 원순제의 총애를 한몸에 받았다.

『원사』에 의하면, '그의 말이면 무엇이든지 듣고 그의 꾀라면 따르지 않는 것이 없다'고 할만큼 믿음이 강했다. 한번은 순제에게 이런 말을 했다.

"폐하께서는 천자의 높은 자리에 계시어 천하의 모든 부를 가지고 계십니다. 그러나 실상을 말하자면 한때 세상에 태어나 잠시 즐기는 것뿐입니다. 전하는 말에 의하면 그 옛날 황제(黃帝) 헌원씨(軒轅氏)는 여자를 잘 다스려 신선이 되었으며, 팽조는 방중술을 터득하여 천년을 살았다고 합니다. 폐하께서도 그같은 재주를 익혀 두신다면 즐거움을 누리실 뿐 아니라 영생을 얻으실 것입니다."

원순제는 이 방면에 상당한 경험이 있었으므로 투루티멀의 말에 귀가 솔깃했다.

"폐하께서도 어느 정도는 알고 계시리라 봅니다만 그것은 남녀가 함께 즐거움을 나누는 일입니다. 그러나 이것은 남자만이 누리는 것이므로 아주 특별하다고 보겠습니다."

"그대가 알고 있단 말인가?"

"아니옵니다. 미천한 신은 그것까진 모르옵니다. 그 기술을 알고 있는 사람은 가린진(伽璘眞)이라는 라마승입니다."

이렇게 되어 가린진이 궁안에 들어왔다. 그는 단번에 인기를 독차지했다. 무엇보다 귀골이 단단해 뵈는 풍채였기 때문이었다. 이때로부터 순제는 새로운 수법을 배웠다. 그것이 역사서에는 <채보추첨(採補抽添)의 비법>이라 하였다.

그러나 이것은 엄밀히 분석해 보면 중국의 성고전인 『동현자』의 48수에서 따온 것으로 보인다. 그 이유는 『현녀경』의 구법(九法)에 대하여 가린진의 비법은 구세(九勢)라는 이름으로 풀이하였기 때문이다.

요승 가린진의 출현으로 궁안은 더욱 황음의 도를 더해갔다. 음탕한 궁안의 기류에 대해 태자 야유스리(愛猷識理連拉)는 라마승의 폐해를 지적했다.

"폐하께서는 지금 그 옛날 걸왕과 주왕의 포악과 황음으로 인하여 나라를 망치게 된 것을 알고 있습니다. 그런데 지금 폐하께

서 계신 궁안이 결코 그때와 큰 차이가 없사옵니다. 통촉하여 주
시옵소서."

"당치않은 소리!"

순제는 일소에 밀어부쳤다. 이미 순제는 음약(淫藥)과 황음에
중독이 되어 누구의 말도 귀담아 들을 상태가 아니었다. 그는 이
미 나라를 다스리는 데엔 흥미를 잃고 있었다. 일찍이 순제의 관
상을 보았던 해오자(蟹鰲子)라는 관상가는 이렇게 말했었다.

"왕(순제)의 처첩궁은 간문(奸門;눈꼬리)이 빛나고 매끄럽다.
그것만으로 본다면 아주 좋다. 재기가 넘치는 것도 잠시이고, 점
차 궁안을 황음으로 이끌어 갈 것이니 간문도 어둡고 검푸르게
변할 것이다. 더구나 비낀듯한 주름살과 검은 사마귀가 있으니
결국은 방탕하고 음란한 곳으로 치닫게 될 것이다."

이것은 대표적인 음란의 상으로 마음에 음심이 가득하여 간통
을 즐긴다는 지적이었다.

태자가 우려했던 대로 곳곳에서 반란이 일어났다. 그런데 순제
는 여전히 라마교의 비희(秘戱)에 취해갔다. 궁녀 열여섯 명을 선
출하여 부처님의 공덕을 찬양하는 십육천마(十六天魔)의 춤을 추
게 하였다. 순제는 부처님 가운데 더욱 환희불을 흥미롭게 여기
고 있었다. 이 부분에 대해 『원사』에는 다음과 같이 씌어 있다.

＜순제는 서천승에 조서를 내려 사도로 삼고 서번승을 대각국
사로 삼아 양가집 규수들을 골라 그들에게 음독을 제공하였다.
그의 제자들에게도 양갓집 딸을 데려다가 혹은 세 사람 혹은 네
사람을 주었는데 이런 것들을 공봉(供奉)이라 불렀다.＞

그로 인하여 해를 당한 민간의 여자들은 수없이 탄식하며 목놓
아 울었다. 그런가하면 황제의 팔랑(八郞)이라는 아우들과 의납
(倚納)이라는 자가 외설스러운 행위를 서슴치않고 자행했다.

이를테면 젊고 탄력 있는 사내를 골라 궁안으로 데려온 후에 여자들과 한 방에 집어넣고 동성이든 이성이든 누구든지 닥치는 대로 미쳐 날뛰게 한 것이다.

이른바 혼음(混淫)이었다.

정치에는 관심이 없고 이렇듯 주색에만 정신이 팔려있는 순제는 각지에서 일어난 반란군들이 점점 다가오는 것을 염두에 두자 않았다. 곳곳에서 봉화가 피어오르고 급보를 알려오는 중에 도성은 명태조에 의하여 함락되었다.

순제는 열화성 서북부에 있는 옹창으로 도망쳤다. 이후 명나라 홍무 3년. 여색에 지친 파리한 몸으로 내세울 것 없는 일생을 마감했다.

『승니얼해(僧尼孽海)』의 작가 당인은 책의 말미에 이렇게 적어 놓았다.

<불독(不禿)이면 불독(不毒)이오, 불독(不毒)이면 불독(不禿)이다.>

뜻은 다르지만 음이 같은 '독' 자를 사용하여 익살스러운 말을 하고 있는 것이다.

<머리가 알 대가리가 아니면 독하지 않고, 독하지 않은 사람은 머리가 빡빡일 수 없다>

곡도(穀道)의 털이 어지러워 비명 횡사한 노애

진(秦)나라의 시황제인 정(政)에 대해 모든 역사서에는 사생아로 분류한다. 실제의 부친은 장사꾼 여불위(呂不韋)며 모친은 주희(朱姬)라는 것이다. 그 전말을 따라가 보면 흥미로운 기록들이 나타난다.

진나라의 공자 이인이 조나라에 볼모잡혀 있을 때, 여불위는 임신한 주희를 이인 공자에게 시집 보내 일을 성사시켰다. 그후 여불위의 계책에 의하여 이인은 진나라에 돌아와 장양왕(莊襄王)이 되고 여불위는 문신후(文信侯)에 봉해졌다.

모든 정치를 여불위에게 맡긴 장양왕은 진나라에 온 지 세 해만에 세상을 떠났다. 이렇게 되자 주희는 태후가 되었으며 여불위는 섭정의 자리에 올랐다.

옛정을 잊지 못한 주희는 가끔 여불위를 침전으로 불러들였다. 본래 창기였던 주희는 음탕한 편이었고, 호색한인 여불위와는 죽이 잘 맞았다. 그러나 이러한 놀이는 매우 위험했다. 만약 궁안에 이런 사실이 퍼져 나가면 목숨을 본존하는 것이 쉽지 않았기 때문이다. 한편으로는 주희의 청을 거절하면 어떤 일이 일어날 지

예상할 수가 없었다.

여불위가 이렇듯 불안한 생각을 갖는 것은 진왕 정이 날이 갈수록 영웅의 기상을 나타냈기 때문이었다. 어떻게든 살아남기 위해서는 주희의 갈증을 해갈시켜줄 대안을 찾지 않으면 안되었다.

여불위는 어느 날 수하를 시켜 은밀히 명을 내렸다.

"듣자하니 네가 상법(相法;관상법)에 능하다는 말을 들었다. 사내의 힘이 폭포수와 같되 그 힘을 소진하기 전에 요절을 당할 자의 운수를 살펴 비점을 찍으라. 내 그 자를 보고 결정을 할 것인즉."

얼마 후 그런 사내를 찾아냈다. 함양 땅에서 말술을 먹고 계집질이나 하고 돌아다니는 '노애'라는 자였다. 이를테면 천하의 잡놈이다. 여불위는 그 자로 하여금 태후를 모시게 하겠다고 언지를 주었다. 주희는 두 눈을 빛냈다.

"그 사람은 외인인데 궁안으로 들어올 수 있나요?"

"방법이 있으니 기다려 보세요."

진나라에서는 5월 단오날이 오면 도성 사람들이 광장에 모여 놀이를 구경하는 풍습이 있었다. 이날 만큼은 궁안의 궁녀들이나 고관대작의 따님들도 밖으로 나와 구경했다.

이때 여불위는 미리 준비한 대로 노애로 하여금 특기를 보이게 했다. 철판 위에 남자의 심벌을 올려놓고 그 위로 빈수레를 지나게 한 것이다. 이런 경우 보통 사람이라면 그 물건은 납작하게 눌려버리거나 토막이 날만큼 위험했다. 그러나 노애는 거리낌없이 몇 배나 큰 물건을 철판 위에 올려놓았다. 그 바람에 여인들은 비명을 질렀고, 남자들은 두 눈이 휘둥그레떴다.

덜커덩거리는 수레바퀴가 지나가는 순간 노애는 웃음을 지었다. 얄궂은 사내들의 함성이 터져나오고 연신 박수갈채가 쏟아졌다. 이러한 소식은 즉시 궁녀의 입을 통해 주희에게 전해졌다. 그러므로 여불위가 노애에 대해 말을 꺼냈을 때에는 주희는 새삼 음심이 발동한 상태였다.

얼마후 여불위는 간음죄로 여불위를 잡아들여 궁형(宮刑)에 처하였다. 그러나 실상은 벌을 준 것이 아니라 미리 준비한 말의 잠지에 피를 칠하여 노애의 것인 양 위장한 것이다. 노애는 그것을 진짜처럼 대중들에게 보여주었다.

구경꾼들은 입을 딱 벌리고 놀랐다. 다시 한번 소문이 함양거리를 휘돌았다. 사내의 심벌을 거세하는 궁형을 당하면, 당사자는 궁안으로 들어가 내시가 된다. 노예 역시 궁에 들어가 내시가 되었으나, 어찌된 셈인지 주희가 덜컥 임신을 하게 되자 스스로 별궁에 들어가 살겠노라고 선언했다.

여불위가 태후궁을 무시로 출입한다는 소문이 있었으므로 반대할 이유가 없었으나, 별궁에 있는 태후가 두 아들을 낳아 기른다는 보고에 진왕은 크게 놀랐다. 주희는 황양궁(黃陽宮)에 연금당하고 노예는 삼족이 도륙되는 형벌을 받았다.

그런데 여기에서 사관(史官)은 이상하고 야릇한 부분을 들춰낸다. 대개 여성의 경우는 궁인이 되고자 들어오면 처첩궁(妻妾宮; 간문)이나 입술 등을 살핀다. 그러나 남자는 한 부분을 더 살핀다. 그곳은 곡도(穀道)다.

속된 말로 똥구멍이다. 이곳에 털이 어지럽게 있으면 음란하다(穀道亂毛 號作淫秒)는 게 상법의 지적이다.

등우는 복과 장수를 누리는 선라미(旋螺眉)

한(漢)나라는 명군 순(舜)의 자손이라는 믿음이 있었다. 그러므로 왕망(王莽)은 자신의 선조는 오제(五帝)의 하나인 순이 세운 진국(陳國)이므로 스스로 순의 자손임을 내세웠다. 다시 말해 순이 요의 천하를 물려받았듯이 자신이 한나라를 물려받은 것은 지극히 당연한 것으로 가닥을 잡았다. 그러므로 우격다짐식 '선양'의 형식을 빌어 목적을 이룬 것이 바로 신(新) 왕국이다.

이 무렵은 백성들이 도탄에 빠져 허우적거렸으므로 무엇보다 시급한 것이 화폐 개혁이었다.

나라의 재정에서 황금을 사용하는 것을 금하였으며 새로이 소전(小錢)을 주조하여 사용하게 하였다.

그 다음으로 착수한 것이 토지개혁이었다. 전한의 역사를 보면 토지를 겸병하는 대지주의 증가로 빈부격차를 야기시켰다. 왕망은 과감한 토지개혁을 통하여 먼저 천하의 토지를 국유로 하였다. 이것이 왕전(王田)이다. 또 정전제를 모델로 하여 토지개혁을 시도하였으나 이것은 세 해 만에 폐지되었다.

물가정책에 있어서는 육완(六莞)이라 하여 소금을 비롯하여

철·술의 전매와 광산·어업·야동주전(冶銅鑄錢)의 여섯 가지 사업을 정부가 독점하였다. 한편으로는 오균(五均)과 사대(賖貸)의 정책을 시행했다.

오균은 다섯 도시에 관리를 두어 물건이 쌀 때에 구입하였다가 비쌀 때 그것을 풀어 물가를 조정하는 일이었다. 이 제도는 평준법을 강화시켰다.

그는 이듬해에 유교경전인『주례(周禮)』에 의거하여 관제의 개혁을 서둘렀다. 광무제가 재위했을 때에는 상업자본의 발달을 억제하는 정책을 썼으나 왕망은 상인들에게도 경제계에 진출할 수 있도록 문호를 개방하였다.

이런가하면 노예매매를 금지시켰다. 한나라 시대에는 토지매매와 함께 노예제도가 크게 성행하였다. 그러므로 노예시장에는 소나 말도 함께 사람과 같은 몫으로 사고 팔았다. 왕망은 인도적인 입장에서 금지시켰으나 호족들이 크게 반발하자 시행을 연기하였다.

이러한 왕망의 개혁에는 국외의 이민족에 대한 대우나 명칭에도 현저히 나타났다. 이를테면 남쪽에서는 구정왕(句町王;운남), 서쪽에서는 서역의 제왕들을 후(侯)로 격하시키고, 북쪽에서는 흉노 선우의 인(印)을 새(璽)라 하였는데 이를 장(章)으로 고쳤다. 이러한 일련의 조치가 반란을 불러 일으켰으나 토벌대를 보내 강경하게 진압에 나섰다.

이러한 사회적 불안과 함께 하늘이 내린 재앙과 흉노와의 전쟁은 백성들을 더욱 비참하게 만들었다. 그런데도 유교에 사로잡힌 왕망은 현실과는 동떨어진 복고적인 개혁을 서둘렀다. 스스로 성인임을 내세우며『주례』에 있는 고대 제도를 이상으로 삼은 것이다. 이러한 제도는 사회의 불안을 더한층 가중시켰고 백성들에게도 큰 부담을 주었다.

굶은 자가 무리를 이루어 다녔으며 북방의 낭아에서는 여모(呂母)라는 여인이 두목이 되어 수천의 농민이 봉기했다.정세는 갈수록 악화되어 여기에 노예들까지 합세하여 일대 폭동으로 변해버렸다.

반란군의 주력부대는 눈썹에 붉은 칠을 했다하여 적미군(赤眉軍)이라 불렀다. 또한 남방에서는 반란군이 녹림산에 은거했으므로 녹림(綠林)이라 칭했다.

이외에도 각지에서 반란의 무리들이 세를 규합하자 한나라 왕실 출신 유씨의 자손들도 군사를 일으켰다. 남양 춘릉향의 호족 유현(劉玄)이 거사하고 이어 동족인 유수(劉秀)가 형 유연(劉縯)과 함께 군사를 일으켰다.

장사왕의 후손인 유수는 '빛나는 무공의 소유자'라는 애칭으로 광무제(光武帝)라는 시호를 받은 인물이다. 그는 태어날 때에 상서로운 징후가 있었다.

한줄기 볏잎에서 아홉 가닥의 이삭이 나뉘어지는 길조가 나타난 것이다. 그러므로 이름을 '수(秀)'라 하였다. 신험을 받은 어떤 관상가가 유수의 고향 쪽을 바라보며 말했다.

"참으로 운수대통이야. 저렇듯 상서로운 구름이 뭉게뭉게 피어오르고 있으니."

유수의 인상은 다른 아이들과는 현저하게 차이가 있었다. 유난히 높은 코에 이마 중앙의 뼈가 해 모양으로 두두룩하여 관상가들이 평하는 '융준일각'이라는 귀인의 상이었다.

그는 청년 시절에 대학에서 공부했으나 정치적인 혼란이 거듭하고 반란군이 곳곳에서 일어나자 거병했다. 결국 왕망이 죽고 신나라는 붕괴되었다.

　왕망이 죽음에 따라 세력 판도는 확실해졌다.

　경시제를 칭한 유현은 멋대로 유연을 베풀었으며 정치는 휘청거렸다. 이렇게 되자 처음부터 그를 따르던 지사들은 하나 둘 떠나갔다.

　이 무렵 유수는 경시제와 있으면 어떤 오해를 받을 지 몰라 하북 땅의 평정을 명령 받고 떠나갔다. 군현을 지날 때마다 애매하게 죄를 뒤집어 쓴 죄수들을 석방하고 가혹한 법령을 폐하였다. 그러므로 이를 감사히 여기는 군현의 백성들은 술과 고기로서 장병들을 위로하였다. 바로 이 무렵에 남양 출신 등우(鄧禹)가 찾아왔다.

　『마의상법』에는 그에 대해 이런 평을 내리고 있다.

　<등우의 눈썹은 복과 장수를 누리는 선라미(旋螺眉)다. 이 눈썹은 몹시 희귀하다. 그러나 보통 사람이 이 눈썹을 가지면 좋지 않다. 권위와 위엄이 있는 자가 가지면 하늘의 명에 의하여 천하를 제패하는 영웅이 된다.>

　유수의 인품을 사모하여 업(鄴;하남성)으로 왔던 등우는 사태 파악에 민감한 촉각을 가지고 있었다. 그가 말했다.

　"제가 여기에 온 것은 공의 위엄이 사해에 떨치기 때문입니다. 소생도 공을 세워 사해에 이름을 떨치고 싶습니다."

　등우는 이미 제왕의 인물로 유수를 점찍었다.

　과연 그의 예측은 벗어나지 않고 유수는 후한의 광무제(光武帝)가 되었다.

탐욕스럽고 비루한 채경의 이리 눈(狼目)

북송(北宋) 시대에 태황태후 고씨가 섭정하였다. 그녀는 구법파를 중용하고 신법파를 크게 배제하였다. 그러므로 당대의 거유 왕안석과 사마광 사이에는 신·구법의 격조 높은 논쟁이 빛이 바래버렸다. 그러나 신법파에게도 기회는 왔다.

8년여의 섭정 끝에 고씨가 세상을 떠나자 열 여덟에 친정을 시작한 철종은 신법파를 영입하여 정치 개혁을 서둘렀다.

신법이 일어서면 구법이 폐기되는 것은 당연한 수순이다. 태황태후 고씨 밑에서 사마광 등의 구법당들이 신종과 왕안석의 정치 개혁안을 부정해 버린 것처럼, 이번에는 신법파에 의하여 반대의 결과가 이루어졌다. 그러므로 북송 후기에는 조령모개(朝令暮改)라는 말이 나올 만큼 사회불안을 적나라하게 나타낸 것으로 볼 수 있다.

1100년에 철종이 젊은 나이에 세상을 떴다. 뒤이어 열아홉 살의 휘종(徽宗)이 보위에 올랐다. 따라서 정치는 황태후 향(向)씨가 섭정을 하게 되었다. 그녀는 신법과 구법의 화해와 절충을 시도한 아주 영명한 여인이었다.

『마의상법』에는 그녀를 사슴 코(鹿鼻)라 하였다. 이런 코는 부귀를 누리고 의리를 안다. 준두는 둥그렇게 생겼으므로 인의가 완전하다. 놀라고 의심하는 것이 일정치를 않으나 복과 녹이 갈수록 더해지는 상으로 풀이한다.

그래서인지 향씨는 60세 나이로 해남도에 좌천되었던 소식(蘇軾;동파)으로 하여금 조정을 밟을 수 있게 하였다. 재상의 자리에서 장돈을 파견하고 신법파에서는 증포(曾布)를 구법파에서는 한충언(韓忠彦)을 발탁했다.

이때 신법파의 인물로 채경(蔡京)이 등장했다. 그는 예술적인 자질이 충분한 인물이었다. 수금체(瘦金體)라는 격조높은 글씨를 쓰기 시작했으며 송대의 명화로 일컬어질 만큼 그림에도 일가견이 있었다.

장돈의 뒤를 이어 신법파의 앞장을 서게 됐지만 그렇다고 의욕적으로 지지하는 정치이념은 아니었다. 다시 말해 신법이라는 것은 그 자신의 출세를 위한 도구에 불과했다. 이것이 송나라의 비극이었다. 채경은 재상의 자리에 오르면서 구법파들을 탄압했다.

황제라는 자리는 어렵고 힘들어도 무엇이든지 할 수 있다. 이러한 생각은 결국 송나라를 사치문화가 난무하는 상황으로 만들어 버렸다.

마침내 그는 강남의 풍부한 진품들을 북방의 개봉으로 옮기기 시작했다. 태호 아래에서 산출되는 태호석(太湖石)을 비롯하여 기이한 돌과 나무 등이었다. 작업 시에 걸리적거리는 백성들의 가옥이나 그 밖의 재산 등이 훼손 당했다. 이러한 사치는 당연히 신법에 위배되었다. 그러나 예술을 사랑하는 황제의 특권이니 막을 사람은 없었다. 더구나 이 일을 끝없이 부추긴 사람이 채경이었다.

『마의상법』에는 채경에 대해 이런 평가를 내린다.

<채경은 이리 눈(狼目)이다. 사람이 이런 눈을 가지고 태어나면 포악하고 흉폭하며 부자가 되어도 좋게 죽지를 못한다. 사람의 됨됨이가 탐욕스럽고 비루하다.>

이러한 채경의 일화가 『백가시서(百家詩序)』에 실려 있다.

한번은 채경이 조회에 들어 반렬에 서 있었다. 물론 이때는 벼슬길에 나온 지 얼마 되지 않았을 무렵이었다. 때마침 햇볕이 강하게 비치어 모두 얼굴을 들지 못했다. 그러나 채경만은 오래도록 같은 곳을 응시하고 있었다. 이에 대해 상학(相學)에 조예가 깊은 진형중(陳瑩中)이 동료에게 속삭였다.

"저 사람은 대귀할 것이다."

곁에 선 대신이 물었다.

"그렇다면 폄거(貶居)에 있을 때 어찌 용서를 하지 않았습니까?"

이에 대한 답변으로 진형중은 나직이 두보의 시를 외어 주었다.

"사람을 쏘려면 먼저 말을 쏘아야 하고 적을 잡으려면 그 두목을 잡아야 한다."

그리고 이어서 말했다.

"그가 만일 뜻을 얻기만 하면 분명 천하의 대죄(大罪)를 범할 것이다."

진형중의 안목은 틀림없었다.

인상여의 수문은 옥정문(玉井紋)

유현(劉賢)이라는 내시는 전국시대 말 조나라 혜문왕(惠文王) 때의 사람이다. 그는 왕의 총애가 극진하여 환자령(宦者令)이라는 자리에 올라 있었다. 내관은 본래 정치판에 낄 수 없었지만 유현만은 제법 큰 소리를 내고 있었다.

어느 날 다른 나라에서 온 장사꾼에게서 5백금이라는 거금으로 구슬을 사들인 후 옥공을 불러 감정을 의뢰했다.

"이것은 화씨벽(和氏璧)이라는 구슬입니다."

이 화씨벽에 대해 옥공은 평은 놀라울 정도였다.

"화씨벽은 어두운 곳에 놓아두면 글을 읽을 수 있고, 여름엔 부채가 필요 없고 겨울엔 봄날처럼 따뜻합니다. 또한 구슬이 있는 곳에는 파리와 같은 곤충들은 얼씬도 하지 않습니다. 천하에 둘도 없는 보배입니다."

유현은 이 구슬을 깊숙이 숨겨두고 이따금 꺼내어 감상하였다. 그런데 어떻게 소문이 났는지 혜문왕이 이 사실을 알고 천금을 줄 테니 그 구슬을 가져오라 한 것이다.

유현이 차일피일 시간을 끌자 혜문왕은 사냥을 핑계로 궁을 나섰다가 순식간에 급습하여 화씨벽을 찾아내 환궁하였다. 이 사실을 안 유현이 다른 나라로 망명하기 위해 부랴부랴 짐을 싸자 사인(舍人)으로 있던 인상여(藺相如)가 만류했다.

"대감께서는 평소 친분이 있는 나라로 망명을 하실 생각이십니다만, 그것은 옳지 않습니다. 대감께서 현직에 있을 때엔 그 뒤에 대왕이 있으므로 가능했지만, 죄를 얻어 망명을 한다면 그들은 대감을 생포하여 왕에게 바치려 할 것입니다. 그러니 대감께선 웃옷을 벗고 등에 도끼를 지고 대궐문 앞에 가서 죄를 청하십시오."

유현이 그렇게 하였더니 뜻밖에 용서를 받았다.

이럴 즈음에 유현의 집에 왔던 옥공이 진나라에 들어가 소양왕(昭陽王)의 부탁으로 옥을 다듬게 되었다. 자연스럽게 화씨벽에 대한 얘기가 나오자 진왕은 욕심이 생겼다. 여러 날 생각 끝에 유양(酉陽)의 열 다섯 성과 바꾸자고 사신을 보냈다. 물론 이것은 거짓이었다.

진나라 사신이 오자 조나라에서는 골치가 아팠다. 구슬을 주자니 아깝고 안 주자니 그것을 빌미로 전쟁을 일으킬 것이 뻔했기 때문이었다.

이극(李克)이 의견을 내놓았다.

"왕께서 친히 진나라에 갈 수 없으니 용맹한 장수에게 다녀오게 하심이 옳다 보옵니다. 만약 성을 주면 구슬을 주고 그렇지 않으면 다시 가져오면 될 것입니다."

환자령 유현의 추천에 의하여 인상여가 궁안에 들어왔다. 왕이 물었다.

"진왕이 열다섯 성과 구슬을 바꾸자고 하는 데 들어주는 것이 좋겠는가?"

"마마, 듣지 않을 수 없는 일입니다. 진나라는 강하고 조나라는 약합니다. 진나라가 열 다섯 성으로 구슬을 바꾸자고 한 것은 가격이 참으로 후한 것입니다. 그래도 응하지 않으면 허물은 조나라에 있습니다. 조나라가 성을 받기 전에 구슬을 먼저 준다면 이것은 진나라를 예의로써 대하는 것이 아닙니다. 그러나 구슬을 받고 성을 주지 않는다면 그 허물은 진나라에 있습니다."

인상여는 그곳에 갈 사람이 없으면 자신이 다녀오겠다고 하였다. 이렇게 되어 그는 구슬을 가지고 떠나갔다. 왕의 시중을 들던 관상가가 말했다.

"마마, 신은 인상여가 구슬을 받을 때 그의 손을 자세히 보았습니다. 그의 수문(手紋;손금)은 옥정문(玉井紋)이었습니다. 이러한 무늬를 가진 사람은 나라의 기강을 잡는 일에 종사하는 것이 적격입니다."

손바닥에 나타나는 정(井) 자는 참으로 귀하다. 하나도 귀하지만 두 개인 경우는 나라의 중책을 맡을 수 있다 하였다.

인상여가 구슬을 가지고 진나라에 도착하자 소양왕은 함양을 찾아온 빈객을 정중히 맞아들였다. 군신이 모인 자리에서 구슬을 꺼내 신하들에게 일일이 구경시킨 다음 후궁들에게도 돌렸다.

인상여가 오랫 동안 기다렸으나 어떻게 처리하겠다는 말이 없었고, 진왕은 진즉부터 화씨벽이 자신의 것인양 희희낙락이었다. 인상여는 진왕 앞으로 나아갔다.

"이 구슬에는 눈에 잘 띄지 않은 티가 한군데 있습니다. 제가 가르쳐 드리겠습니다."

인상여는 구슬을 받아들고 기둥으로 다가갔다. 눈을 부릅뜨자 머리털이 빳빳하게 일어났다.

"화씨벽은 세상에 둘도 없는 보물입니다. 대왕께서는 이 구슬을 얻고자 우리 왕께 국서를 보내시고 열 다섯 성과 교환하자는 말씀을 하셨습니다. 그때 대신들은 구슬을 보내지 말자고 했습니다. 그것은 만약에 열 다섯 성을 주지 않고 구슬을 빼앗으면 어찌하느냐였지요. 그러나 저는 절대 그럴 리 없다고 단언했습니다. 진왕께서는 분명히 약속을 지키실 것이라 확신했습니다. 미루어 생각컨대 지금 대왕께서는 열 다섯 성읍을 주실 뜻이 없는 것으로 보입니다. 왕께서 신을 핍박하여 구슬을 빼앗으신다면 신은 이 구슬을 기둥에 부딪쳐 깨뜨릴까 하나이다."

"그 무슨 소리 짐은 분명 약속을 지킬 것이다."

그러나 이것은 다급한 마음에 내뱉은 소리였다.

"예로부터 이 구슬을 얻기 위해서는 닷새동안 목욕을 하신 후 받아야 뒤탈이 없다 했습니다. 그러니 대왕께서도 닷새 후에 구슬을 받으십시오."

인상여는 숙소로 돌아와 심복을 불렀다. 구슬을 삼베로 싸서 배에 단단히 묶은 다음 조나라로 보냈다.

닷새가 지나갔다. 그러나 약속 날이 되어 대전으로 들어온 인상여의 몸엔 구슬이 없었다. 왕이 속은 것을 알고 묶으러 하자 그는 전연 동요하지 않았다. 자신은 살아서 돌아가지 못함을 알고 진즉 구슬을 조나라로 보냈다는 것이다.

인상여를 죽인다고 구슬을 얻는 것이 아니고 이름만 더럽히게 되자 결국 진왕은 인상여를 조나라로 되돌려 보냈다.

아나 전기(阿那傳記)의 교훈

명나라 초기에 강영과가 쓴 설도소설(雪濤小說)에 다음과 같은 말이 있다.

<아내는 첩만 못하고, 첩은 기생보다 못하며, 기생은 훔치는 것보다 못하다>

중국에서는 남의 물건을 훔치는 것을 '도(盜)'라 하였으며 속이는 것이 '투(偸)'였다. 그러므로 남녀가 바람을 피울 때에는 '도'라 하지 않고 '투정(偸情)'이니 '투한(偸漢)'이라는 말을 쓴다. 그래서인지 중국인들은 맹세의 말을 할 때에 이런 말을 쓴다.

"악인에게는 반드시 하늘의 제재가 가해질 것이며 사내는 도적이며 계집은 창부다."

위의 말은 한마디로 사내들은 모두 도적놈이며 계집은 한결같이 창부 기질이 있다는 말이다. '남자는 도둑, 여자는 창부'라는 뜻이다.

명나라 때에 씌어진 『치파자전(痴婆子傳)』은 「아나전기(阿那傳記)」로 알려져 있다. 아나라는 나이든 할머니가 지나간 세월을 회상하며 자신이 상대한 여러 사내와의 색도행각을 그녀내고 있는 내용이다. 이 얘기속에는 열두 명이 등장한다. 이것은 당시 유행하는 십이지(十二支)에 근간하여 음양을 각각 열둘로 나누었기 때문이다. 내용을 살펴보면 이러하다.

이때의 주인공 아나는 남편이 과거를 보러 가는 사이에 갑자기 외로움을 느낀다. 어느 날 음식을 차려놓고 큰아들 동서인 사씨를 불러 한담을 나누며 시간을 보내려 한다. 이때 그는 영랑이라는 하녀에게 야릇한 눈길을 보내며 '음향(淫香)'을 피운다.

스물 한 살의 미남자 영랑은 사씨의 남편 극사의 동성애 상대다. 아나는 유혹을 하려 들지만 영랑은 도무지 응할 태세가 아니다. 할 수 없이 하녀 비도에게 부탁하여 간신히 방안으로 끌어들인다.

이렇게 시작된 투정은 열두 명의 인물과 정을 통하면서 전체 줄거리를 잡아간다.

이러한 중국의 색도소설은 두 종류로 나눌 수 있다.

하나는 남자가 사잇서방이 되어 여성을 편력하는 것이고, 다른 하나는『치파자전』의 아나처럼 여인이 중심이 되어 얘기를 전개하는 경우다.

『치파자전』이 아나라는 여인을 중심축으로 벌어지는 얘기라면 『육포단』은 미앙생(未央生)이라는 서생을 등장시켜 여성 편력을 그리고 있다. 이러한 책이 인기를 끌자 뒤를 이어 열두 명의 여자가 한 이불 속의 베개를 베고 놀아나는『이화천』을 집필하게 되는 동기를 부여했다. 학사 이어(李漁)의 작품으로 알려진『육포단』의 주인공 미앙생은『시경』에 나오는 야미앙(夜未央)에서 주인공의 아호를 취했다. 이를테면 '아직 밤이 깊지 않았다'고 함으로써 성적인 향기를 독자에게 전해 주려는 의도를 밑그림으로 깔아놓은 것이다. 대체로 호색하는 사내들의 눈은 양안(羊眼)이 많

다. 중국문학에 등장하는 여자들은 비둘기 눈이나 도화안이 많은
것과는 다르다.

　특히 『육포단』에는 중국인 특유의 단경(短莖) 의식이 숨어 있
다. 그러므로 개의 신(腎)을 잘라 자신의 음경에 붙여 색도편력에
나서는 모습이 등장한다. 이것은 주색잡기의 교본이랄 수 있는
『현녀경』 때문이었다. 이를테면 사내의 심벌은 당나귀의 그것처
럼 큼직해야 여인의 마음을 손쉽게 낚을 수 있다는 것이었다.

　중국인들은 '일도 이비 삼첩 사처(一盜二婢三妾四妻)'를 좋아한
다. 이것은 사내가 바람 피우는 순서를 정한 것이다.

　이러한 풍속의 영향으로 색도 소설의 마무리 작업은 이 부분에
앵글을 맞춘다.

　"남의 부인을 탐하는 자는 자신의 부인에게 이상이 오며 나중
엔 돌이킬 수 없는 봉욕을 당한다."

　그러나 이와 같은 경고는 바람 피우는 사람들에겐 씨알도 먹히
지 않는다.

　풍류라는 것은 그렇게 쉬운 것만이 아니기 때문이다. 그런 이
유로 중국인들, 특히 선비라는 작자들은 그럴듯한 스토리를 엮어
문자적인 해석을 아끼지 않는다. 그렇게 하여 등장한 것이 으스
스하게 한기를 돋게 하는 기담이오 해학의 염본(艶本)이다.

자객 형가는 칼날 코(劒鋒鼻)

누군가가 천하 제일의 영웅으로 진시황(秦始皇)을 꼽았다. 무론 영웅의 정의를 어떻게 정하느냐가 관건이지만, 기상과 능력만을 놓고 본다면 그렇게 말해도 큰 무리는 없을 것으로 보인다. 왜냐하면 그는 천하를 통일하였으며 중앙집권제(中央集權制)를 완성시켰기 때문이다.

어디 그뿐인가. 황제라는 명칭도 처음 만들었고, 시호를 없애는 한편으로 스스로 시황제(始皇帝)를 칭하였다. 뒤를 이어 일세, 이세, 삼세, 십세, 백세, 천세….

이렇게 이어진다는 가설 아래 후손들을 위해 만리장성을 쌓아 이민족의 침입에 대비하기도 하였다. 이것은 세계적인 대사건인 것만은 의심의 여지가 없다. 이를테면 역사가들은 불가사의한 토목공사로

첫째, 진시황의 만리장성,

둘째, 이집트의 피라밋,

셋째는 수양제의 대운하를 꼽았다.

항우와 같은 장사도 진시황이 살아 있을 때엔 꼼짝을 못했으

며, 장량이 여력사와 함께 암살을 도모했지만 뜻을 이루지는 못했다. 정면에서 그를 상대한 것은 오로지 형가(荊軻)였다. 이런 얘기가 있다. 고려 시대에 강감찬 장군이 『형가전』을 읽고 책장을 넘기며 비웃었다는 것이다.

"에이, 못난 친구 그걸 죽이지 못하다니."

이것은 강감찬 뿐만이 아니라 모든 역사가들이나 호걸들이 그 점에 대해 형가의 무능함을 꼬집었다.

어느 때인가 강감찬이 중국에 사신으로 간 적이 있다. 그는 산해관(山海關)에서 진시황의 사당을 구경했었다. 그곳에는 진시황의 화상이 걸려 있었다. 강감찬은 그 그림을 보고 당장 무릎을 꿇고 주저앉고 싶은 충동에 사로잡혔다. 그 뒤로는 진시황을 천하제일의 영웅으로 그 다음이 형가라고 입이 마르도록 칭찬했다는 것이다.

십이궁 비결에 의하면 진시황은 왼쪽 눈썹이 높고 오른쪽 눈썹이 낮다고 했다. 이러한 상은 아버지가 먼저 죽고 어머니는 시집간다. 또한 격각(隔角)이라 하여 얼굴이 반쪽 같아 정이 없다. 그러나 그의 눈은 쇠라도 녹일 듯한 호안(虎眼)이다. 『마의상법』에는 이런 눈을 가지면 정상적이지 못한 부와 명예를 누리며 성품은 강직하다고 평했다.

"그림만으로도 사람의 간담을 서늘하게 하는 데 실제로 그 인물이 만조백관을 거느리고 용상에 앉아 있었다면 그 기상은 참으로 대단했으리라. 그런 자를 죽이려고 형가가 칼을 빼들었으니 담력과 용기는 형가가 더 나았을 것이다."

물론 만들어낸 얘기일 것이다. 중요한 건 후대에 이런 얘기가 떠돌 만큼 진시황의 기색이 심상치 않았다는 것이다.

진시황의 폭정이 도를 더해갈 무렵, 연나라의 태자 단은 형가를 청하여 갖은 예우를 다하며 진시황을 암살할 계획을 추진해 나간다. 이후 연나라에서는 형가를 정사(正使), 진무양을 부사로 삼아 진시황이 원하는 번어기라는 장수의 머리와 독항(督亢)의 지도를 가지고 떠나 보냈다.

형가가 협객으로서 세상을 떠돌 때 어느 관상가가 말했다.

"그대는 참으로 외로운 사람일세. 콧날이 우뚝하여 칼날과 같고 코의 기둥이 드러나 칼등과 같다. 준두에는 살이 없으며 형제와도 인연이 없고 자식도 없을 것이다. 참으로 피로하고 외롭게 살 것이다."

이것은 단적으로 형가의 일생을 꿰뚫어 본 말이다.

길을 떠나기 전에 연나라 태자 단은 비수 한 자루를 주었다. 강철을 무 자르듯 하는 보검이었다. 이때 고점리가 축을 들고 나와 형가에게 술을 권했고, 형가는 노래하며 잔을 돌렸다. 그런 다음 시를 읊었다.

바람이 소소하니 역수도 차갑구나
장수는 한번 가면 다시 오기 어려워라

이것은 자신의 앞날에 대한 예시였다.

함양에 도착하여 진시황의 총신 몽가(蒙嘉)에게 뇌물을 천금이나 바쳤다. 그 대가로 알현이 허락되었다.

"연왕은 폐하의 위업에 겁을 내어 감히 군사를 내어 대항할 생각을 못하옵니다. 온 나라를 받들어 신하의 도리로써 폐하의 은덕을 갚고자 이렇듯 번어기의 머리와 독항의 지도를 바치옵나이다."

진시황은 기뻤다. 고약한 번어기의 머리를 가져왔다는 것이 무

엇보다 반가웠다. 그는 곧 예복을 차려입고 구빈(九賓)의 위의를
갖춘 후 연나라 사신을 만났다.

약속된 시각에 이르러 형가는 번어기의 머리가 든 함을 받쳐들
고 진무양은 독항의 지도를 든 채 따라나섰다. 그들이 영빈관 계
단 아래 이르렀을 때였다. 진무양이 파랗게 질려 부들부들 떨자
형가는 어이없다는 듯 실소를 깨물었다. 진무양의 행동을 의심하
여 대신들이 그를 오르지 못하게 하자 형가만이 번어기의 머리가
든 함을 진시황에게 올렸다.

함을 열고 번어기의 머리를 내려다보던 진시황의 눈에 퍼런 불
꽃이 너울거렸다.

고약한 놈, 번어기. 이 자의 목이 여기에 있다. 나의 모친이 서
방질을 하여 낳았다고 격문을 돌리고 반란을 일으켰었다. 그 자
의 머리가 함에 들어 있지만 가루로 만들어 버리고 싶은 심정이
었다. 진시황이 다시 말했다.

"독항의 지도를 가져오라!"

형가는 다시 계단 아래로 내려가 진무양의 손에서 지도가 든
함을 받아들고 천천히 진시황 앞으로 다가갔다.

"독항의 지도인가?"

"그렇습니다 폐하!"

진시황은 형가가 올린 지도를 펼쳐 들었다. 지도는 약간 길었
기 때문에 그 아래쪽은 형가가 잡아서 펼치는 중이었다. 그런데
그 지도 끝에는 비수가 감춰 있었다. 형가는 재빨리 오른손으로
비수를 잡고 왼손으로 진시황의 옷자락을 잡았다.

놀란 진시황이 황급히 몸을 일으키는 바람에 옷자락이 부욱 찢
어졌다. 한쪽으로 몸을 비틀어 세운 진시황이 허리에 찬 장검을
뽑으려 했다. 그러나 칼이 너무 길어 빠져나오지를 못했다. 진시

황은 여섯 자 병풍을 뛰어넘어 달아났다. 그 뒤를 형가가 쫓았다.

구리 기둥을 사이에 두고 이리저리 쫓고 쫓기는 순간을 보며 환관 조고(趙高)가 거들었다.

"폐하, 칼을 쥐시오! 칼을 쥐시오!"

진시황은 번쩍 정신이 들었다. 칼을 뒤로 돌려 쥐는 형태를 취하자 무난히 뽑을 수 있었다. 이렇게 되자 수세에서 공세로 돌아가 칼을 휘두르며 형가를 위협했다. 형가의 왼쪽 다리가 칼에 맞았다. 형가가 급히 독이 묻은 비수를 던졌으나 맞을 리 없었다. 비수는 구리기둥을 때리며 불꽃을 피웠다.

이번에는 형가의 다섯 손가락이 칼에 맞아 잘려나갔다. 그제야 형가는 구리 기둥에 기대 너털웃음을 터뜨렸다.

"나는 일이 안될 것을 예감했다. 이렇게 끝난 것은 안타깝지만 태자와의 약속은 지킨 셈이다. 네 놈이 폭력으로써 천하를 얻는다 해도 결국은 그것으로 망할 것이다."

그제야 신하들이 우르르 달려들어 형가의 몸을 주먹으로 치고 발길질을 해댔다. 편전으로 돌아온 진시황이 한참 후에야 형가의 소식을 물었다. 조고가 말했다.

"폐하, 그 자는 죽은 지 오래 되었습니다. 얼굴에 노기가 있고 두 눈을 부릅뜬 채였습니다."

진시황은 빨리 끌어내어 뼛속까지 태워버리라는 명을 내렸다. 금방이라도 형가의 영혼이 덮칠 것 같은 불안감 때문이었다.

호랑이 걸음에 용의 행동을 하는 유유

　동진(東晉)의 효무제 태원 8년인 서기 383년에 전진왕 부견(符堅)이 천하통일을 꿈꾸며 군사를 일으켰다. 1백만이 넘는 대군이 동진을 향해 진격했다. 당시 동진의 장수는 사현(謝玄)과 사석(謝石)이었다.

　양쪽 군사들은 비수에서 만나 일전을 불사했으나 기고만장한 전진의 군신들은 크게 패하여 대혼란을 일으켰다. 당연히 동진의 조정은 안도의 한숨을 쉬었다. 그러나 이러한 자세는 나라가 태평성대로 이어지질 않고 호족과 농민의 갈등, 권신과 황제와의 조정 내부의 모순이 표면화 되면서 급기야 동진을 멸망의 구렁텅이로 밀어 넣어 버렸다.

　전진왕 부견과의 비수에서의 대회전이 끝난 후, 재상 사안이 세상을 떠나고 효무제의 동생 사마도자(司馬道子)가 정권을 장악했다. 『자치통감』의 주석자 호삼성은 이 부분을 다음과 같이 기술하였다.

　<도자가 정권을 장악함으로써 동진의 정치가 문란해졌다.>

　이때 북방에서는 탁발규가 주변 세력을 물리치며 점차 확장되

어 가는 참이었다. 이 당시 효무제는 스물 네 해나 집권해 오면서 주색이 빠져 있었다. 한편으로는 불사를 일으켜 어려운 나라 재정을 더욱 허약하게 만들다보니 주위에는 아첨배가 득실거렸고 사이비 승려가 모여들었다. 이런 와중에 효무제는 치정에 얽힌 후궁들의 싸움에 휘말려 교살 당하는 신세가 되고 말았다.

효무제의 뒤를 이어 사마덕종이 보위에 오르니 이가 안제(安帝)다. 그는 말도 제대로 못하는 백치였다. 그러므로 모든 실권은 당연하다는 듯이 도자에게로 돌아갔다. 『마의상법』에서는 도자에 대해 이렇게 풀어놓는다.

<관록궁이란 중정에 위치한다. 도자는 이곳이 중정 사이인 이궁(離宮)과 합하고 물소가 엎드린 것처럼 이마를 꿰뚫었다. 그러므로 일찍 벼슬을 버리고 물러나더라도 소란스러운 일에 휩싸이며 사람의 위에 오른다>

당시 북부군 총수는 연주자사 왕공(王恭)이었다. 비수의 결전에 임했던 군대다. 조정의 기강을 잡기 위하여 북부군을 조정하던 왕공은 정치 세력을 일신하여야 함을 강조했다. 머리회전이 빠른 사마도자는 동진이 소란스러운 모든 책임을 왕국보(王國寶)에게 뒤집어 씌워 처형했다.

이러한 일련의 조치가 얼마나 무능하고 효력이 없는 것인지를 알고 있는 왕공은 북부군을 동원하여 보다 큰 개혁을 요구하고 나섰다. 이러한 왕공의 태도는 나라를 위한다기 보다는 일종의 반란 성격을 띠고 있었다. 당시 비수의 교전에서 공을 세운 유뢰지 같은 장수도 왕공의 지나친 행위에 대해 불만을 품었다. 그러나 왕공은 그가 지위가 낮다는 이유로 묵살해 버렸다.

동진의 조정은 날이 갈수록 주색잡기에 빠져들었다. 사마도자는 그의 아들 사마원현에게 모든 것을 일임하였다. 그는 불만을

가지고 있는 북부군의 유뢰지에게 사신을 보내 왕공을 처단하는
데 앞장 서 줄 것을 간곡히 부탁하였다. 이렇게 하여 격전은 벌어
지고 왕공은 패해 사형을 당했다. 따라서 유뢰지는 북부군 사령
관으로 발탁되었다.

399년이 되자 바닷가에 근거를 둔 손은(孫恩)이 난을 일으켰다.
그는 몹시 여인을 탐했다. 이때 조정에서는 북부군과 서부군을
합세시켜 반란군을 깨끗이 청소했다. 당시 서부군 총수는 환현
(桓玄)이었다.

그는 동진의 조정에 대해 비판적 시각을 가지고 있었다. 조정
에는 사이비 승려들이 득세하였으므로 나라의 기강은 땅에 떨어
진 지 오래였다. 환현이 주위의 세력을 하나씩 흡수해 나가자 동
진의 3분의 2가 그의 세력권 안으로 들어갔다.

중앙정부에서는 당연히 환현의 토벌을 결정하고 선봉을 유뢰
지에게 맡겼다. 그러나 그는 오히려 환현에게 항복하여 정부에
충격을 주었다.

이보다 앞서 유뢰지의 참모 유유(劉裕)는 이번 기회에 환현을
제거하자고 목청을 높였으나 받아들여지지 않았었다.

환현은 당당하게 도성으로 들어가 사마원현을 살해하고 스스
로 승상이 되어 병권을 손에 넣었다. 그리고 위험 인물인 유뢰지
를 북부군에서 떼어내 회계내사에 임명했다. 유뢰지는 크게 실망
한 채 자결해 버렸다.

환현은 스스로 상국으로서 초왕(楚王)이 되었다가 403년에 안
제를 폐하고 황제에 올라 초(楚)라 하였다.

시간이 지나자 곳곳에서 환현 타도를 외치며 병사들이 일어났
다. 그 가운데 가장 주목을 받은 인물이 경구(京口)에 근거를 둔
유유였다. 그는 이곳에서 태어났으며 선조 역시 북방 민족이었다.

뜻이 맞은 장수들과 합세하자 병사들이 모여들었다.

유유는 곧 도성으로 밀고 들어갔다. 황제의 자리에 오른 지 사흘만에 환현은 형주로 달아났다. 그러나 이곳에서 그를 맞이하는 사람은 없었다. 형주에서 1년여를 머물다 다시 몸담을 곳을 찾아가던 중 추격군에게 잡혀 목숨을 잃었다.

다시 안제를 모셔와 보위에 올렸으나 꼭두각시에 불과했다. 이당시 유유는 얼마든지 황제가 될 수 있었다. 그런데도 그는 서둘지 않았다. 그것은 좀더 신중을 기하자는 의도였다. 성급한 태도를 취하지 않는 한 신흥세력들이 들고 일어나는 법은 없다는 것을 벌써 깨닫고 있었다.

무엇보다 중요한 것은 천하의 인심을 모으는 일이었다. 그리하여 무능한 안제를 시해하고 보위에 오른 동진의 마지막 황제 공제(恭帝)를 핍박하여 선양 받았다. 그렇게 하여 송(宋) 왕조가 태어났다. 이른바 남과 북으로 갈리는 남북조 시대가 열리게 된 것이다. 당시 변(汴) 땅으로 가던 마의선사는 송나라의 태조가 즉위하였다는 소식을 들었다.

"유유는 본시 호랑이 걸음에 용의 행동을 한다. 아하하하, 이미 천하가 정해졌다."

호랑이 걸음이란 보폭이 넓은 것이오, 용의 행동은 섣불리 움직이지 않는다는 뜻이다.

이것은 무엇을 말하는가? 송태조 유유의 골상에서 천자가 될 것을 내다본 것이다.

시매희 귀뿌리의 검고 작은 사마귀

도원경(桃源境)이라는 말이 있다. 진나라 태원 가까이, 무릉에 살던 어부가 작은 배를 타고 고기를 잡으러 갔다. 강줄기를 따라 한참 올라가니 좌우에는 복숭아 숲이 펼쳐져 있었다. 처음 보는 경치에 넋이 빠진 어부는 복숭아 숲으로 무작정 들어갔다. 저만큼 앞에 많은 사람들이 있었으며, 주위에는 수십 채의 기와집이 눈에 들어왔다. 어부를 발견한 그들은 좋은 음식과 술로 대접하고 자신들이 이곳에 들어와 살게 된 연유를 들려주었다.

"우리 조상들은 진시황의 가혹한 폭정을 피하여 이곳으로 왔답니다. 그후로는 한번도 밖으로 나간 적이 없으므로 외부와 단절된 채 살아왔어요. 실례지만 지금은 어떤 시댑니까?"

그들은 한(漢)나라가 일어나고 위(魏)나라가 발흥했으며 진(晉)나라가 세워진 것을 알지 못했다.

그들은 어부가 말하는 동안 감개가 무량하여 신기한 중원 역사를 하나라도 놓칠새라 귀를 기울였다. 며칠 후. 어부가 돌아갈 때에 나이 지긋한 노인이 부탁했다.

"우리들은 이곳에서 밖으로 나갈 생각이 전연 없습니다. 그렇다고 외부에 알려져 소란스러운 일이 생기는 것도 원치 않습니다. 집으로 돌아가시면 누가 묻더라도 이곳을 가리켜 주진 마십시오.”

약속을 철저히 하고 떠났지만 어부는 돌아온 즉시 관가를 찾아가 자신이 경험했던 일들을 고해 바쳤다. 호기심이 동안 관장(官長)은 즉시 관원을 풀어 어부와 함께 보냈으나 복숭아 숲은 찾지 못했다. 당시 남양에 살던 유자기라는 도학군자가 소문을 듣고 그곳으로 가려 했으나 역시 뜻을 이루지 못하고 돌아왔다.

이후로도 사람들은 어부가 다녀온 곳을 ‘무릉도원(武陵桃源)’이니 ‘도원경(桃源境)’이라는 말로 애써 포장한다. 그런데 이 얘기를 좀더 들여다보면 중국인 특유의 깊은 해학이 숨어 있음을 알 수 있다.

국어사전에 의하면 도원경은 ‘복숭아가 많은 정원’으로 풀이한다. 그러나 좀더 파고들면 의미는 사뭇 달라진다. ‘도(桃)’는 복숭아다. 그렇다면 ‘원(源)’은 무언가? 이 글자는 원(圓)이나 환(丸)과 같은 의미로 동그란 구멍에서 물이 나오는 상형문자다. 다시 말해 물이 흐르는 근본적인 원천인 셈이다. 그리고 ‘경(境)’은 어떤 위치나 지경이다. 그러므로 전체적인 해석은 ‘복숭아 숲에서 물이 흐르는 지경’을 나타낸다.

이른바 ‘도취경’이라는 의미다. 그러므로 도원경은 복숭아 숲이 있는 호남 서부에 위치한 지명을 가리키는 게 아니라는 점에 납득할 수 있는 것이다. 그렇다면 도원경의 경지가 어떤 것인지를 살펴볼 필요가 있다.

하왕조(夏王朝)의 19대 제왕은 사이계(姒以癸)다. 그러니까 기원전 19세기 80년대. 정확히 말해 기원전 1819년에 제왕으로 등극했다. 그가 몇 살에 보위에 올랐는지는 사료가 정확치 않으므로 알 수가 없다. 그러나 54년간이나 보위에 있었으니 이것은 한 마디로 개인적인 영광에 속하는 일이다.

여기저기 산재한 그의 모습을 종합하면 『마의상법』으론 이렇게 풀어낼 수 있다.

<상모궁(相貌宮)은 얼굴의 윤곽을 가리킨다. 오악(五嶽)이 가득하고 풍성하면 부귀와 영화가 번성한다. 사이계는 오악이 모여 솟은 데가 관록궁에 위엄이 깃들였으므로 초기엔 존중을 받는다. 그러나 상정과 하정이 균등하지 못하여 흉악하게 된다.>

기록 연대가 확실하지 않은 신사시대(信史時代) 이전에는 부락 명칭 위에 '유(有)' 자를 붙였다. 이것은 특별한 뜻이 있는 게 아니고 단지 어조사로만 사용되었다.

사이계가 보위에 오른 지 35년이 되던 기원전 1786년에 백여만의 대군을 이끌고 산동성 몽음현에 위치한 시(施)부락을 공격했다. 시부락에선 당연히 많은 공물을 바치고 화해를 청했다.

바쳐진 공물엔 추장의 여동생 희가 있었다. 당시의 법으론 민간 사람들은 관직에 있거나 귀인의 성은 함부로 부를 수 없으므로 시희(施喜)라 하지 않고 매희(妹喜)라 한 것이다.

그녀의 미모에 홀려버린 사이계는 궁에 돌아오자 오로지 그녀만을 무릎에 앉힌 채 술잔을 기울였다. 그렇다보니 천하의 모든 것이 그녀의 치마폭에 있다 해도 과언이 아니었다.

이 무렵의 역사기록은 괴팍한 버릇 하나를 소개한다. 그녀는 고향을 떠나온 이후 줄기차게 비단을 찢어댔다. 당시의 비단은 엄청나게 비쌌기 때문에 황제라 하여도 부담감이 컸다. 밤낮을 가리지 않고 비단을 찢어댔으니 급기야 황실 창고의 비단은 바닥이 나고 말았다.

비단 찢는 것이 시들해지자 이번에는 50평방 킬로에 해당하는

연못의 물을 퍼내고 그곳에 술을 채워 배를 띄웠다. 이른바 술 연
못(酒池)이다. 오래 전에 사이계의 14대 할아버지 사문명은 술 한
잔을 마셔보고 탄식했다.

"술은 본디 광음수(狂飮水)로다. 이것을 마시면 본래의 자기 정
신은 간곳이 없고 서서히 미쳐간다. 분명 내 후손 가운데 술로 나
라를 망칠 위인이 나타날 것이다."

예언은 적중했다. 사문명의 후손 사이계는 술 연못을 만든 후
이번에는 고기 숲(肉林)을 조성했다. 그렇다고 함부로 술과 고기
를 먹을 수 있는 것은 아니었다. 아무리 술 연못에 술이 많아도
명령이 떨어질 때까지 기다려야 했다. 일단 북소리가 울리면 3천
명이 넘는 사람들이 일제히 연못 가로 기어가 엉덩이를 쳐들고
술을 마셔댔다. 이 부분에 대해 사관은 어떻게 기록해야 할 지가
막막했을 것이다.

밤을 세워가며 술을 마시고 연못 가에 있는 산해진미를 안주
삼아 밤낮없이 향연이 벌어졌다. 연회가 벌어지면 좋이 닷새 남
짓은 이어졌다. 문무백관들이 녹초가 되어도 사이계는 도무지 피
곤한 기색을 드러내지 않았다. 하루는 재상 이윤(伊尹)이 보다못
해 타일렀다.

"폐하, 제발 정신을 좀 차리십시오. 허구헌날 이렇듯 주색에 빠
져있으면 화를 자초하실 겁니다."

"당치않은 소리. 그따위 유언비어로 혹세무민하다니. 그 죄가
얼마나 큰 지 아느냐? 태양은 백성들의 군주나 다름없지. 다시 말
하자면 하늘에 뜬 태양이 없어져야 내가 망한다는 것이야. 알겠
어?"

이때부터 백성들은 하늘에서 해가 없어지기를 기원했다. 백성
들의 원성이 높아지자 이번에는 포락(炮烙)이라는 형벌을 만들었

다. 여기에는 두 가지 종류가 있었다. 하나는 속이 텅빈 원주에 죄인을 쇠사슬로 묶은 다음 그 속에 불을 지펴 죄인을 익혀 죽이는 방법이고, 다른 하나는 속이 꽉찬 원주를 기름을 칠해 불에 달군 후 죄인으로 하여금 그 위를 걷게 하는 것이다. 물론 아래쪽으로 떨어지면 펄펄 끓는 기름불에 떨어져 생화장이 돼버린다.

기원전 1767년의 어느 날. 사이계는 문무백관을 거느리고 높은 용상에 앉아 죄인들을 끌어내 포락형을 가했다. 고통스러운 비명이 울리는 가운데 문득 좌의정 관룡봉(關龍逢)에게 물었다.

"어떤가, 재밌소?"

관룡봉은 공손히 머리를 조아렸다.

"재미있습니다 폐하."

"그래? 저렇듯 사람이 고통을 받는데 재미있다? 그래 당신은 측은한 생각이 아니든단 말이오?"

"만백성이 고통스러워 하는 일을 폐하께서 재미있어 합니다. 신하는 모름지기 군주의 팔다리라 했습니다. 몸이 재미있어 하는데 어찌 팔다리가 재미없다 하겠습니까."

사이계는 상대가 조롱하고 있다는 것을 내심 감추며 태연히 말했다.

"그렇다면 그대의 의견을 말하라. 타당하다면 택할 것이고, 그렇지 않다면 중벌을 내릴 것이야."

"소신이 보건대 폐하가 쓰고 있는 관은 무거운 바윗덩이며 폐하의 신발은 살얼음입니다. 무거운 바위를 머리에 이고 눌려죽지 않은 사람이 없으며, 살얼음을 딛고도 물에 빠져죽지 않은 사람이 없다 했습니다."

"흐음, 그러니까 그대의 말은 머지않아 내가 끝장이 난다 그 말이로구만. 그렇다면 말이야, 그대가 직접 포락의 형이 어떤 지를 체험해 보시게."

관룡봉은 구리 원주 위를 걷다가 떨어져 죽었다. 그는 결코 고통스러운 소리를 한 마디도 토하지 않았다.

관룡봉이 처형 당한 후 상(商) 부락의 추장 자천을(子天乙)이 봉기했다. 그때가 기원전 1776년이었다. 자천을은 연합군단을 이끌고 하왕조를 공격하여 연승을 올렸다. 이렇게 되자 사이계는 수도 짐심(斟鄩)을 버리고 4백년 전의 고도 안읍으로 도망쳤다. 그는 얼마후 대섭도구(大涉渡口)라는 곳에서 연합군단에 의해 생포되었다. 연합군단은 사이계와 시매희를 수차(囚車)에 태워 회하 유역의 소호 땅으로 추방해버렸다. 이후의 역사기록에서 그들의 모습은 사라졌다.

『마의상법』에서는 시매희를 이렇게 평한다.

<시매희의 오른쪽 귀뿌리에는 아주 작고 검은 사마귀가 있다. 이것은 상법에서 말하는 대로 길 옆에서 죽을 운수(耳根黑子 倒死路旁)를 가리킨다>

맹자의 손에 나타난 필진문(筆陣紋)

맹자(孟子)는 전국시대 유학자이다. 성인으로 불리는 공자 다음 가는 아성(亞聖)이다. 다시 말해 유학자 출신으로 '현철(賢哲)'이라느니 '아성'이라 불리는 인물은 추(鄒)나라 출신 맹자라는 말이다.

맹자의 본명은 맹가(孟軻)다. 일찍이 부친을 여의고 어머니 손에서 자랐다. 그의 어머니는 아주 평범한 사람으로 어떻게든 자식을 잘 키우기 위해 어떤 희생도 감수하려는 모성을 지니고 있었다. 이러한 마음은 급기야 '삼천지교(三遷之敎)'라느니 '단기지교(斷機之敎)'라는 말을 만들어냈다.

맹자는 처음에 그 어머니와 함께 묘지 근처에서 살았다. 그러므로 근처의 아이들과 함께 상여를 메고 가는 것이라든가 묘지의 인부들을 보며 상복을 입고 곡을 하는 사람들의 흉내를 내며 놀았다. 이것을 보고 장래를 걱정하는 그의 어머니는 시장 근처로 이사했다.

그러자 이번에는 장사를 하는 상인의 흉내를 내며 놀았다. 손수 물건을 사거나 파는 흉내를 내는 자식을 보며, 그의 어머니는 이곳도 자식을 키우기에 적당한 장소가 아니라는 것을 깨닫고 이사를 서두른 곳이 서당 근처였다.

맹자는 이때부터 서당에서 들려오는 글 읽는 소리를 흉내내거나 서당 아이들이 하듯이 단정히 꿇어앉아 독서를 하는 놀이에 열중하였다. 이것을 보고 그의 어머니는 몹시 흡족해 하였다.

"그래, 이제야 내 자식을 바로 키울 수 있는 곳으로 왔구나."

맹자 어머니는 비로소 기뻐하였다.

맹자가 열두 살이 되었을 때였다. 맹자는 어머니 곁을 떠나 멀리 타향으로 공부를 하기 위해 떠나갔다. 어느 날 너무나 어머니가 보고 싶어 집으로 돌아왔다. 그때 어머니는 베틀에 앉아 무명을 짜고 있었다.

"어머니!"

맹자는 왈칵 문을 열었다. 반가움과 그리움이 한데 어울어져 가슴이 벅차올라 어머니를 불렀다. 그러나 베틀에 앉은 어머니는 힐끗 돌아보았을 뿐 이내 굳은 표정으로 물었다.

"공부는 마치고 왔느냐?"

"아닙니다, 아직 멀었습니다."

그때 어머니는 베틀 모서리에 놓아둔 손 칼을 들어 여러 길이나 짜놓은 무명을 싹둑 잘라버렸다. 그리고 꾸짖었다.

"이걸 봐라. 네가 한참 공부를 해야 할 때에 도중에 돌아온 것은 내가 이 필묵을 중도에 잘라버리는 것과 다름이 없다."

"잘못 했습니다, 어머니."

맹자는 그 길로 돌아섰다. 이후 학문에만 전념하여 공자 다음 가는 아성이 되었다. 『마의상법』에서는 말한다.

<맹자는 상학적으로 필진문(筆陣紋)을 달고 태어났다. 이러한 무늬는 손바닥에 많이 있을수록 문장이나 덕행이 높아진다. 중년

에도 뜻을 얻고 과거에도 급제하며 복록이 기다리고 있다>

그런데 여기에 하나의 의문이 생긴다. 서양에서는 성어거스틴을 동양에서는 맹자의 어머니를 현모양처로 꼽는다. 그 이유는 무엇일까. 베틀에서 무명을 자르고 세 번의 이사를 한 것만으로 그런 호칭을 받는 것일까? 그래서 이런 질문이 가능해진다.

"맹자 어머니가 현모양처라면 처음부터 유생들이 있는 서당 가까이 갈 일이지 왜 공동묘지로 갔다가 그 다음에 시장을 거쳐 나중에 서당으로 갔는가?"

여기에 대해 파자법에 능한 학인은 말한다. 하나(一)라는 숫자는 삶(生)의 끝 획이며 죽음(死)을 알리는 첫 획이다. 그러므로 죽을 사(死)는 파자를 하면 '어느 날(一) 밤(夕)에 갑자기 날아든 비수(匕)'라는 것이다. 죽음은 결코 거창한 것이 아니라는 뜻이다. 아무 것도 보이지 않은 캄캄한 밤에 갑자기 날아온 비수에 의해 목숨을 잃는 것이 죽음이라는 의미다.

이렇듯 인생이란 어느 때에 결판이 날 지 모른다. 그러므로 맹자 어머니는 공부를 가르치기 전에 죽음의 현장을 보게 한 것이다. 그 다음에 삶의 치열한 현장, 물건을 사고 파는 시장으로 아이를 데려간 것이다.

죽음을 알아야만 삶의 치열한 현장에 뛰어들 수 있으며, 그런 다음 학문을 익혀야 참 인간이 될 수 있다는 믿음 때문이었다. 바로 이것이 맹자 어머니의 가르침이었다.

관상술에 능한 내시감(內侍監)

『주례(周禮)』에 의하면, 황제는 후궁에 다음과 같은 인원을 둘
수 있었다.

어쩌면 형식적이라고 할 수 있을 지 모르지만 한 명의 비(妃)와
아홉 명의 부인(夫人), 아홉 명의 빈(嬪), 스물 일곱 명의 세부(洗
婦), 여든 한 명의 여어(女御)가 그것이다.

이러한 숫자와 직위는 왕조가 바뀌면서 약간씩 달라지긴 했지
만 궁안은 언제나 1천여명에서 3천여명의 여인이 황제 한 사람의
손길을 기다리며 대기했다.

백낙천의 「장한가」에는 '천자의 후궁에는 3천명이나 되는 궁녀
가 있었다'고 소개한다. 하나 둘 세어서 3천이라 한 것은 아니고
그만큼 많은 미인들이 황제의 입김을 기다렸다.

이렇듯 많은 후궁의 관리는 내시부(內侍府) 소관이었다. 이들
의 우두머리 내시감(內侍監)은 하룻밤 황제를 모실 여인을 선별
하는 특권을 가졌다. 그러다 보니 금은보화를 뇌물로 바치고 황
제의 속살을 만지려는 무리가 날뛰는 것은 너무 당연했다.

그러나 황제의 손길을 기다리는 내명부 궁인이 되기 위해서는

엄격한 심사를 거쳐야 했다.

당나라 이전에는 장삼봉이 만든 『삼봉단결』의 선택정기(選擇鼎器)를 들어야 했다. '정기'라는 것은 사내에게 이로움을 주는 그릇으로 이해하면 무리가 없다. 미청(眉淸)·목수(目秀)·순홍(脣紅)·치백(齒白)이 그것이다.

미청이라는 것은 눈썹이 굵거나 가늘지 않고 마치 초승달처럼 꼬부장한 것을 가리킨다. 다소 커브가 진 것으로 일자와 직선은 좋지않다. 맑고 섬세하고 평평할수록 좋은 것이지만, 일반적으로 궁인들에게 많은 눈썹은 신월미(新月眉)였다.

이 눈썹은 자신과 형제간이 함께 귀해지는 눈썹이다. 초생달처럼 아름답고 꼬리는 천창(天倉)에까지 올라간다. 이러한 눈썹은 남자일 경우 조정에 나가 중요한 자리를 차지한다.

또한 목수(目秀)는 눈이 크거나 작지 않고 눈동자가 또렷하고 흰자위가 하얗다는 뜻이다. 『선도서』에 의하면 눈의 형태는 소위 하삼백안(下三白眼)을 최고로 친다. 눈동자가 위쪽으로 치우친 요염한 눈이다.

사람은 잠이 들면 신(神;혼)은 마음에 의지하고 깨어나면 눈에 의지한다. 그러므로 그 사람의 심성은 눈에 나타난다. 눈의 선하고 악함을 알면 신(혼)의 맑고 흐림을 예측할 수 있다. 그러므로 상대를 바라볼 때에는 편벽됨이 없어야 한다. 그것은 신이 뒤집어지지 않게 하여 광채가 달아나는 것을 막으려는 이유 때문이다. 내시감은 이런 기준을 참고한다.

"눈은 드러나지 않아야 한다. 또한 검은 창이 적지 않아야 하고 흰창은 많지 않아야 한다. 눈알의 가는 실선은 붉은 빛을 띄지 않아야 하며, 눈빛은 딱딱하지 않아야 한다."

다음으로는 순홍(脣紅)의 입술이다. 이것은 건강미 넘치는 불그스레한 입술이지 새빨간 입술이 아니다. 황제는 새빨간 입술(丹赤)의 미인이 있는 방엔 들어가지 않는 것이 법도였다. 그러한 입술은 지아비를 가련하게 만들기 때문이다.

『비결(秘訣)』에 이르기를,

"입이 단사(丹砂)를 뿌린 것 같으면 벼슬길에 들어가 영화를 누린다. 그러나 단사를 바른 것 같으면 굶주림과 처량함을 느끼며 입이 단사와 같이 붉으면 귀하고 부하게 된다."

내시감이 보는 미인의 입술은 이런 의미가 있다.

"미인의 입술은 「앙월구(仰月口)」가 무난하다. 부귀 공명을 함께 할 수 있다. 윗입술은 활을 올려 놓은 것 같으며 그 빛이 단사를 칠한 것 같다. 후궁의 첫째나 둘째 서열을 차지한다."

특히 내시감이 시선을 두는 것은 새빨갛거나 홍도빛을 띄는 여인으로 황제와 잠자리를 할 때 심장마비를 일으키거나 복하사(腹下死) 하는 경우가 많다.

다음으로 이(齒)는 굳고 단단하며 치열(齒列)이 가지런해야 한다. 이러한 여성은 사내에게 이로움을 주기 때문에 부하고 귀하며, 이가 희지 못하면 건강이 양호하지 못한다.

이러한 장삼봉의 이론은 세월이 흐르면서 다른 학설과 버무러졌다. 자양도인을 바롯하여 사일학인·양고도인·청봉자 등이 합세하여 만든 『현미심인(玄微心印)』이라는 책의 「택정(擇鼎)」 항목이 그것이다.

여기에는 '네 가지의 아름다움(四美)'과 '다섯 가지의 병(五病)'에 대해 다룬다. '사미'는,

첫째, 안색홍백(顔色紅白)

둘째, 골육균정(骨肉均停)

셋째, 부눈발흑(膚嫩發黑)

넷째, 언금성(言金聲) 등이다. 이것을 현대어로 풀이하면,

얼굴 색깔이 좋다.

키와 살찐 정도가 좋다.

피부는 부드러우며 머리칼은 검다.

목소리는 맑고 또렷하다.

궁에 들어온 여인은 반드시 이 기준을 따랐으며 퇴출시킬 때에는 오병(五病)에 해당하는 경우였다.

첫째는 '나(螺)'로 클라이막스가 아닌 데도 음도 내부가 항상 움찔거리며,

둘째는 '석(石)'이니 살결과 음도가 돌처럼 딱딱하고,

셋째는 '각(角)'이니 클리토리스의 모양새가 이상하여 양기가 하부로 집중되기 전에 거침새가 있어 극점에 도달하지 못하며,

넷째는 '액(腋)'이니 암내가 지독하며,

다섯째는 '맥(脈)'으로 월경이 불순한 경우다.

이러한 기준을 통과하면 단 한사람의 사내(황제)를 놓고 암투를 벌인다.

물론 이러한 기준은 수당(隋唐) 연간으로 이어지는 시기에 간행된『옥방비결』이나『옥방지요』의 영향을 받은 것이지만, 당나라 초기를 지날 무렵에는『동현자(洞玄子)』로 낙착되었다.

가장 오래된 노래책『시경』에는 미인의 조건을 '손은 담황같고 살갗은 웅지, 이는 호서와 같으며 이마는 넓고 눈썹은 가늘다'라고 하였다.

이것을 현대적으로 풀이하면 손은 하얗고 피부는 탄력이 있으며 윤기가 흘러야 한다. 그 모습은 양의 젖을 잘 버무려놓은 듯하고 넓고 반듯한 이마에 치아는 고르고 눈썹은 나비의 더듬이처럼 가늘어야 합격점이다.

이렇듯 까다로운 조건을 통과하면 내문학관(內文學館) 소속 학사들의 교육이 시작된다. 율령이나 궁중 식전을 비롯하여 역대 명인들의 필법을 가르쳤다. 개중에는 여럿이 모여 방술이론에 밝은 환관 학사의 걸쭉한 입담을 귀동냥 하는 경우도 있었다.

환관의 입김이 가장 거셌다는 당나라 때에는 그들은 모두 내시성 소속이었다. 이곳엔 명목상 두 명의 내시감이 있었다. 한 사람은 엄격하게 궁녀를 선발하는 권한을 가졌고, 다른 쪽은 선택된 궁녀나 후궁을 황제의 잠자리에 밀어넣은 일을 맡았다.

하은주(夏殷周) 시대부터 내려온 풍습에 의하면 궁안 여인들은 한결같이 녹두패(綠頭牌)가 떨어지기를 고대했다. 저녁 식사가 끝나면 내시감의 명을 받은 환관이 황제의 윤허를 받아 후궁의 여인들에게 갖다주는 일종의 '동침허락증'이었다. 밤이 깊어지면 내시감은,

"폐하, 어찌 하시겠는지요?"

만약 특별한 생각이 없다면,

"그만 물러가라."

하겠지만 지난밤 여인이 흡족하게 하였다면,

"간밤의 그 여인이 좋았도다. 오늘밤에도 대령 시켜라."

하게 된다.

일단 명이 떨어지면 내시감은 곧 물러나와 환관의 중간 우두머리인 태감(太監)으로 하여금 녹두패를 후궁에 가져가게 한다.

녹두패를 받은 궁인은 정해진 시각이 될 때까지 몸안 구석구석을 정갈하게 씻는다. 태감은 다시 돌아와 후궁을 발가벗겨 새털자루로 먼지를 턴 후 자루에 씌워 황제가 기다리는 방으로 업어 간다.

물론 일은 여기에서 끝나는 것이 아니다. 일단 황제를 모시면

'계지(戒指)'와 '면적(面赤)'을 사용할 권리를 가진다. 계지란 반지다. 황제와 잠자리를 하기 위해 기다리는 여인은 왼손에 은반지를 낀다.

만약 은반지를 오른쪽에 꼈다면 그것은 황제를 한번 뫼셨다는 표시다. 또 금반지에 끼고 있으면 아이를 회임하여 임신중임을 나타낸다.

이 반지에는 언제 황제와 잠자리를 했는 지 반드시 기록하여 차후에 일어날 지 모르는 분란을 미연에 방지하였다.

만약 황제가 마음에 드는 후궁을 찍었으나 그 여인에게 달거리를 비롯하여 감기 몸살이 찾아왔을 때에는 면적을 사용한다. 양쪽 볼과 이마에 붉은 점을 찍어

'오늘은 잠자리를 할 수 없습니다'

라는 뜻으로 황제의 노여움을 방지하였다. 이러한 계지와 면적은 우리나라에도 영향을 주어 구식 혼례에 사용되었다. 상대와 반지를 교환하는 것이나 연지와 곤지를 찍는 것이 모두 그와 같은 의미다.

귀인의 발이 두터우면 한가한 즐거움이 있다

　머리가 하늘이면 발은 땅을 본뜬 것이다. 위로 몸체에 싣고 아래로 그것을 운행시킨다. 발은 비록 아래에 있지만 용도는 아주 크다. 발이 부귀의 상이 되는 모양은 '모가 나고 넓고 바르며 둥글며 기름지고 유연해야 한다'는 게 논족(論足)의 기본이다. 미국의 어느 소설가의 글에 이런 내용이 있다.

　"우리들이 발가벗은 프랑스 여자나 미국 여자를 우연히 마주쳤다면 그녀들은 급히 그곳을 가릴 것이다. 그러나 아랍 여자는 얼굴을 그리스 여자는 가슴을, 시리아 여자는 무릎을 사모아 여자는 배꼽을, 중국 여인은 발을 가린다."

　왜 중국 여인은 발을 가리는 것일까? 바로 전족(纏足) 때문이다. 전족한 발을 외방인에게 드러내지 않은 풍속은, 내밀한 관계에 있는 남성에게만 자극용으로 보여주기 때문이다.

　중국의 춘화도에 아름다운 미인이 허벅지를 드러낸 채 전족한 발을 사내에게 맡기고 있는 모습을 볼 수 있다.

　이것은 전족한 발을 통해 사내에게 즐거움을 줄 수 있다는 믿음 때문이다. 중국의 4대 기서인 『금병매(金甁梅)』에는 다음과 같은 내용이 실려있다.

<중국의 큰 저택에는 침실 창문이 두 개 있다. 바깥은 창(窓),
안쪽이 요(寮)다. 창을 안에서 닫으면 밖의 불빛은 전연 들어오지
않는다. 방안의 기척을 알 수 없으므로 동양적인 방음장치로 손
색이 없는 것이다.

어느 날 병아의 침실로 들어간 서문경은 어깨를 나란히 하고
허벅지를 포갰다 넣었다 등을 되풀이 하며 도취경에 빠져들었다.
넓적다리를 포개어 술을 마시는 것은 여기에 전족이라는 비밀 병
기가 있기 때문이었다.

넓적다리를 쳐든 채 아기의 것처럼 작은 발을 마음껏 애무한
다. 발끝을 들고 빨거나 전족을 하여 신고 있는 신을 벗겨 거기에
술을 따라 마시기도 한다. 이것이 혜주(鞋酒)다.

감정이 높아지면 병아는 서문경의 어깨를 안은 채 데려가 달라
고 조른다. 서문경은 고분고분 상대의 말을 따라 준다. 병아가 속
삭인다.

"오늘은 마상녀(馬上女)로 시작해요."

이것은 명나라 때 유행하던 여성 상위의 체위다. 이렇게 시작
되는 침실의 교태는 첫 게임이 끝나면 미루춘흥대단(迷樓春興大
丹)이 사용된다. 이 약은 이팔 처녀의 월경에 열 번이나 남편을
사별한 여인의 체액을 섞어 돼지 비계와 반죽한다. 그것을 땅속
에 3년간 묻어두었다가 은근한 불로 21일간 구워 가루로 빻아 뭉
친 것이다>

이 부분에 대해 『마의상법』에서는 다음과 같은 주장을 편다.

<옛 시에 말하기를 귀인의 발이 두터우면 한가한 즐거움이 있
다고 하였다. 천인의 발이 얇으면 쉴새없이 분주하다. 사마귀가
있고 무늬가 있으면 부러운 것이요, 무늬가 없으면 수평을 덜게

된다. 어디 그뿐인가. 발바닥이 부드럽고 매끄러우며 무늬가 많은 사람은 귀하다. 또한 발바닥이 거칠고 단단하여 무늬가 없는 사람은 천하게 된다>

그렇다면 전족이란 무엇인가? 송나라 말엽 장방기가 쓴 『묵장만록(墨莊慢錄)』에 의하면, 전족은 북송 때 시작하여 원명청(元明靑)으로 이어지면서 크게 유행하였다는 것이다.

전족을 만드는 기간은 인공적으로 약 2년이 걸린다. 발을 깨끗이 씻고 발가락 구석구석에 백분을 뿌린다. 그 다음에 엄지발가락을 제외한 나머지 네 발가락은 발의 안쪽으로 구부려 흰비단으로 단단히 감는다.

이렇게 하면 남은 순서는 꿰메는 것이다. 그 다음에는 앞이 뾰족한 전족용 작은 양말과 비단신을 신는다. 여기까지가 1단계인 시전(始纏)이다.

두 번째 단계는 반년에 걸쳐 행해지는 시박(試縛)이다. 박이라는 것은 붙들어 맨다는 뜻이다. 사흘에 한번 꼴로 소독을 하고 비단천으로 단단히 조여 묶는다. 이때 생겨난 티눈은 바늘로 찔러 없애며 다음 단계로 들어간다.

세 번째 단계는 긴전(緊纏)이다. 굵게 얽는다는 뜻을 가지고 있다. 거의 반년 동안 행해지는 과정은 발바닥 뼈(中足骨)를 억지로 비틀고 발뒷굼치 뼈는 구부린다. 이루말할 수 없는 고통 속에서 내출혈이나 화농으로 발가락이 문드러지는 사고가 생겨나는 게 다반사다.

마지막 단계는 이전(裏纏)이다. 뒤로 굽힌다는 뜻이다. 발바닥의 중심 부분이 요(凹)자 형태로 되어, 발등은 높아지고 발 모양이 활처럼 굽어진다. 엄지발가락은 아래로 내려가고 새끼발가락은 움푹 팬 곳으로 말려 들어간다. 이렇게 하여 완성된 발 칫수는 고작 10센티다. 이러한 모양에 대해 『채비록(采菲錄)』에서 요령시라는 시인은 노래한다.

옥처럼 하얀 죽순이 뾰족뾰족하여
살에 닿으면 찌를 것 같아 그 기묘함 따를 바 없네

뾰족한 모양은 달리기를 하거나 잘 걸어야겠다는 생각을 접어야 한다. 바로 서는 것조차 쉽지않은 상태에서 자신이 원하는 곳으로 가기 위해서는 허리와 엉덩이를 좌우로 흔들어야 한다. 마치 오리가 걷는 형상이다.

완성된 전족 모양은 죽순처럼 뾰족하고 발 전체가 한 손에 들어온다. 그러므로 문인들은 삼촌금련(三寸金蓮)이니 초생달(新月)이라 불렀다.

금련이라고 했던 것은 궁안에서 춘화를 그렸던 남조의 제폐제와 등혼후·소보권이 황금으로 만든 연꽃 위를 반비(潘妃)로 하여금 걸어가게 한 데에서 유래를 찾을 수 있다.

그런 이유로 사뿐사뿐 걸어가는 모습을 금련보라 하였고, 나중에는 전족한 발을 금련이라 불렀다. 그러나 삼촌금련은 반드시 전족한 발을 뜻하는 것이 아니었고, 초생달처럼 작고 가는 발을 의미했다.

이토록 복잡하고 고통스러운 과정을 거치는 전족은 왜 해야만 할까? 그것은 고대의 방중술과 깊은 관계가 있다.

중국의 대표적 미인으로는 전한(前漢) 성제 때의 비연(飛燕)이라는 미인을 들 수 있다. 허리는 가늘고 발이 작아 손바닥 위에서 춤을 추는 것 같다는 기록이 있다. 육조 시대에 씌어진 『비연외전(飛燕外傳)』에 의하면, 성제가 만년에 이르러 정력이 크게 감퇴하자 비연이 전족한 발을 이리저리 움직여 기력을 찾게 하였다고 적혀 있다. 이것은 전족이 사내들의 성력을 고무시키는 것과 깊은 관계가 있다.

중국의 고대 방중술은 입으로 전해오다 수당(隋唐) 시대에 이르러 집대성되었다.『옥방비결』이나『현녀경』·『천금방』등은 도가의 비전처럼 뜬구름을 잡는 식이 아니라 직접 실행에 들어간 후 씌어졌다는 것이다. 다시 말해 일종의 실험서인 셈이다.

항간에서는 이런 류의 서적을 성의학서(性醫學書)라 부른다. 거기에 이런 내용이 있다.

<여인의 음호를 옥문 또는 옥호라 부르는 것은 그 출입문이 괄약근이기 때문이다. 대개 명기(名器)라 부르는 여인은 이 괄약근의 수축력이 강하다>

문(門)이나 호(戶)는 독립된 집과 같다. 그곳은 외부인의 출입이 금지된 아주 특별한 지역으로 당연히 강한 통제력이 필요하다. 앞서 설명한 비연이라는 여인처럼 발이 작은 여인이 노래하고 춤을 추면 허리와 배에 힘이 들어간다. 따라서 자궁의 수축력은 강해지고 남자와 잠자리를 할 때엔 '속집'을 오무리는 힘이 강하다.

이런 이유로 오도인(悟道人)이 쓴『성사십이품(性史十二品)』에는 오무리는 힘이 강한, 속칭 문어발이라 부르는 용주(龍珠)를 제일로 쳤다. 그러므로 아무리 빼어난 미색을 지녔다 해도 전족을 하지 않은 여인은 경국지색이나 절세미인의 수준에는 올려놓지 못한다.

이렇듯 맹랑하고 실증적인 이론 때문에 중국의 사내들은 습관적으로 전족한 여인을 찾아 헤맸다. 이것을 연벽(蓮癖)이라 한다. 즉, 전족한 여인을 지나치게 밝힌다는 뜻이다.

중국 여인들이 전족할 때에 고약스러운 과정을 거치듯이 잠자리에 들어가면 그 법식 또한 만만치가 않다.

남자와 여자. 조물주가 정해준 대로 사랑의 밤을 지날 때면 여인은 붉은 신을 선물로 받는다. 이렇게 하여 첫날밤 의식을 치르는 데 만(挽)이라 한다.

사내가 침상에 오르면 즐거운 마음으로 전족한 여인의 발에 묶은 띠를 풀어주는 데 이게 벗는다는 의미의 탈(脫)이다. 그 다음엔 준비를 해둔 깨끗한 물로 발을 씻는다. 이 의식이 세(洗)다.

뒤이어 발톱을 깎아주고 엉겨붙은 군살을 밀어(磨)준다. 중국의 사내들은 이렇듯 끈질긴 인내심을 갖고 침상에서 봉사를 하는데, 다음엔 향기로운 분가루를 뿌린다. 이것의 명칭은 식(拭)이고 발톱 등에 아름다운 색깔을 입히는 게 도(塗)다.

사랑의 게임은 즐거운 마음으로 발을 찾아 헤맨다는 색(索)에서 시작한다. 이쪽 저쪽을 더듬는다는 뜻이다. 발을 찾아 위로 번쩍 올렸다가(擧), 자신의 다리 위에 내려놓는다(承).

손으로 밀고 쓰다듬는 전희가 계속되면 자연스럽게 숨소리는 거칠어진다. 여인의 몸에 변화가 오면 사내는 두 다리를 가슴쪽으로 당긴다(推).

이렇게 두 다리를 벌리고 그 사이로 몸을 밀어넣거나(桃), 한쪽 다리 만을 어깨 위에 올리고 희롱한다(捐). 이때 여인은 두 다리로 사내의 목을 쥔다. 벌겋게 달아오른 얼굴로 여인의 다리에 입을 맞추는 것이 기본 단계다. 가끔은 소중한 사내의 심벌을 여인의 발바닥 사이에 끼고 장난(玩)을 치기도 한다. 발바닥이 요(凹)자처럼 되어 있으니 장난을 치는 것은 안성맞춤이겠지만 이렇듯 요상스러운 짓거리를 하는 게 농(農)이다. 중국의 고서화를 보면 여인의 두 다리를 천장에 매달아 두는 모습이 나온다. 마지막 단계가 현(縣)이다.

이렇게 시끌덤벅하게 만들어놓고 예찬한다. 전족을 예찬하는 글에 삼상(三上)과 삼중(三中)이 있다. 삼상은 전족을 어느 곳에 놓고 보면 가장 아름다운가이다.

첫째는 손바닥 위

둘째는 어깨 위

셋째는 그네 위

다음으로는 삼중이다. 삼중은 전적한 발이 어느 곳에 있어야 아름다운가이다.

첫째는 이불 속

둘째는 등잔불 속

셋째는 눈(雪) 속이다.

그런가하면 중국인들은 전족을 감상하는 데 있어서 네 가지의 아름다움을 따졌다.

첫째는 모양의 아름다움

둘째는 질의 아름다움

셋째는 자세의 아름다움

넷째는 신(神)의 아름다움이다.

명궁(命宮)이 거울처럼 맑고 광채가 나는 이백

장경성(長庚星)이 품안으로 들어오는 꿈을 꾸고 아들을 얻은 탓에 이름을 태백(太白)이라 하였다. 당나라 현종 때의 인물인 그는 서량의 무소흥성황제(武昭興聖皇帝) 이고(李暠)의 9대손으로 서천 금주 태생이다.

이백이 태어날 때에 수골(壽骨)을 살폈던 관상가 이중신(李仲薪)은 이렇게 평했다.

"용모가 수려하고 그 자태가 청초하여 널리 이름을 날릴 것이다. 특히 명궁이 거울처럼 맑고 광채를 뿌리고 있으니 문장으로 크게 이름을 날릴 것이다. 다만 입의 형상이 즉어구(鯽魚口;붕어)이니 필경 물(술)을 가까이 할 것이다. 모름지기 그곳을 떠나야 요절하지 않을 것이다."

관상가는 평을 하는 앞부분에만 힘을 주었기 때문에 부모의 웃음소리가 뒷부분을 가려버렸다.

과연 관상가의 말은 적중하였다. 이백은 일찍이 역사와 문학에 정통하여 열 살 때에는 그가 쓰는 말 자체가 하나의 주옥같은 문장이었다는 평이 있었다. 그러므로 인근에 사는 서생들은 이백이

야 말로 하늘에 사는 신선이 귀양 온 것이라 하여 이적선(李謫仙)
이라 하였고, 이백 스스로도 청련거사(靑蓮居士)라 하였다.

어느 날 사마가섭(司馬迦葉)이라는 이가 길을 가는데 누군가
노래 부르는 소리에 깜짝 놀랐다. 즉시 하인을 소리나는 곳으로
보냈더니 쪽지 하나를 들고 돌아왔다. 거기엔 이렇게 씌어 있었
다.

청련거사 이적선
술에 숨은 지 삼십년
호주의 사마는 무엇을 묻는가
내가 여래의 화신이거늘

사마가섭은 즉시 그를 불러 열흘 동안이나 함께 술을 마시고
지냈다. 그제야 태백이 말했다.

"그대는 뛰어난 수재인데 어찌 벼슬을 하지 않는가. 내 생각으
론 장안으로 가서 벼슬을 하는 게 좋겠네."

"오늘날은 정치가 문란하고 공도가 막혀 있소. 실력보다는 윗
전과 어떤 연줄을 가지고 있는가에 따라 그것이 우등이 되고 차
등이 되는 것이오. 이러한 두 가지 방법에는 아무리 그 실력이 공
자나 맹자라 해도 동중서와 같은 실력이 있다 해도 급제할 수 없
을 것이오. 그래서 나는 술에 취해 시를 읊는 것이오."

"나와 함께 갑시다. 내가 추천해 주겠소."

이백은 그를 따라 장안으로 향했다. 장안에 도착하여 자극궁
(紫極宮)을 구경하다가 한림학사 하지장(賀知章)을 만났다. 그와
형제의 의를 맺고 지내던 중 다음 해 봄 과거를 보는 날이 되었
다. 하지장이 말했다.

"이번 상서성 과거에는 양귀비의 종형 양국충이 시관입니다. 그에게 말을 잘해 두었으니 좋은 결과가 있을 겁니다."

워낙 뇌물을 좋아한 양국충인 탓에 장담을 할 수 없었지만 막연하나마 좋은 결론이 있기를 바라는 마음이 앞섰다. 그러나 하지장의 서찰을 읽은 양국충은 냉소를 흘렸다.

"흥, 하지장 놈이 이백인가 하는 시골뜨기에게 뇌물을 받아먹고 이런 것을 보내왔구만. 이런 놈은 두고볼 것이 없이 낙방 시켜 버려야 해."

그런데 시험을 치르고 보니 생각이 달라졌다. 문장이 단연 돋보인 것이다. 양국충은 상대의 답안지를 읽지도 않았으나 고력사는 달랐다. 그는 어떻게든 가까이 두어 먹이라도 갈게 할 속셈이었다. 그러나 워낙 양국충의 반대가 거센 탓에 이백은 과거장에서 쫓겨날 수밖에 없었다.

하지장 집으로 돌아온 이태백은 분함을 감추고 맹세하듯 말했다.

"언제고 벼슬길에 나가면 반드시 양국충에게 먹을 가게 하고 고력사에게 신을 벗기게 하리라."

두 해가 지나갔다. 어느 날 이웃 나라의 사신이 국서를 가져왔다. 그런데 그 글을 도저히 읽을 수 없었다. 그 글을 한림학사에게 주었으나 고개를 저었다.

"이 글은 조수(鳥獸)의 족적이오니 학식이 얕은 신하는 한 자도 읽을 수 없습니다."

양국충을 비롯하여 문무대신 가운데 어느 누구도 읽는 이가 없었다. 황제는 노했다.

"조정에 학문을 하는 이가 한둘이 아니거늘 이웃나라의 국서 하나 읽는 이 없다니 말이 되는가. 이 국서를 사흘 안에 해득하지 못한다면 녹봉을 내리지 않으리라."

하지장이 돌아와 그 얘기를 하자 이태백은 자신이 진즉에 벼슬
길에 나갔다면 해득하였을 것이라고 운을 뗐다. 하지장은 즉시
현종께 자신의 집에 문무겸존한 학사 이태백이라는 젊은이가 있
음을 아뢨다.

현종이 즉시 칙서를 하지장의 집으로 보냈다.

"나는 일개 평민이오. 조정에는 훌륭한 두 분(양국충과 고력사)
이 계시는 데 어찌 나같은 자가 나서겠습니까."

현종은 얼마 전에 뇌물을 쓰지 않아 벼슬길에 오르지 못한 것
을 알게 되었다. 즉시 진사 벼슬을 내리고 사색의 의상과 금대,
박견의 모자와 상아 홀대를 보내 데려오게 하였다. 이윽고 현종
을 알현하고 이웃나라의 국서를 당나라 말로 번역하여 읽었다.

"발해국의 대가독(大可毒)이 당나라 천자께 보낸다. 그대가 고
구려를 점령하고 우리와 가까워져 병사가 자꾸만 변경을 침범하
는도다. 이것은 그대의 뜻에서 나온 것이니 이 점을 참을 수 없어
사신을 보내 강구케 하노라. 마땅히 고구려의 176성을 우리에게
양도하라. 그렇게 하면 좋은 선물을 보내 주리라. 곧 태백산의 토
끼와 남해의 곤포, 책성의 메주, 부여의 사슴, 막힐의 돼지, 솔빈
의 말, 옥주의 섬, 비타하의 붕어, 구도의 오얏, 낙유의 배 등이 그
대의 것이 될 것이다. 만약 그것을 즐기지 않는다면 내 군사를 휘
몰아 일전을 불사하리라."

만조백관은 놀랐다. 문무백관들은 꿀먹은 벙어리가 되어 묵묵
부답이었다. 사신은 이태백이가 자기 나라에서 보낸 국서를 한
손에 들고 낭랑히 읊어 내리는 데도 한 자도 틀리지 않은 데에 놀
랐다. 국서에 대한 답변을 쓰기 위해 올라오게 하자 이태백은 한
가지 청을 넣었다.

"폐하, 소신은 지난해 과거에서 낙방을 하고 고력사에게 쫓겨
났습니다. 지금 두 사람이 앞에 있사오니 양국충으로 하여금 소
신을 위해 벼루를 들게 하여 먹을 갈게 하고, 고력사에겐 소신의
신을 벗기고 버선을 신게 해주십시오. 그리한다면 소신의 마음은
한결 맑아져 폐하의 성지에 오점을 남기는 일이 없도록 하겠습니
다."

황제는 그렇게 허였다. 이태백은 예전의 묵은 빚을 깨끗이 해
결한 것이다.

이러한 이백이 벼슬길에 있을 때, 그는 친구에게 한 편의 시를
보냈다. 제목은 「왕십이(王十二)의 추운 밤에 홀로 잔을 드는 심
사에 답하노라」라는 글이다. 여기에 '마이동풍(馬耳東風)'이라는
말이 나온다.

다시 말해 왕십이라는 친구가 이태백에게 '추운 밤에 혼자 술
잔을 기울이며 감회에 서린다'라는 시를 보낸 회답으로 보낸 상
당히 긴 시임을 알 수 있다.

아무래도 이태백은 불우한 친구 왕십이를 시로써 위로하기 위
하여 그토록 긴 시를 쓴 것으로 풀이된다. 날씨가 차가운 밤에 술
잔을 기울이고 있을 친구를 그리면서 시를 지었을 것이다. 그것
으로 권주(勸酒) 하고 스스로 위로했다는 것이다.

<술을 마시고 만고의 시름을 씻어 버리게. 자네처럼 고결하고
출중한 인물은 이 세상에 어울릴 수 없을 것이네. 그것이 오히려
당연한 일이 아니겠는가>

시의 내용을 풀어보면 다음과 같다.

<지금은 궁안에 닭싸움을 잘 하는 자가 황제의 총애를 받고 큰
길을 활개치며 돌아다니며 충신인양 의기양양해 하는 세상일세.
자네와 나는 그런 사람들을 흉내낼 수 없는 일이잖은가. 우리는

차라리 북창(北窓)에 기대어 시를 쓰고 노래를 지으세. 우리의 작품이 아무리 뛰어나게 훌륭하더라도 지금 세상에서는 한잔의 냉수만큼의 값어치가 없네. 세상 사람들은 이것을 듣고 고개를 내저으니 말 귀(馬耳)에 동풍(東風)이 스쳐가는 것과 같네>

오래 전부터 중국은 무(武)보다는 문(文)을 숭상하는 나라다. 특히 이태백 같은 시인에게는 대단한 자부심으로 작용하여 활력소가 되었다. 이태백의 노래는 계속된다.

<어목(魚目)이 또한 우리를 비웃고 감히 명월과 같기를 청하노라>

생선 눈과 같이 어리석고 타락한 무리들이 밝은 달과 같은 시인의 지위를 노리고 있다는 의미다. 이태백은 끝귀절을 이렇게 맺었다.

<우리들 시인에게는 아무리 높은 감투라 하여도 벼슬자리가 원래의 상대였던 것은 아니다. 어린 시절부터 우리는 산과 들을 쏘다니는 게 소원이 아니었는가>

이것은 상대를 위한다기보다는 자신에 대한 위로였다.

양견은 위엄이 서린 호안(虎眼)

양견은 대단한 인물이었다. 역사가들이 그를 평하기를 '안광이 남을 쏜다. 결코 다른 사람 밑에 있을 사람이 아니다'고 할 정도였으니 그 눈빛이 얼마나 매서운 지를 생각하고 남음이 있다. 이른바 호안(虎眼)이다.

호안은 위엄이 있다. 눈동자는 누렇고 금색이다. 그러나 성품이 강직하고 침중 하여 부귀는 죽을 때까지 있으나 자식 손실을 보게 된다.

당연히 조정 안에서는 경계의 눈빛이 많아졌다. 특히 이 무렵은 북주를 다스리는 황제가 어린애였으므로 양견은 외할아버지로서 후견인이었다. 당시 양견은 수왕(隋王)이라는 칭호를 받고 있었다.

양견이 어린 황제로부터 보위를 물려받은 것은 서기 581년이다. 이때의 연호는 개황(開皇)이었다. 그러므로 북주가 명맥을 유지한 것은 고작 25년이라는 계산이 나온다.

수나라가 천하통일을 꿈꾸며 병마를 조련하고 있을 무렵, 진(陳)나라에서는 선제가 세상을 떠났다. 상중에 있는 나라를 공격

하는 것은 옳지 않다는 생각에 잠시 공격을 중지했다. 뒤를 이어
숙보(叔寶)가 보위를 이었다. 숙보는 기회만 있으면 북쪽을 탈환
하려는 부친의 뜻을 거스르는 참으로 불초한 자식이었다. 정치에
는 관심이 없고 오로지 예술이니 풍류니 연락(宴樂)에만 관심을
기울인 일종의 퇴폐문학을 신봉하는 청년이었다.

관상가 소길(蕭吉)은 그에 대해 이런 말을 남겼다.

"진숙보의 처첩궁은 눈 꼬리에 주름이 잡혀져 있다. 이것은 처
음부터 재물이 곳간에 가득하지만 눈 꼬리가 어둡고 비낀 듯한
주름살이 있으므로 방탕하고 음란한 곳으로 발전한다."

보위에 오른 진숙보는 밤 늦도록 연회를 베풀고 시를 읊었다.
그 가운데 가장 잘된 시에 곡을 붙여 여관에게 노래를 부르게 했
다. 이런 신하가 압객(狎客)이다.

연회에서 만들어진 '옥수후정화(玉樹後庭花)'에 취해 있을 때,
순식간에 진나라의 대군이 도성으로 밀고 들어왔다. 이렇게 되어
4백년만에 천하는 다시 통일되었다.

문제는 개황 20년이 되자 연호를 인수(仁壽) 원년으로 고쳤다.
오래 살고 싶은 욕심에서다. 그런데 다음 해인 인수 2년에 독고황
후가 세상을 떠났다. 비록 질투가 심했으나 그녀는 여장부였다.
수문제는 소길로 하여금 독고황후를 위해 명당을 찾게 하였다.

소길이 묏자리를 잡는다는 말에 태자 광(廣)이 은밀히 불러 말
한다.

"그대가 예전에 내게 말했지 않은가?"

"무얼 말씀하시는지."

"그대가 내 얼굴을 보며 능히 천자가 된다고 했잖은가. 그게 어
김 없는 사실인가?"

"그렇사옵니다."

"내 생각에는 하루라도 그런 날이 하루라도 빠르기를 바란다는 것이네. 자네가 손을 쓰면 빠를 게 아닌가."

"4년 정도면 어떻습니까?"

"그런 정도면 좋지."

해괴한 거래가 성립되었다. 그러므로 소길은 그 터에 독고황후의 묘를 쓰고 4년후 합장할 터를 찾았다. 황제 앞에 나아가 소길은 말했다.

"폐하, 이곳에 합장한다면 수왕조의 왕업은 능히 2천년에 이를 것입니다. 그 점은 신이 보증할 수 있사옵니다."

"그리 정하라."

황제의 윤허가 떨어졌다.

그런데 흥미로운 것은 소길이라는 관상가가 나중에 그의 일족에게 이런 말을 했다는 것이다.

"나는 관상가로서의 명예를 걸고 결코 황제를 속이지는 않았다. 수왕조의 명맥은 고작 30년이다. 그런데 왜 2천년이라 했는가. 이 2천년(二千年)이라는 글귀를 들여다보면 30년(二千年)으로도 읽을 수 있지 않은가. 내 보증을 하기로 수왕조는 30년은 계속되지만 그 후는 알지 못하겠다."

소길의 예언은 맞아떨어졌다.

장형을 앞세워 부황을 시역한 태자 광은 황제의 자리에 오르자 고구려 원정으로 국력을 낭비하더니 결국은 나라를 이연(李淵)에게 넘겨 당(唐)나라가 들어섰다. 수나라가 창업된 지 33년만의 일이다.

콧구멍(鼻門)이 검게 마른 조설근의 가난

　　조설근(曹雪芹)은 18세기 청나라 시대의 작가로 대표작은『홍
루몽(紅樓夢)』이다. 그의 조상은 14세기에 명나라의 건국을 도와
폐업을 이룩한 조양신(曹陽臣)이다. 그런가하면 조설근의 증조
할머니는 강희제의 유모였으며 조씨 가문은 3대 반세기에 걸쳐
강녕직조(江寧織造)라는 관직에 있었다.

　　강희제의 학우였던 조설근의 조부는 나중에 소주직조(蘇州織
造)를 역임하였으며, 강남으로 나갔을 때에는 조설근의 조부가
있는 관청에서 함께 지낼 정도로 교분이 깊었다. 이렇게 되자 황
제를 대접하는 차원에서 상당한 빚을 지게 되었다.

　　그렇다해도 강희제가 생존해 있을 때에는 집안이 괜찮았다. 뒤
이어 옹정제가 즉위했다.

　　이때부터 문제가 발생했다.

　　옹정제 때에 공금을 유용했다는 죄명으로 파면을 당했으며, 그
여파로 모든 재산이 몰수되었다. 그러므로 일족들은 부득이 난징
을 떠나 베이징으로 갈 수밖에 없었다. 이때의 조설근은 열 네 살
이었다. 집안은 죽으로 끼니를 떼울 만큼 어려웠다. 그러므로 이

때의 뼈저린 경험을 계기로 글을 쓰게 된 것이다.

『홍루몽』, 이 책은 가난이 살풍처럼 뼈 속을 휘저을 무렵에 혼신을 다하여 써내려 갔다.

<홍루몽의 주인공 가보옥(賈寶玉)은 세상의 찬사를 한몸에 받는 귀족의 자제였다.

이 가보옥을 은애하는 두 처녀가 있었는데 한 처녀는 집주인 가정(賈政)의 누이동생의 딸 임대옥(林黛玉)이고, 또 한처녀는 가정의 아내 왕부인의 동생 딸 설보채(薛寶釵)였다.

이 처녀들의 모습을 보면 아주 판이하다. 설보채는 용모가 아름답고 활달하다. 그녀의 바램은 장래 남편을 잘 도와 입신양명할 수 있도록 돕는 것이었다.

이에 반하여 임대옥은 다정다감한 성격의 소유자다. 자기 마음 속의 정인과 깊은 사랑을 나누며 살기를 바랬다. 이들은 성장하면서 생각이 많아졌다.

보옥은 봉건적인 생각의 틀에서 벗어나기를 희망하였다. 그러므로 봉급 만을 안일하게 겨냥하는 것은 '나라 도둑'이란 생각을 하게 되었다. 이것을 종합적으로 보면, 보옥과 대옥은 봉건적인 틀에서 벗어나려는 것이어서 둘은 장래를 약속할 정도였다.

물론 어른들의 입장에서는 결코 달가운 것이 아니었다. 그러므로 어른들은 일을 꾸며 둘 사이를 갈라놓았다. 이렇게 되자 대옥은 극심한 절망감에 빠졌으며, 그 와중에 보옥과 보채의 혼담 소식을 듣자 숨이 넘어가 버렸다. 또한 결혼식장에서는 상대가 보채임을 알게 된 보옥은 넋이 달아날 만큼 놀랐다. 급기야 보옥은 미쳐 버렸으며 집을 뛰쳐나갔다>

이 소설을 쓰기 전에 어떤 관상가가 조설근을 평하여 이렇게 말했었다.

"조설근은 콧구멍(鼻門)이 검게 말랐으니 꾀하는 일마다 성취하기가 어려울 것이다."

그러나 귀담아 들을 말은 아니었다. 극심한 가난 속에서도 10여년을 허비하여 써내려 갔다. 다섯 차례의 수정과 가필을 거치다가 갑작스럽게 세상을 떠나버렸다. 이렇게 되고 보니 새삼 관상가의 상법이 떠오른 것이다.

그러므로 『홍루몽』은 조설근의 손에서 붓이 떨어질 당시 『석두기(石頭記)』라는 이름으로 끝을 마친 전반부 80회 뿐이었다.

조설근의 아내는 너무 가난하여 『홍루몽』 원고의 후반부 일부분을 지전(紙錢)으로 오려 남편을 제사 지내는 데 사용했다. 그러므로 그 뒷부분은 영영 찾을 수 없게 되었다.

이후 『홍루몽』은 문학을 하는 고악(高鶚)의 손을 빌려 『홍루외사(紅樓外史)』라는 이름으로 모습을 드러냈다. 그는 조설근이 구상해 놓은 플롯을 바탕으로 40회분을 보충했다. 그리고 제목도 『홍루몽』이라 하였다.

고악의 보충에 대하여 많은 사람들은 성공작이라고 말한다. 그러므로 요즈음 읽히는 책은 120회분이다. 자신의 경험을 토대로 삼아 고악은 속편을 쓸 때에 가씨 자손들을 과거시험을 통하여 번창 시키는 것으로 나타내고 있다.

완적의 불만스러운 백안(白眼)

『마의상법』에는 눈에 대해 다음 같이 쓰고 있다.

<눈알은 신체의 주인이다. 태양과 달의 누대로 돌아오면 모든 별들이 천상(天上)에서 복종하고 모든 상(象)들이 하늘이 열린 것을 볼 것이다. 맑고 깨끗한 눈은 관직과 영화가 이르고 눈이 맑으면 부귀가 오가는 것이다. 눈이 동그랗고 볼록 튀어나오면 재앙을 만나고, 눈 안에 흰 창이 많은 여자는 남편을 죽이고 사내도 흰 창이 많으면 어리석다>

이것은 백안(白眼)에 대한 설명이다.

얘기는 거슬러 올라간다. 위오촉(魏吳蜀)의 삼국 난립의 어지러운 천하가 통일되어 위(魏)나라가 들어서고 뒤를 이어 진(晉)으로 계보가 이어졌다. 이 시기는 정치가 몹시 불안정하여 언행을 함부로 했다가는 자신도 모르는 사이에 날벼락을 받기 일쑤인 그런 세상이었다.

이러한 정치적 세태에 염증을 느낀 일곱 명의 선비들이 대나무 숲이나 깊은 산 속에 들어가 평화로운 한담을 즐기는 것을 청담(淸談)이라 하였다.

그들은 특히 노장(老莊) 철학이나 고상한 얘기를 나누며 시회(詩會)를 여는 것으로 세상을 보낸 터여서 항간에서는 그들을 죽림칠현(竹林七賢)이라 불렀다.

그들은 평범한 선비는 결코 아니었다. 명유(名儒)나 거현(巨賢)이라는 말을 쓸 수 있을 정도로 쟁쟁한 학자들이었다. 빼어난 인품의 소유자들이었기 때문에 기상천외한 행동들은 세상 사람들의 입에 오르내리기에 충분했다.

그들 일곱 명은 다음 같았다.

산도(山濤). 자(字)는 거원(巨源)

완적(阮籍). 자는 사종(嗣宗)

혜강(嵇康). 자는 숙야(叔夜)

완함(阮咸). 자는 중용(仲容)

유령(劉伶). 자는 백륜(伯倫)

향수(向秀). 자는 자기(子期)

왕융(王戎). 자는 준중(濬仲)

이들은 함께 모여 고양이 눈알처럼 빨리 변해 가는 당시의 정치판세 속에서 벗어나 자유분방한 자신들만의 생활을 가진 것이다. 그런 의미로 청담(淸談)이라는 말이 생겨났다. 이를테면 세속의 명리나 이해 관계를 떠나 고매한 노장철학의 정신 세계를 다루었다는 뜻이다.

어느 시대 어느 사회에서나 통용될 수 있는 속세의 먼지를 털어냈다는 얘기. 이것을 담(談)이라 한다.

이들이 어떻게 생활을 하였는 지 잘 설명해 주는 일화가 있다. 그것은 유령에 대한 얘기다.

그는 말하기를,

"내게 있어서는 천지가 집안이다. 집은 넝마와 다름없으며 집안은 나의 옷 속에 지나지 않는다."

이것은 사람이 허례와 허식에 사로잡히지 않고 정신의 자유속에 살겠다는 뜻이다. 그런가하면 이들 가운데 완적이라는 이는 좋은 가문에서 태어나 열심히 학문을 닦은 탓에 이름을 떨쳤다. 그 역시 죽림에서 친구들과 지내며 노장시상에 젖어 있었다.

그러던 어느 날이었다. 뜻하지 않게 어머니가 돌아가셨다는 말을 듣고 집으로 돌아갔다. 모친상에 대한 소문이 난 탓에 여기저기서 조문객이 찾아왔다.

그 조문객 가운데 혜희(嵇喜)라는 이가 있었다.

완적과는 평소 교분이 없었지만 모친상을 당했다는 소식에 조문을 온 것이다. 그런데 완적은 노골적으로 불쾌한 표정으로 흘겨보았다. 이에 대해 관상가들은 말한다.

"눈은 마음의 창이다. 그러므로 그 창을 통하여 상대를 바라보는 데엔 정감이 있어야 한다. 상대방을 청안으로 보느냐, 또는 백안으로 보느냐가 중요한 것이다. 청안은 부드러운 눈빛이지만 백안은 상대를 무시하고 경멸하는 눈빛이다."

백안은 상대방을 흘겨보는 눈빛인 셈이다.

혜희는 당연히 불쾌한 마음으로 돌아갔다. 얼마후 혜희의 동생 혜강(嵇康)이 돌아왔다.

"어, 자네 왔는가!"

완적은 무척 반기며 부드러운 눈빛으로 맞아주었다. 즉, 완적은 자신이 마음에 드는 사람이 아니면 마치 원수를 대하듯 흘겨보았으므로 원성을 산 것이다.

조천문(朝天紋)을 쥐고 나온 구익 부인

관상학적으로 얼굴을 살피면 한눈에 많은 것을 드러나게 한다. 역사적으로 대개 음란의 대명사로 치는 여인들. 특히 현대에 사는 사람들이 중국의 「춘화도」라는 것을 보면 교태섞인 요요한 얼굴과 눈빛을 볼 수 있다. 이것은 사내의 마음을 빼앗는 특유의 뇌쇄적(惱殺的)인 요소 중의 하나다.

관상법에 이르기를, '피부가 향기롭고 섬세한 자는 부귀한 집의 자녀요, 얼굴이 엄숙하고 단정한 여인은 큰 집안의 덕부(德婦)가 된다'고 하였다.

고금의 역사 속에서 이런 여인을 찾는다면 수도 없을 것이지만 한(漢)나라 무제 때의 구익(鉤弋) 부인처럼 길흉이 상반된 상은 드물 것이다.

그녀는 하간(河間) 태생으로 역사서에는 "어려서부터 글 읽기를 좋아하고 성격이 침착하고 온순하였다'고 적고 있다. 위에서 적은 그녀의 성정은 그렇다 치지만, 사실 그녀는 어려서부터 비참한 생활 환경 속에서 자랐다. 그것이 어느 정도 과장된 표현으로 나타난 것이다.

그녀의 이름은 역사서 어느 곳에도 나타나 있지 않다. 또한 구익 부인은 그녀가 죽은 후의 시호이기 때문에 사서에는 단지 조씨(趙氏)라고만 기록되어 있다. 그러나 편의상 '구익 부인'이라는 호칭을 사용한다.

그녀의 부친은 중죄를 지어 궁형(宮刑)에 처해진 후 황궁에 들어와 수위관(守衛官) 직에 종사하였다. 이때 그의 딸 조구익은 여섯 살이었다. 그런데 이 딸의 몰골이 사나웠다.

소아마비에 걸려 자신의 의지와는 상관없이 오른 팔이 덜렁거렸으며 오른손은 주먹을 쥔 채 펼쳐지지를 못했다. 가정적으로 보면 부친은 궁형을 당했고, 딸이 병신이었으니 참으로 불행한 가정이었다.

이 당시의 사서(史書) 역시 별다른 기록은 보이지 않는다. 그녀의 어머니에 대한 기록도 없는데다 고모 조군구(趙君嫗)만 기술하였는데, 미루어 생각하면 아마 조구익의 어머니는 일찍 세상을 떠나고 고모 손에서 양육 되었기 때문으로 추정할 수 있다.

어쨌거나 조구익의 미색은 사람의 혼을 빼앗아 갈만큼 아름다웠다는 것이다. 몸매는 늘씬하였으며 여섯 살 이후에는 줄곧 문 밖으론 한 걸음도 나가지를 아니했다.

기원전 96년에 한무제는 북부지방을 순찰하던 중 하간 지방에 들렀다. 이때 무법사(巫法師)라는 술사가 하늘이 길조를 나타내고 있다고 고했다.

"폐하, 하늘이 상서로운 기운을 나타내고 있습니다. 분명 폐하께서는 좋은 인연을 만나게 될 것입니다."

"어떤 인연인고?"

"신의 생각은 기녀(奇女)를 만날 것으로 보이옵니다."

"어서 그 기녀를 찾아라!"

황제의 명이 떨어지자 수색대는 집안 깊숙이 누워있던 조구익을 찾아냈다. 한무제는 그녀의 모습에 반해 버렸다. 자신의 신분이 황제라는 것도 잊어버릴 만큼 허둥댔다는 것이다. 더구나 황제를 만나면서 이제껏 쥐고 있던 주먹이 신기하게 펴졌을 뿐만이 아니라 덜렁거리는 팔도 온전하게 교정되었다.

그런데 더욱 놀랄 일은 그녀가 쥔 손이 펴지면서 옥구(玉鉤)가 나왔다는 것이다. 처음에는 황제도 놀랐지만 자연스럽게 손이 펼쳐지자 이 또한 신묘한 일이라고 입을 모았다. 황제는 즉시 그녀를 후궁으로 삼았다. 위지부와 진교를 총애했던 것처럼 그녀를 아끼며 권부인(拳夫人)이라 하였다.

그런데 어느 관상가는 이런 얘기를 남기고 있다. 본래 이 얘기는 조작되었거나 또는 치밀하게 짜여진 모략이라는 것이다. 줄곧 병석에만 누워있던 사람이 일시에 회복되어 진다는 것도 그렇고, 손에서 옥구(玉鉤)가 나왔다는 것도 그렇다는 것이다.

왜 이런 모략이 필요했는가? 그 이유에 대해서 관상가는 이렇게 풀어놓는다.

"본래 조구익은 수문이 조천문(朝天紋)이다. 이런 상은 아내가 종과 간통 하거나 음란해 진다. 처궁의 무늬가 흘러들어 천문(天文)을 향하면 아내가 음란하여 진다. 여자가 이 수문을 달고 태어나면 운우지정을 즐기고 인륜을 부정하며 가문을 어지럽힌다."

황제는 어느 미인보다 그녀를 총애하여 장안성 남쪽에 친히 궁궐을 건축하여 구익궁(鉤弋宮)이라 이름하고, 구익 부인이라 하였다. 황제의 나이는 53세였고 조구익은 17세였다. 이 해에 조구익은 아이를 잉태하여 14개월 만에 사내아이를 낳았다. 이름을 유불릉(劉弗陵)이라 지은 이 아이에 대해 황제는 만나는 사람마다 이렇게 말했다.

"짐이 듣자하니 당요제 이방훈의 모친은 그를 열네 달이나 임신한 후에 아들을 낳았다고 했다. 조구익도 아들을 임신한 지 열네 달만에 낳았으니 우연의 일치치고는 너무 우연이지 않은가."

그런 다음 조구익이 거주하는 궁궐의 문을 요모문(堯母門)이라 명했다.

세월이 흘러 눈 깜짝할 사이에 유불릉은 네 살이 되었다. 이 아이가 네 살 때인, 기원전 91년에 강충사건(江充事件)이 발생하였다. 당시에는 황제의 여러 아들들이 보위를 둘러싸고 서로 죽이는 싸움질을 하던 중이었다.

본래 황제 유철(한무제)에겐 여섯 명의 아들이 있었다. 장남 유거가 황태자로 책봉되어 다섯 아들은 모두 왕작(王爵)을 받았다. 제왕 유굉, 연왕 유단, 창읍왕 유전, 광릉왕 유서, 그리고 막내아들 유불릉이었다. 여기에서 장남 유거는 자살하였고 차남 유굉은 요절하였다. 당시의 황실 법도대로라면 의당 3남인 유단이 황태자 자리에 앉아야 했으나 황제는 그를 별로 좋아하지 않았다.

그렇다면 4남 유전이었다. 이로 인하여 시산혈해의 궁전 암투가 일어나 중국의 역사를 피로 더럽힌다. 그는 서한의 역사상 가장 아름다운 미녀, 이른바 경국지색(傾國之色)이라는 궁정악사 이연년의 누이의 아들이었다. 유전을 낳은 이씨는 산고로 인하여 목숨을 잃었는데 황제는 상심한 나머지 영혼을 중매한다는 소옹의 재간을 빌어 만나본 다음 시를 지었었다.

같기도 하고 아니기도 하고
일어서 바라보니 왜 이리 더딜까

이른바 산산래지(姍姍來遲)라는 성어의 어원이다.

세월이 흘러 한무제의 나이 70이 되었다. 기원전 80년대에 조구익은 스물 여섯이고 당시 유불릉은 일곱 살이었다. 이 당시 조구익은 자신의 앞길에 무궁한 행복만이 있을 것으로 보았다. 그러나 그게 아니었다.

기원전 88년. 한무제는 조구익과 함께 감천궁(甘泉宮)으로 피서를 갔다. 그곳에서 조구익의 지극히 사소한 잘못 하나를 트집잡았다.

조구익은 온 몸을 떨며 머리에 꽂은 장식품을 뽑아 늙은 남편에게 용서를 빌었다. 이것은 자신의 허물을 스스로 인정하는 모습이었다.

"자넨 살아서는 아니 될 사람이야."

결국 황실의 특별감옥에 갇히었다. 반고가 쓴 『한서』에 의하면 황제의 노여움을 받은 조구익은 크게 낙심한 나머지 우울증에 빠져 그날 밤에 죽었다고 기록했다. 그러나 그녀의 죽음은 다음과 같은 다섯 가지 이유다.

첫째는 너무 아름다웠다는 점

둘째는 너무 젊다는 점

셋째는 아들을 낳았다는 점

넷째는 그녀의 소생이 황태자라는 점

다섯째는 손금이 조천문(朝天紋)이라는 점이었다.

대나무 대롱을 쪼갠 듯한 정양허의 콧대

『삼국지연의』를 읽었다면 제갈량의 「팔진도(八陣圖)」라는 것을 생각하게 된다.

대다수의 사람들은 한결같이 과연 그런 것이 소설책이 아닌, 실제로 있는 것인가에 한번쯤 의문을 제기하기도 한다. 그러나 어느 누구든 정확한 답변을 주는 사람은 없다. 그런데 청말(淸末)에 선정(宣鼎)이라는 이는 『야우추동록』이라는 글에서 스승인 정양허(丁養虛)에 대해 다음과 같이 소개한다.

<정양허는 콧대(재백궁)가 대나무 대롱을 쪼갠 것 같고 쓸개를 달아놓은 것 같다. 창고 1천개와 1만의 상자를 가진 부자와 무엇이 다르겠는가. 코가 일직선으로 솟아오르고 풍성하니 일생동안 재물이 왕성하였다>

흥미로운 점은, 정양허가 기이한 법술을 지녔다는 것이다. 이것을 세상에서는 「기문둔갑술(奇門遁甲術)」이라 하였다. 주먹만한 돌로 조그만 산을 만들고 그 위에 다리를 놓고 누각을 세운 다음 손가락 만큼의 작은 소나무와 잣나무를 심어 천연적인 풍경을 뜰 안에 옮겨 놓았다.

　산의 꼭대기에는 한 줄기 폭포가 있으며 물줄기는 다리 밑을 지나 굽이굽이 흐르다가 큰 옹기그릇으로 들어와 떨어졌다. 어쩌다가 사람이 이 기관을 만지면 물은 얼어붙은 듯 산 위에 그대로 있었다.

　"어허, 참으로 이상한 일. 어째서 다른 사람이 만지면 물의 흐름이 멈추는가?"

　그렇다가도 정양허가 만지면 다시 기관은 살아나 폭포의 물이 흐르고 옹기그릇으로 떨어졌다.

　"참으로 신기한 일이야."

　어떤 이는 바로 이런 것이야말로 기문(奇門)이라고 목소리를 높였다.

　소문이 나자 돈냥이나 있는 부자들은 하나같이 이러한 진법을 집안에 설치하려 들었다. 그러나 정양허는 결코 응하지 않았다.

　"많은 돈을 준다는 데 굳이 싫다할 이유가 뭔가?"

　그러면 정양허는 말한다.

　"그런 기관을 내가 만들어 준다 해도 열흘이면 고장이 날 걸세."

　"고장이 나지 않도록 만들면 되지 않은가?"

　"그 기관은 항상 내가 곁에 있어야 하거든. 그러므로 만들어 줄 수가 없지."

　그러던 어느 날 미묘한 말을 했다.

　"오늘 우리 집에 도둑이 들어올 것이다."

　이렇게 말하고는 마당에다 의자 여나무개를 종과 횡으로 배치했다. 손질을 마치자 기이하게도 그 자리는 안개가 낀 듯 뽀얗게 보였다.

　밤이 깊어졌다. 한 사내가 담을 넘어 의자 사이로 살금살금 다가왔다. 그는 한동안 이쪽 저쪽으로 뛰어다니더니 급기야 허공에 주먹쥔 손을 휘둘러대었다.

날이 훤히 샐 무렵, 정양허가 마당으로 나가서 의자 하나를 옮겨놓자 도둑은 그곳으로 쏜살같이 달려나갔다. 집안 사람이 도둑의 앞길을 막아서자 정양허가 나무랐다.

"그만 두어라. 무엇 하나 얻은 게 없질 않느냐. 더 이상은 괴롭히지 말아라."

잠깐 동안 도둑의 하는 양을 바라보며 물었다.

"어떤가, 도둑질은 할만 하던가?"

"당치않습니다. 이곳은 참으로 묘했습니다. 본시 저의 일행은 셋입니다. 그 중에 제가 가장 솜씨가 좋습니다. 그래서 제가 먼저 들어오게 됐습니다. 대문 안을 들여다보니 집이 화려하게 꾸며진 데다 사방이 담으로 둘러싸였더군요. 그래서 저는 담을 넘어 앞으로 나갔죠. 그런데 이번에도 담이 앞을 막는 게 아니겠습니까. 계속 가면 또 담이 나오고, 다시 담을 넘으면 또 길이 나오고…. 날이 새도록 담을 넘다가 이렇게 되었습니다."

정양허가 웃는 낯으로 말했다.

"돌아가면 너희 일행들에게 말해라. 이곳은 함부로 들어왔다간 큰 일을 당한다. 밤새도록 담만 넘다가 돌아갈 것이니 두 번 다시 오지 말아라."

이것을 퇴도문(退盜門)이라 하였다. 기문둔갑법에 속해 있다고 『야우추동록』에 전한다.

소걸은 혼이 부족한 귀안(龜眼)

『구생전(邱生傳)』에 있는 얘기다. 이 책에 의하면 평소 잡신과 통하고 접신술에 능하던 구생이라는 자가 천일주를 먹고 무덤에 들어가 천일 만에 깨어난 얘기가 있다. 부풀리기를 좋아하는 중국식 침소봉대라 할 수 있다.

그런가하면 후위(後魏) 때의 보리사(菩提寺)는 서역에서 온 라마승이 세운 절이다.

『이문록(異聞錄)』에는 이 절을 세울 때에 일어난 심상치 않은 사건을 기록으로 남기고 있다.

절이 있던 자리는 본시 무덤이 있던 모양이었다. 사문(沙門)인 달다(達多)가 땅을 파자 벽돌이 나오는 바람에 이상하다고 여겼는데 좀더 파내려 가자 뜻밖에 살아 나온 사람이 나온 것이다.

공사를 하던 인부들은 소스라치게 놀라 곡갱이를 팽개치고 도망쳤다.

달다는 인부들을 불러모아 대수롭지 않은 일이라고 사연들을 들려주었다.

"위나라 때에 무덤을 파헤쳤는데 관 속에서 시체가 썩지도 않은 채 발견됐지 뭡니까. 이승에 원한을 남기면 그런 일이 벌어진 다는 말들이 있기 때문에 크게 놀랄 일은 아니었지요. 그러나 관 속에 누운 시체가 눈을 뜨는 바람에 얼마나 놀랐겠습니까."

얘기의 주인공은 범명우라는 위인이 데리고 있는 소걸(小乞)이 라는 하인의 생환기였다. 범명우는 서한 왕조 때에 유명한 곽광 장군의 사위였으며 소걸은 그 집의 하인이었다. 그런데 그는 살 아난 후에 곽광 장군이 살아있을 때의 일을 기억하였다. 바로 이 무렵에 한 소년이 열두 해 만에 깨어나는 일이 일어났다.

"몸이 썩어야만 그곳에 정령이 배어 후손들에게 복을 준다는 게 풍수법의 기본 사상이다. 그런데 시신이 썩지 않고, 그것도 열 두 해 만에 죽은 자가 깨어났다면 이것은 결코 죽은 자가 있어야 할 곳이 아니다."

소문은 삽시간에 궁안에 퍼졌다. 황제는 황문랑을 보내어 일의 전말을 가져오게 하였다.

이를테면 어느 곳에 사는 누구이며 죽은 지 몇 해 되었고, 또 살아 나온 지금은 무엇을 먹고 있는가였다. 황문랑과 함께 온 관 상가 유운천(劉雲天)은 이런 평을 내렸다.

"소걸은 거북이 눈(龜眼)이니 장수할 상입니다. 보시다시피 거 북이 눈은 눈동자가 둥글고 눈의 윗꺼풀에 아주 섬세한 주름이 졌음을 알 수 있습니다. 이런 눈을 가진 사람은 수명이 풍부하고 오래오래 살아서 복과 수명이 자손들에게까지 미치게 됩니다. 허 나 소걸이라는 저 아이는 무덤에 들어갔다 나온 이후 눈에 신기 (神氣)가 부족하니 이는 곧 혼이 부족한 모습입니다. 이런 사람은 자는 데도 쉽게 깨어나지를 않고 무엇을 근심하는 것처럼 항상 몽롱한 시선을 주게 됩니다."

황문랑은 이날 또다른 보고서를 한 장 더 꾸몄다. 그것은 열두 해 만에 살아난 최함이라는 청년이었다. 그는 열다섯 살 때에 죽었는데 다시 살아난 것은 열두 해가 지난 스물 일곱 살 때였다.

최함은 자신이 죽었다는 사실을 전연 느끼지 못했다. 열 다섯 나이에 식사를 하고 잠이 들었는데 깨어보니 열두 해가 훌쩍 지나가 버렸다는 것이다. 이 최함에 대해서도 관상가 유운천은 비슷한 평을 내놓았다.

"최함이라는 청년은 고양이 눈(猫目)이니 한가한 것을 좋아합니다. 이런 눈은 한가한 중에도 귀한 데 가까우니 숨은 부자가 됩니다. 이런 눈을 가지고 있으면 높은 사람의 친구를 얻어 일생 동안 편안히 지냅니다. 그러나 최함 역시 관속에 들어갔다 나온 이후 혼(신기)이 부족합니다."

그런데 황문랑이 최함을 만났을 당시에 그는 이런 말도 했었다.

"나는 꿈속에서 무슨 음식이나 술 같은 것을 먹은 기억이 있었거든요. 관 속에 누워 있으니 몸을 직접 움직일 수는 없었으니까요."

보고를 받은 여태후는 최함의 집에 사람을 보내 열 다섯 나이에 어떤 일이 있었는 지를 알아오게 하였다. 최함의 말대로 부모 형제가 살고 있었다. 부친의 이름은 최창이었으며 부인은 위씨였다. 당시의 상황에 대해 최창은 이렇게 말했다.

"공부를 마치고 집으로 돌아온 것은 해질 무렵이었거든요. 워낙 배가 고프다고 성화길레 아내는 차디찬 밥을 주었어요. 그런데 다음날 아무리 깨어도 기척이 없지 뭡니까. 그게 열 다섯 해 전의 일이랍니다."

관리는 최함이 다시 살아났다는 것을 전해 주었다. 핏기를 잃은 최창이 버럭 소리치며 문을 닫았다.

"내가 지금 했던 얘기는 거짓입니다. 내겐 자식이 없어요. 그러니까 다른 곳에 가서 그 아이의 부모를 찾아보시오."

여태후의 명에 의해 최함은 집으로 보내졌으나 문제는 그렇게 간단하지가 않았다.

최창은 죽은 아들이 온다는 말을 듣고 집앞에 장작을 쌓고 칼을 들고 지켰다. 그의 아내 위씨는 복숭아 나무를 들고 뒤쪽에 서 있었다.

"네가 어디서 온 귀신인지는 내가 알 바 없다. 내 자식은 틀림없이 열 다섯 해 전에 죽었다. 네가 무슨 염치로 이곳을 네 집이라고 찾아왔느냐. 썩 다른 곳으로 가거라!"

최함은 집에도 들어가지 못하고 이곳저곳을 떠돌다가 봉종리 마을까지 들어왔다. 이곳은 사람이 죽으면 관과 같은 물건을 파는 마을이었다. 이 마을에 들어온 최함은 신세를 지고 있는 주인에게 이런 말을 했다.

"잣나무 관에는 뽕나무로 칠성판을 만들어서는 안됩니다. 나는 관이 잣나무로 되어 있기 때문에 귀신들이 군졸로 뽑아가질 못했거든요. 그러나 잣나무로 관을 만들었어도 뽕나무로 칠성판을 쓰면 뽑혀가거든요."

소문이 퍼지자 잣나무 관의 가격이 폭등했다.

이후 최함이 언제 죽었다는 기록은 없다. 다만 『이문록』의 저자는 이렇게 덧붙인다.

"그는 해와 불이 무서워 항상 어둡고 습기진 곳에 있었다."

골격이 깎이고 편벽된 유기

『마의상법』의「팔법도(八法圖)」는 사람을 살피는 여덟 가지의 방법이다. 위(威)를 비롯하여 후(厚)·청(淸)·고(古)·고(孤)·박(薄)·악(惡)·속(俗) 등이다. 이러한 여덟 종류의 상법 가운데 유기(劉基)는 다섯 번째에 해당하는 '고독하고 쓸쓸한 상'에 속하는 고한지상(孤寒之相)이다.

이 상의 특징은 단순히 고독하고 쓸쓸한 것만을 나타낸 것은 아니다. 이를테면 강가에 서 있는 한 마리 해오라기라든가 또는 청초한 백합의 모습과 같은 것을 뜻하기도 한다.

병략가 유기의 자는 백온(伯溫)이다. 그는 어려서부터 총명하여 장차를 예언하고 길흉을 헤아리는 상수(象數)의 학문에 일가견이 있었다.

원나라 지순 연간에 진사에 급제하여 고안승에 임명되었다가 그후 유학부제가(儒學副提擧)가 되었으나, 어사의 실적이 미진하다는 것이 이유가 되어 탄핵을 받아 벼슬길을 버리고 고향으로 돌아와 책의 집필에 힘을 기울였다. 이 당시 집필한 것이 『욱리자(郁離子)』였는데, 어느 관상가가 말하기를

"유기는 이마가 모나고 넓으니 초년에 영화를 누리고 골격이 깎이고 편벽 되어 일찍부터 교만했다."

이렇게 진단했다. 그러나 엄밀히 따져보면 이런 말이 나오게 된 배경에는 유기의 속뜻을 다른 사람들이 미처 헤아리지 못한 데 연유가 있는 것으로 풀이한다.

주원장이 응천부에 근거를 마련하고 유기를 청한 것은 그의 나이 50세 때였다.

유기는 주원장을 한 번 보고 그의 참모가 되기를 작정했다. 그렇게 하여 맨 처음에 권한 것은 다음과 같은 말이었다.

"장사성은 자신의 세력권 안에서 만족하고 있으므로 경계 대상이 아닙니다. 허나, 진우량은 자신의 상전을 죽이고 천하를 훔칠 야망이 있으니 경계해야 마땅합니다. 일단 진우량이 고립되면 중원으로 나가는 것이 좋을 듯 싶습니다."

물론 주원장은 적극적으로 유기의 방책을 들어주었다.『명사』「유기전」에는 이렇게 씌어 있다.

<유기는 위험한 일을 당하면 분발하고 그에 대한 대비책을 세웠다. 그것은 남이 모르는 부분이 많았다. 그런가하면 기회가 있을 때마다 왕도를 얘기하였으며, 주원장은 이름을 부르지 않고 노선생이라 칭했으며, 나의 자방(子房)이라 부르기도 하고 항상 공자의 말로써 이끌어간다고 하였다>

주원장과 유기의 관계는 단순한 군신간이라기보다 철저히 비밀을 보장시키고 따르는 관계였다. 그래서인지『명사』의 「유기전」에는 다음 같은 내용도 엿보인다.

<장막 속의 지략은 극비다. 그러므로 누구든 알 수가 없다. 후세에 전해지기로는 지략의 신기함을 들어 음양풍각설(陰陽風角說)이라 한다>

한마디로 복술(卜術)을 나타낸다. 이와 같은 여러 얘기 가운데 가장 많이 알려진 것이 소병가(燒餠歌)다.

한번은 주원장이 구운 떡을 먹고 있을 때였다. 시종이 들어와 유기가 왔다는 것을 알렸다. 주원장은 먹고 있던 떡을 그릇 속에 뱉고 그 안에 무엇이 있는 지를 유기에게 물었다. 유기는 잠깐 생각하고 나서 물었다.

"그 안에 든 것은 태양도 아니며 달도 아닙니다. 금룡(金龍;황제를 가리킴)이 한 번 문 것이 들어 있습니다."

유기의 대답은 정확히 들어맞은 것이다. 이번에는 천하를 경륜할 문제에 대해 물었다. 유기는 필묵을 꺼내 써 내려갔다. 천기는 발설함으로써 그 기운이 다한다는 이유 때문이었다. 주원장에게 있어 두 가지 역할을 했다. 참모와 사부였다.

주원장은 유기를 받아들여 1363년의 파양호(鄱陽湖) 싸움에서 진우량을 깨뜨리고 장사성을 회복시키고, 1368년에는 몽고의 세력을 완전히 몰아내고 중화를 회복시켰다. 이 모든 것은 유기의 공로였다.

이렇게 되자 유기의 마음엔 교만한 생각이 싹텄다.

"돌이켜보면 제갈량은 바람을 청하여 비를 불렀다는 데 나는 그걸 믿고 싶지 않다. 나는 결코 지나간 과거의 미적지근한 얘기를 하고 싶지 않으니까."

그 무렵 촉나라 사람 육상기(陸商起)가 남양에서 이상한 물건 하나를 가져왔다. 첫닭이 우는 축시(丑時) 무렵에 닭 우는 소리가 들린다는 계명침(鷄鳴針)이라는 베개였다.

"이것은 그 옛날 촉한의 재상 제갈량이 만들었다고 합니다. 술사들이 전하는 얘기로는 베개 안에 구궁법(九宮法)의 묘수가 숨어 있어 그것이 축시에 이르러 베개 안에서 닭이 울게 하는 신기한 일이 일어난다는 것입니다."

"어찌 베개 안에서 닭이 우는 소리가 들린단 말인가?"

"진실인지 아닌 지는 직접 베개를 베고 잠을 자면 아실 일입니다."

"그렇지, 그렇게 하면 되겠구만."

유기는 베개를 한쪽 구석에 던져놓고 잠이 들었다.

"꼬끼오!"

신새벽에 울리는 너무도 선명한 닭울음소리에 유기는 질겁하여 깨어났다.

'오호, 참으로 기이한 일이다. 도대체 제갈량은 이 베개 안에 무엇을 넣어 장치를 했단 말인가?'

이때로부터 유기는 사흘 밤낮을 계명침에 대해 연구했다. 그러나 생각하면 할수록 의혹 덩어리였다.

"아무래도 이 베개를 분해하는 수밖에 없다. 그렇지 않고서야 무엇 하나 새로운 사실을 밝혀낼 수는 없는 일이다."

유기는 베개를 찢었다. 아주 정성스럽고 조심스럽게 찢은 후 내용물을 쏟아냈다. 그러나 안에서 나온 것은 지극히 평범한 것들이었다. 다만, 특별한 물건 하나가 눈에 띄었다. 그것은 다섯 글자가 쓰여 있는 나무 조각이었다.

<유기파차침(劉基破此枕)>

유기가 베개를 깨뜨린다는 뜻이다. 계명침을 만들때부터 제갈량은 먼 훗날에 유기라는 후배가 베개를 찢을 것을 벌써 내다보고 있었다.

형상이 돼지의 상과 같아 주검이 찢긴 동탁

『후한서(後漢書)』에 의하면 나라의 폐해가 심한 것은 모두 환관들이 세력을 잡은 때문이라고 설명한다. 그들은 국정을 좌지우지 하는 전횡을 자행하여 나라를 위태롭게 만들었다. 이와 때를 같이하여 천하 각지에서 황건적을 비롯하여 흑산적·오두미교까지 득세하여 혼란의 와중이었다.

1890년에 영제가 세상을 떠나고 궁안이 소란스러워지자 환관들은 대장군 하진을 살해하였다. 이렇게 되자 원소의 사촌 동생 원술과 하진의 부하 오광은 궁문을 부수고 들어와 그 밤으로 환관 2천여명을 살해하였다.

이들의 난을 피해 황제는 궁을 탈출하여 추격을 받자 강물에 몸을 던져 자결하였다. 이때 서북에서 달려온 동탁(董卓)이 황제 일행을 발견하였다.

"이 무슨 일인가? 황제는 당연히 궁에 있어야 하거늘!"

황제를 이끈 동탁은 감숙성 임조 태생이다. 완력이 있고 강궁을 잘 쏘았다. 후한의 관상서에는 동탁을 이렇게 그리고 있다.

＜동탁은 저안(猪眼)에 저구(猪口)다. 욕심이 많고 탐욕스럽다.

그러나 돼지(猪相)의 상은 죽어서도 시체가 찢기는 형역을 당한
다〉

즉, 편히 죽지 못한다는 뜻이다.

동탁은 궁에 들어와 고작 아홉 살짜리 '협'을 황제로 즉위시키
고 연호를 제정하고 하태후를 독살시켰다. 그의 전횡이 너무 심
해지자 교위로 있는 조조(曹操)가 재상인 왕윤의 명을 받아 자객
으로 나섰으나 실패하였다.

이렇게 되자 왕윤은 낙담하였다. 그래서 마지막으로 강구한 것
이 수양딸 초선(貂蟬)을 이용한 미인계(美人計)였다. 그것은 초선
의 화용월태를 동탁이 애지중지하는 여포(呂布)라는 장수에게 보
여 준 후에 동탁에게 바친다는 계책이었다. 이렇게 하여 동탁과
여포 사이를 갈라놓는 반면 여포로 하여금 동탁을 척살 한다는
공식을 세워두었다.

아닌게 아니라 여포는 왕윤의 계책에 휘말려 들었다. 그는 동
탁이 초선을 빼앗아 간 것으로 철저히 믿게 되었다. 왕윤은 쓸쓸
한 낯으로 말했다.

"장군, 나를 도와 주시오. 내 딸을 빼앗아간 아니 장군님의 아
내를 도둑질한 동태사를 그냥 두어야겠습니까? 장군님께서 나서
시어 동탁을 없애야지요. 그렇게 하시면 장군님은 위로는 대역
죄인을 쳐부순 충신이 되는 것이며, 아래로는 백성들을 도탄에서
구한 영웅이 되는 것이오."

여포는 새삼 다짐했다.

"조금도 걱정 마시오. 결단코 동태사를 처치할 것이오."

마무리 계획을 철저히 짠 후, 왕윤은 사람을 동탁에게 보냈다.
황제가 천하의 대권을 동탁에게 넘긴다는 뜻을 밝혔다는 내용과
함께. 1천여명의 병사들로 하여금 주위를 호위하게 하고 동탁은

즉시 장안으로 떠났다.

40리쯤 갔을 때였다. 갑자기 앞바퀴 하나가 부러졌다. 동탁은 화가 치솟아 마차꾼을 목베고 말을 탔다.

성밖에 이른 것은 날이 저물어서였다. 백관들이 나와 동탁을 영접했다. 동탁은 곧 상부로 들어가 바리를 잡았다. 이때 여포가 들어오자 그에게 병마를 다스릴 권한을 주겠노라고 선언했다.

"황감합니다."

여포가 사례하고 물러갔다. 연회가 열리고 흥이 도도할 무렵, 어디선가 노랫소리가 들려왔다.

천리초 하청청(千里草 何靑靑)
십일상 부득생(十日上 不得生)

처음 듣는 말이었지만 동탁은 왠지 모르게 가슴에 쓸쓸하게 와 닿았다.

"저게 무슨 소린가?"

이숙이 웃는 낯으로 답했다.

"아이들이 그냥 부르는 노랩니다."

그러나 관상에 능한 이숙은 그 노래의 의미를 알고 있었다. 천리초는 동(董)의 파자다. 또한 십일상(十日上)은 탁(卓)의 파자다. 여기에 부득생(不得生)이라 하였으니 '삶을 구할 수 없다'는 뜻이다. 이런 내용을 뻔히 알면서도 이숙은 여전히 딴전을 피웠다.

"노래 내용은 분명 유씨가 망하고 동씨가 흥한다는 뜻으로 보입니다."

괴이한 일은 그 다음 날에도 일어났다. 동탁이 호위병을 이끌고 궁으로 향하는 데 많은 사람들이 길가에서 구경을 하고 있었다. 문득 동탁의 눈에 한 노인의 모습이 들어왔다. 그는 긴 막대기를 잡고 있었는데 그 끝에는 헝겊이 매달려 있었다. 그런데 그 헝겊에는 입 구(口) 자 두 개가 나란히 써 있었다. 입 구가 둘이면 여(呂)다. 그리고 흰 베는 포(布)를 의미한다 다시 말해 여포를 경계하라는 뜻이었지만 동탁은 알아차리지 못했다. 그러나 이상하다는 생각에 묻기는 했다.

"저건 뭔가?"

이숙이 대수롭지 않다는 듯 답했다.

"미친놈입니다."

이윽고 수레가 성문에 닿자 이숙은 호위 군사를 문앞에 머무르게 하고 수레를 끄는 스무 명의 병사들만 들어가게 하였다. 다시 얼마쯤 들어가자 대신들이 한 줄로 서 있었다. 그들은 평소와는 달리 손에 검을 들고 있었다.

동탁이 이숙에게 물었다.

"아니 저들이 칼을 들고 있는 건 무슨 이유가?"

그 순간 여포가 튀어나왔다. 그는 방천화극을 휘그르르 돌리며 동탁의 목을 내리쳤다.

"나 여포는 천자의 명을 받들어 역적 여포를 죽인다!"

그의 몸은 찢긴 채 십자로에 버려졌다. 이때 누군가 동탁의 배꼽에다 심지를 박고 불을 붙였다. 워낙 비계덩어리인 동탁은 사흘 밤을 밝혀주었다.

옛스럽고 괴상한 얼굴의 동방삭

상법에서는 옛스럽고 괴상한 얼굴을 '고괴지상(古怪之相)'으로 풀이한다. 여기에서 말하는 '옛스럽다'는 것은 골격이 울퉁불퉁한 것을 의미한다. 그러나 뼈대의 생김새가 동방삭(東方朔)처럼 비속하지 않고 맑아야 좋은 것이다. 민간에 전해지는 설화 형식의 얘기에는 동방삭이 '삼천 갑자를 살았다'는 얘기가 나온다. 한 갑자가 60년이니 삼천 갑자면 18만년이다.

이것은 우리들이 알고 있는 '3천년'을 살았다는 설화와는 엄청난 차이가 있는 것이다. 왜 이렇듯 차이가 나는 것일까?

이에 대한 해답을 찾기에 앞서 우선 사람의 명수를 늘이는 연명(延命)이라는 것을 살펴볼 필요가 있다. 옛사람의 시각으로는 옥황상제나 그 밖의 신선들이 인간의 운명을 관장한다는 믿음이 있었다. 그러므로 신(神)과 자연스럽게 끈을 잇대는 무녀들은 점을 치기 전에 내뱉는 사설에 '수명은 동방삭'이 되게 해달라고 기원한다. 동방삭이야말로 스스로의 수명을 연장시키는 모범적인 성공 케이스로 믿기 때문이다.

그렇다면 동방삭은 어떤 인물인가? 그의 성은 동방이고 이름은 삭이다. 어릴 때엔 만천(曼倩)으로 불렸으며, 그의 어머니 전씨(田氏)는 삭이 태어난 지 사흘만에 세상을 떠났다.

길에 버려진 아이는 이웃집 여자가 동쪽에서 주웠다는 뜻으로 '동방'을 성으로 삼았다. 참으로 괴이한 것은 그의 부친 장이(張夷)는 2백세가 넘었는데도 후처를 맞이하여 어린애처럼 고운 혈색을 유지해 만년을 즐겼다는 것이다. 이에 대해 관상가는 이런 평을 내린다.

<장이는 '학의 형상에 거북의 숨을 쉰다(鶴形龜息)' 그러므로 오래도록 장수할 상이다>

학의 형상이라는 것은 청아하고 기특하다는 의미다. 그리고 거북이의 숨은 '이상한 숨(호흡)'이라는 뜻이다. 즉, 일반적으로 우리가 쉬고 있는 호흡법이 아니라 도가의 호흡법을 익히고 있었다는 얘기다. 동방삭이 부친의 영향을 받았다는 기록은 보이지 않은 가운데, 그는 성장하여 한무제 밑에서 열 여덟 해를 태중대부(太中大夫)라는 요직에 있었다.

이것은 동방삭의 학문이 범상치 않다는 것을 증명시키는 대목이다. 당시 한무제는 산과 들로 쏘다니며 신선 만나는 것을 원하였는데 그 모두가 동방삭의 영향이었다.

어느 날 한무제가 물었다.

"짐이 총애하는 여인을 늙지 않게 하고 싶은 데 그런 방법이 있을까?"

답변을 바라지 않은 느긋한 질문이었는데 한무제의 귀가 번쩍 Em이는 대꾸가 떨어졌다.

"폐하, 어렵지 않습니다. 이곳에서 동북으로 가면 지초(芝草)라는 것이 있고, 또 서남에는 춘생어(春生魚)가 있습니다. 발이 셋인 까마귀(三足鳥)가 허공을 날아다니다가 이 풀을 발견하면 내

려가 쪼아먹습니다. 그러므로 이 새를 타고 있던 희화씨(羲和氏)
는 손으로 까마귀의 눈을 가려 땅으로 내려가지 못하게 합니다.
그것은 새나 짐승이 지초를 먹으면 속이 답답하여 움직이지 못하
기 때문입니다."

한무제의 관심은 더욱 깊어져 그런 것을 어찌 아느냐 물었다.

"신은 어렸을 때 우물에 빠진 적이 있습니다. 여러 날 나오지
못했는데 어떤 사람이 나타나 나를 건져낸 후 지초를 캐러 가자
더군요. 그를 따라 가는 데 붉은 샘(泉)이 앞을 막고 있어 건너갈
수가 있어야지요. 망설이던 참에 신 한 짝을 주며 건너라는 것입
니다. 그 신을 신고 물위를 디뎠는데 마치 평지에 선 것처럼 편안
했습니다."

한무제는 그가 다녀온 마을에 대해 물었다. 동방삭의 얘기가
이어졌다.

"그곳 사람들은 구슬을 엮어 자리로 사용했습니다. 신이 도착
하니 운불(雲黻) 장막으로 데려가 검은 구슬을 새긴 베개를 주었
습니다. 해와 달과 구름과 번개같은 것이 새겨져 있었는데 시중
을 드는 아이는 그 베개를 누공침(鏤空枕)이라 했었지요. 또 문
(蚊)이라는 벌레의 털로 짠 요를 주었는데 찬 기운이 쫙 퍼져 있
고, 그중 털 하나를 문질렀더니 환한 빛살이 쏟아졌습니다."

한무제는 결코 꾸민 얘기라고 믿지 않았다. 이후로도 명경초
(明莖草) 풀줄기를 꺾어 귀신의 모습도 비춰볼 수 있다 하여 조매
초(照魅草)로 불린다는 유래도 들려주었다.

이 얘기는 『태평광기』와 『선선전』에 실려 있는데 그 밖의 얘기
는 없다고 했다. 그 밖의 얘기란 바로 삼천갑자(三千甲子)에 대한
전설이다.

동방삭이 청년시절에, 어느 여름 날 냇가의 다리 밑에서 낮잠

을 자고 있었다. 이때 이상한 모습을 한 두 사람이 다가와 그를 가리키며 소곤거렸다.

"흐음, 이놈이 동방삭이지. 집에까지 갈 것도 없이 여기 있으니 다행이구만. 이보게, 날도 무덥고 시간은 넉넉하니 우리 목욕이나 하고 가세."

그들은 염라대왕의 명을 받아 동방삭을 잡으러 온 저승사자들이었다. 워낙 무더웠던 참이라 더위부터 쫓아낼 요량으로 훌훌 옷을 벗고 물 속으로 들어갔다.

이때 동방삭은 깨어 있었다.

저승사자들이 물 속으로 들어간 틈을 타 재빨리 옷을 감춰버렸다. 그리고는 다시 돌아와 잠을 자는 척했다.

목욕을 마친 사자들은 혼비백산했다. 명부(冥府)에서 내린 관복이 없어졌으니 돌아갈 길이 막힌 것이다. 당황한 사자들은 서둘러 동방삭을 깨웠다.

"이것 보시오. 혹시 우리 옷을 보지 못했소?"

동방삭은 선하품을 풀풀 날리며 대꾸했다.

"당신들이 누구관대 내게 묻는 것이오?"

저승사자들은 어떻게든 옷을 찾고 싶어 사실대로 말할 수밖에 없었다. 동방삭은 손바닥을 치며 웃었다.

"아하하하, 그렇게 되었구만. 당신들이 돌아갈 수 없다면 내가 죽지 않으니 다행스런 일이 아니오. 그것 잘 되었습니다."

저승사자들은 죽을 상이었다. 염라국에 매인 몸으로 동방삭을 반드시 데려가야 하는 데 입고 갈 옷이 없으니 낭패였다. 한동안 옥신각신 하다가 타협안을 내놓았다. 저승엔 같이 가되 어떻게든 이승으로 되돌아 올 수 있게 한다는 것이었다. 만약 이번 일에 대해 약조를 지키지 않는다면 직접 염라대왕에게 고하겠다는 으름

장을 놓았다.

이렇게 하여 명부에 올라간 두 사자는 수명을 관장하는 최판관 (崔判官) 앞으로 데려갔다. 때마침 그는 졸고 있었다.

좋은 기회라 여긴 저승사자는 동방삭의 수명부(壽命簿)를 들어 다 보았다. 거기엔 <동방삭 수명 삼십(東方朔 壽命 三十)>이라고 씌어 있었다.

저승사자는 재빨리 명부 옆에 놓인 벼루에서 붓을 들어 먹물을 찍었다. 그리고는 재빨리 십(十) 자 위에 한 획을 그어 천(千)을 만들었다. 그리고는 문밖으로 나와 소리를 질렀다.

"동방삭을 잡아왔습니다."

안으로 들어온 동방삭을 흘낏 바라보고 나서 최판관은 수명부를 펼쳐들었다. 그런데 이게 웬일인가? 거기엔 동방삭의 수명이 3천년으로 쓰여 있었다.

'이거 큰일 났구나. 내가 큰 실수를 했어. 어찌 천(千)을 십(十) 으로 보았단 말인가.'

최판관은 점잖게 한 마디 했다.

"동방삭은 아직 때가 덜 되었다. 어서 데려다 주어라."

이렇게 하여 3천년을 살았다는 것인데, 흔히 '삼천갑자 동방삭' 이라고 했을 때엔 3천년이 아닌 '18만년'을 살았다는 것으로 해석이 된다. 어떤 방법이든 간에 동방삭은 수명 연장이 가능했다. 그러나 일대의 재사(才士)로 알려진 제갈량은 그렇지 못했다. 그러니까 건흥 5년. 촉나라의 2세 황제 유선에게 북벌을 앞두고 제갈량은 「출사표(出師表)」를 올린다.

<···신은 깊은 은총을 받아 감격할 따름입니다. 이제 멀리 떠남에 있어서 상서를 올리게 되니 눈물이 앞을 가려 아뢰올 말씀이 없나이다>

　진수(陳壽)의 『삼국지』에 따르면, 유비는 세상을 떠나기 전에 제갈량을 불러 유선을 돌봐 달라고 부탁했었다.

　"승상, 나의 아들을 도와주시오. 그러나 그가 재주가 없으면 그대가 그 자리를 차지하도록 하시오."

　임종을 앞둔 어버이로서는 당연히 자신의 핏줄에게 보위를 잇게 하고 싶었을 것이다. 그러나 유비는 아들의 재능에 대하여 자신이 없었다. 누구보다 제갈량의 능력을 알고 있었으므로 그가 아들을 도와주기만 하면 촉나라는 유지될 것으로 생각했다. 그러나 제갈량이 죽은 후의 촉나라는 유선의 손을 떠나게 될 것을 유비는 내다보았다. 그러므로 '그대가 차지하도록 하라'는 말을 한 것이다. 물론 이 말은 유언이다. 『삼국지연의』에는 이때 제갈량은 눈물을 흘렸다고 기술되어 있다.

　『후출사표(後出師表)』를 제갈량이 직접 쓴 것인지는 알 수 없으나 내용의 비장함으로 본다면, 그것은 망하기를 기다리는 것보다는 차라리 선수를 치는 것을 우선으로 삼았다. 그러기에 제갈량은 천지인(天地人) 세 가지를 모두 거역하고 싸움을 일으켰다. 제갈량이 쓴 『장원(將苑)』이라는 병법서에도 이렇게 쓰여 있다.

　"군사를 일으키는 데 있어 지혜 있는 자는 결코 하늘에 거역하지 않고 때에 거역하지 않고 사람에게 거슬리지 않는다."

　그러나 제갈량은 이 세 가지를 모두 거역하고 건흥 5년(227)부터 12년까지 즉, 오장원에서 패퇴하기까지 여섯 번이나 전투를 감행했다. 그러나 그의 북벌은 실패로 돌아갔다.

　당시 위나라의 명장 사마의(司馬懿)는 촉의 군량미가 바닥 나기를 기다렸고, 제갈량은 부족한 군량을 자급자족하기 위해 농사를 짓게 했다는 것이 『편의십육책(便宜十六策)』에 나와 있다.

　『마의상법』에 의하면, 사마의는 '거오(巨鰲;額骨)가 뇌로 들어간 모습'이라 하였다. 이러한 형상은 상서(尚書)의 관직에 오르고 용골이 하늘로 꽂혔으니 정승이 되는 것은 당연하다 하였다.

공명의 군사(軍使)가 찾아왔을 때, 사마의는 제갈량의 침식 문제에 대해 물었다. 그때 군사는,

"아침에 일찍 일어나고 저녁엔 늦게 잠자리에 들며 식사는 불과 몇 홉 정도며 20대 이상의 매를 치는 형벌은 승상께서 확인한 후 하십니다."

사마의는 제갈량의 죽음을 예견하였다. 당시 제갈량은 과로에 지쳐 있었다. 그러나 강유라는 장수는 어떻게든 방법을 찾아내고 싶었다. 그러므로 하늘이 청하여 바람 앞의 등불 같은 목숨을 빌라고 울면서 청하였다. 제갈량은 부질없는 일인 줄 알면서도 강유의 마지막 청을 받아들였다.

"강유야 내 병은 천문에 나타나 있다. 삼태(三台)의 별이 가을 밤 하늘에 찬연히 빛날 것인데, 객성만 빛나고 주성은 무디구나. 더구나 빛기운이 홍색이니 어찌 이변이 없을 것인가. 그렇다해도 네 청을 받아들이겠다."

제갈량은 곧 명을 내렸다.

"무장한 군사 마흔 아홉 명에게 검은 옷을 입게 하고 검은 기를 손에 들고 기도 드리는 장막 밖을 수호하게 하라. 장막 안은 깨끗이 하고 제물을 준비하라. 다른 사람의 손을 빌리지 않고 내가 직접 하겠다."

모든 것이 준비되자 하늘의 북두(北斗)께 제사를 지냈다. 이러한 제사는 이레 동안 계속되는 데 주등(主燈)이 꺼지지 않으면 수명은 연장된다는 것이었다. 강유는 명을 받들어 두 명의 동자에게 제물과 제구(祭具)를 가져오게 하였다. 제갈량은 목욕하고 장막 안으로 들어가 북두의 신께 제사를 지냈다. 이때부터 공명은

금식을 하고 날이 샐 때까지 하루도 나오지 않았다.

　이렇게 시간이 흘러갔다. 하루, 이틀, 사흘….

　밤마다 쌀쌀한 바람은 장막 틈을 비집고 들어와 주등의 등불을 흔들었다. 하늘에 걸린 은하는 잔잔한 빛살을 뿌리고 이슬은 소리 없이 내려 깊어 가는 밤을 적시었다. 강유 역시 마흔 아홉 명의 무사와 함께 곡기를 끊고 장막 밖을 굳게 지켰다.

　이 무렵 하늘에서는 제갈량의 연명에 대한 회의가 벌어지고 있었다. 칠요(七曜)라 부르는 북두의 일곱 성군은 제갈량의 생사를 닷새 날까지 결정하지 못하다가 엿새 날에 이르러 '불가' 판정을 내렸다. 판결 요지는 다음과 같았다.

　"제갈량은 교만하기 짝이 없어 감히 성군의 영역을 침범하였소. 그 증거는 여러 가지지만 가장 고약한 것을 들다면 와룡침(臥龍枕;鷄鳴枕이라고도 함)이오. 그가 스스로 재간을 믿고 천지 분간 모르고 날뛰는데, 그 자의 명줄을 열두 해나 늘린다면 어떤 일을 저지를 지 알 수 없소이다. 그 옛날 동방삭이라는 자가 유계(幽界)의 명부를 조작하고 인간 세상으로 도망쳐 3천년을 숨어사는 바람에 그 놈을 잡아오느라 얼마나 고생하였소. 그러니 이번에는 허락해선 아니 됩니다."

　엿새까지 별 일이 없자 제갈량은 자신의 염원이 하늘에 닿은 것이라 믿고 더욱 정진하여 기도했다. 장막 밖을 수호하던 강유도 같은 마음이었다. 강유의 불안은 워낙 병약한 제갈량이니 기도를 하는 중에 숨이 끊어지지나 않을까 하는 불안감이었다. 그래서 기도하는 중에 간간이 장막 안을 들여다보았다.

　이때 제갈량은 축문을 웅얼거리고 있었다.

　"…난세에 태어나 몸을 능처에 묻고 있던 중, 선제의 은혜를 입고 외로운 몸을 의탁하게 되었다. 이에 부제에게 견마의 충성을 다하여 도적의 대군을 제압하고 여섯 번 기산의 전투에 섰다. 이는 신의 희구하는 바이므로 단지 반국의 역도를 주살하고 두 번 돌아왔다. 이제 천문을 살피니 흘러올 때는 빛이 대단하다가 돌아올 때는 희미하고 나중에 한 별은 드디어 떨어져 돌아오지 않고 있다. 점서(占書)에서 말하기를 양군이 대치하였을 때에 유성이 군 위로 떨어지면 패망할 조짐이라 하였도다."

제갈량은 머리를 풀고 칼을 잡았다. 그리고는 여전히 등을 돌린 채 기도를 올렸다.

이때 진 밖이 소란스러워졌다. 강유는 수하 장수를 보내 정황을 알아오게 하였다. 그때 한 장수가 급히 달려왔다. 위연이었다. 당황해 하는 강유를 순간적으로 밀치고 장막 안으로 뛰어들었다.

"승상, 사마의가 병사를 움직였습니다!"

위연은 앞으로 달려가 털썩 무릎을 꿇었다. 그때 무언가 걸린 듯이 발 밑에서 휘뚝대는 바람에 단 위에서 제물과 제기가 바닥으로 떨어졌다.

'아차, 실수.'

위연이 서두르는 바람에 그만 발밑에 떨어진 주등의 불을 밟아 꺼버렸다. 화석처럼 기도하고 있던 제갈량은 칼을 내던지며 소리쳤다.

"아, 사생(死生)에 명수가 있구나. 내 명수(命數)도 이것으로 끝이다."

장막 안으로 들어온 강유가 질겁하여 칼을 빼들었다.

"이게 무슨 짓이냐?"

제갈량이 만류한다.

"멈춰라, 강유! 주등이 꺼진 것은 결코 인위적인 것이 아니다. 이것은 하늘의 뜻이니 결코 위연을 탓할 일이 아니다."

말을 마친 제갈량은 바닥에 쓰러져 버렸다. 이로써 촉한은 패망의 지름길을 달리게 된다.

다시말해 하늘은 무너져 가는 촉한의 운명을 더 이상 제갈량이라는 거목에 의지하지 않게 한 것이다. 아무리 수를 잘 헤아리는 제갈량도 그가 외던 「북두칠성연명경」을 들어주지 않은 것이다. 그렇다면 「북두칠성연명경」이란 어떤 것인가? 이것은 십이간지에 의한 인간의 운명을 하늘에 청한 것으로 도교와 불교가 혼합된 것을 의미한다. 이를테면,

자년(子年)에 태어나면 탐랑성(貪狼星)

축년(丑年)에 태어나면 거문성(巨門星)

인년(寅年)에 태어나면 녹존성(祿存星) 등의 십이간지를 배속으로 하여 자년에는 미(未), 축년에는 오(午), 인년에는 유(酉) 등의 본명과의 연관 관계를 원진(元嗔)으로 하여 길흉화복을 논하고 기축으로 목숨이 연장되기를 바란 것이다. 이러한 연명은 보통 '별에게 제사'를 지냈으므로 '연명초제(延命醮祭)'라 칭한다. 훗날 두자미(杜子美)는 다음과 같은 시를 지었다.

제갈의 큰 이름이 우주에 뻗치니
종신에 끼친 화상 엄숙하고 청고하다
천하를 셋으로 나누어 계책을 쓰니
만리 창공에 아득히 나는 한 개의 새 깃과 같네

이윤이나 강태공 같은 이에 비하기 족하고
소하나 조참같은 명신이 없어도 족하다
천운이 옮겨가 한나라의 회복이 어려우니
몸이 다하도록 군무에 전념해 편할 날이 없었네

상모궁에 삼정이 갖추어진 박씨의 현달

기원전 3세기. 진(秦)나라가 흔들리자 야심가들이 일어섰다. 진 승과 오광을 필두로 유방과 항우도 합세했다. 세상은 소란스러워 지고 여기저기에서 의혈집단들이 일어났다 사라졌다. 이렇듯 어수선한 판국이니 힘있는 장수들은 왕궁이며 여염집에 침범하여 겁간의 씨를 뿌리는 것이 예사였다.

이때 강소성 오현 사람으로 박씨(薄氏) 성을 쓰는 위인이 위왕 국의 왕족 딸과 간통하여 박씨녀를 낳았다. 회생불능인 위왕국이 위표(魏豹)에 의하여 재기되자 왕족의 딸은 박씨를 국왕에게 바 쳤다.

이 무렵 이름을 떨치던 관상가 허부(許負)는 박씨녀의 얼굴을 보고 눈을 동그렇게 떴다.

"이 여인은 장래 천자를 낳으실 것입니다."

"그게 무슨 말인가?"

"십이궁 관상법에 의하면 이 여인은 명궁이 밝으며 재백궁이 직선으로 솟았으니 부귀는 따놓은 당상입니다. 특히 천이궁은 가 지런하고 복덕궁엔 지각이 가지런하며 오성이 이어졌습니다. 특히 상모궁에는 삼정이 갖추어져 있으므로 평생을 현달할 것입니다.”

그로 인해 평생을 현달할 것이라는 관상 평이었다. 뛰어오를 듯한 격한 감정을 누르며 위표는 암중모색했다.

“지금 천하는 두 사람 손아귀에서 놀고 있네. 유방과 항우, 자네는 장차 누가 천하의 주인이 되리라 보는가?”

“당연히 유방입니다.”

“유방이라?”

허부는 더욱 목소리를 낮췄다.

“사람은 누구나 점(黑子)을 가지고 있습니다. 점이 밖으로 드러나는 것은 특별한 경우가 아니라면 좋지않은 것으로 봅니다. 점이라는 건 몸안 깊숙이 감춰져 있어야만 제격이니까요. 풍문에 의하면 유방은 몸에 72개의 점이 있다고 합니다. 이것만 가지고도 항우를 능가하고 남습니다.”

위표는 이 점을 잘 기억해 두었다. 그 역시 유방의 지지자였다. 그런데 날이 갈수록 정세가 항우 쪽으로 기울자 조바심이 일어났다. 그는 허부가 당부하듯 들려준 말을 잊은 채, 유방과의 의리를 헌신짝 버리듯 하고 항우에게 추파를 던졌다.

이러는 와중에도 그의 머릿속은 들끓었다. 항우와 유방이 싸움을 계속하여 탈진하면 단숨에 둘을 일망타진할 속셈이었다. 그러나 이렇듯 은근하고 요란한 계획을 받쳐줄 힘이 없었다. 결국 생포된 것은 위표 자신이었다.

위표가 처형되자 당연히 박씨는 노예로 전락되어 강제 노역소에서 베 짜는 일을 하지 않으면 안되었다. 그러던 어느 날 유방이 이곳에 왔다가 박씨를 발견하고 황궁으로 데려가라는 명을 내렸다. 이때 박씨와 함께 궁으로 간 두 미인이 있었다. 관부인(管夫

人)과 조자아(趙子兒)였다. 그들은 강제 노역소에서 나오면서 어려운 일이 있으면 서로 돕자고 약속했다.

그후 두 미녀는 황제의 총애를 받았으나 박씨만은 눈물로 세월을 보내게 되었다. 이 부분에 대하여 『사기』에는 '두 미녀는 황제의 총애를 받자 웃었다. 그러자 황제가 웃는 이유에 대해 물었다. 두 미녀는 박씨의 처지가 생각나 웃었다'고 답했다는 것이다.

그날 밤 박씨를 불러 잠자리를 같이 했는데 총명한 그녀는 유방의 귀에 묘한 말을 속삭였다.

"폐하, 사실은 어젯밤 꿈을 꾸었답니다. 용 한 마리가 내 배 위로 올라 오지 뭐겠어요."

유방은 그 말을 듣는 순간 흐뭇했다.

"흐음, 그것 길몽이구만. 그 꿈은 아주 좋아. 왜냐하면 내가 용이니까."

그렇게 하여 하룻밤을 지냈는데 임신이 되었다. 이날의 인연으로 태어난 아이가 유항이었다. 그는 여덟 살이 되었을 때에 대왕(代王)으로 책봉되었다. 그러나 유방은 박씨가 아들을 낳은 후 한 번도 찾아주지 않았다. 참으로 가련한 여인이라고 할 지 모르지만, 이로써 악랄한 여태후의 독수를 피할 수 있었다.

기원전 180년에 여태후가 세상을 떠나면서 유항은 황제로 옹립되었다.

그는 문(文)이라는 시호가 말해주듯 어진 정치를 베풀고 형벌을 가볍게 하였다. 그리고 자신의 임종 때에는 복상 기간을 최대한 짧게 하였다.

온후하고 진중한 건륭제

『청사』에 의하면, 건륭제(乾隆帝)가 즉위한 것은 옹정 13년
(1735) 9월이라 밝히고 있다. 『마의상법』에 의하면 건륭제는 '온
후하고 진중한 상(厚重之相)'이라 하고 있다.

이런 상의 특징은 몸체와 형상이 두툼하다. 묵직한 것을 후(厚)
라 하는데, 복과 녹봉을 갖는다고 하였다. 도량은 넓은 바다와 같
으며 기국(器局)은 1만섬을 싣는 거대한 배와 같아서 아무리 잡
아당겨도 끌려오지 않는다는 평이 있다.

이러한 건륭제가 즉위한 후 내세울만한 사건은 뭐니뭐니 해도
『사고전서(四庫全書)』의 편찬이었다. 이『사고전서』는 경(經)·
사(史)·자(子)·집(集)의 4부로 나뉘어져 있다. 또한 여기에 채
록된 서적만도 3,503종이며 권수로는 79,337권이다.

이러한『사고전서』에 채록되지 않았다고 해도 좋은 책으로 인
정이 되어 제(題)와 해설을 붙인 책이 6,888종, 93,000권에 이른다.

이러한『사고전서』의 편찬 사업은 건륭 37년(1772)에 시작되어
10년이나 시간이 소요되었다. 건륭제는 자신이 생전에 완성시키
지 못할 것을 알고 그중 471종은『사고전서회요』라고 이름을 붙

여 12,000권의 책자로 장정하여 궁내의 이조당과 원명원의 미유
당에 보관하였다.

이 건륭제 때에 궁정의 친위대 소속 교위에 화신(和珅)이라는
사람이 있었다. 그는 건륭제가 보위에 있는 20년 동안 총신으로
정치를 보좌한 인물이었다. 『마의상법』에 의하면, 화신의 눈은 양
안(羊眼)이라고 지적한다. 이런 눈을 가지고 태어나면 흉악한 사
람이 된다. 이런 눈은 검은 눈동자가 엷고 가늘게 누런 빛이 있
다. 당연히 신(神;혼)이 맑지지 않고 눈동자는 비단결 모양의 무
늬가 있다.

그러므로 『청사』에서 증명을 시키듯, 화신이 있는 자리는 부패
한 찌꺼기가 남아 있었다는 얘기다. 그의 탐욕스러운 행위에 대
해 이런 일화가 전한다.

손사의(孫士毅)라는 사람이 안남에서 북경으로 돌아왔다. 그는
광동과 광서 지방의 총독으로 부임해 있었다. 그는 궁에 들어왔
다가 화신과 마주쳤다. 이때 화신은 상대가 들고 있는 작은 상자
에 시선을 뿌렸다.

"총독께서 들고 있는 것은 뭡니까?"

"담배 갑입니다."

화신은 담배 갑 뚜껑을 열었다. 갑자기 욕심이 끓어올랐다.

"이걸 내게 주시오."

"곤란합니다. 폐하께서 아시고 계십니다."

화신은 빙그레 웃으며 그 자리를 떠났다. 그런데 며칠 후 손사
의는 화신의 손에 있는 것을 보고 깜짝 놀랐다. 그것은 자신이 황
제에게 올린 담배 갑이었다. 들린 말에 의하면 이 물건을 환관을
매수하여 훔쳐냈다는 것이다.

이 건륭제 때에 흥미로운 얘깃거리가 나타난다. 그것은 초호화

판 중화요리다. 이 세상에는 기막히게 맛있는 음식을 팔진미(八珍味)라고 한다.

첫째는 용의 간, 둘째는 봉의 골, 셋째는 표범의 태, 넷째는 원숭이 입술, 다섯째는 곰 발바닥, 여섯째는 낙타 등에 솟아난 굳은 살, 일곱째는 잉어 꼬리, 여덟째는 올빼미 구이 등이다.

사실 뱀이라면 몰라도 용의 간을 어떻게 먹을 수 있을까. 또 새라면 몰라도 어떻게 봉황의 골을 구할 수 있을까.

이런 저런 내용물을 훑어보면 식도락가들이 좋아할 몇 가지 음식은 중국요리에도 등장한다. 그것은 만한전석(滿漢全席)이라는 고급 정찬 요리다.

본래 이 말은 1735년에 즉위한 청나라의 여섯 번째 황제 건륭제가 강남으로 행차했을 때 등장한 음식이다. 이틀에 걸쳐 다섯 차례로 나누어 먹는다.

처음부터 세 번까지는 푸짐한 열 가지의 요리가 나온다. 그런 다음에 국과 밥 종류가 나온다. 그러다가 네 번째에는 요리의 종류가 스무 가지로 늘어난다. 여기에 남비 요리와 만두류가 곁들여진다. 그런가하면 마지막에는 스무 가지의 술 안주와 스무 가지의 간식류, 마른 음식과 과일류가 식탁에 오른다.

그러나 뭐니뭐니 해도 상에 오르는 음식에 대한 평가다. 여기에는 돼지 통구이를 비롯하여 사슴코, 호랑이 고환, 상어 지느러미, 전복, 제비집, 해삼과 같이 바다에서 올라온 해산물을 이용한 요리나 대추와 개구리로 만든 요리, 뱀 요리 등등을 들 수 있다.

이런 요리는 아주 특별한 것이다. 그러므로 옛부터 이러한 시가 가능해 졌는지도 모른다.

고래의 현인 달사가 모두 적막하거니

오직 마시는 자만이 그 이름을 남기리라
진왕이 옛날 평락전에서 주연을 베풀 때에
한 말에 만금에 사서 환락과 해학을 즐겼더라

주인이 어찌 돈이 적다 말하리오
모름지기 술을 사다 그대에게 권하겠노라
오색털의 말과 천금 가는 옷으로 아이를 불러내
미주와 바꾸어 그대와 더불어 만고의 시름을 녹이노라

중국 요리라고 하면 팔보채나 만두류, 또는 자장면을 떠올리게
된다. 그러나 중국요리에는 앞에서 설명한 만한전석이라는 호화
로운 요리가 있다. 물론 이것은 특별한 경우에 먹는 음식이다.
예전에는 한인(漢人)들이 먹는 음식과 만주인들이 먹는 음식이
다르다. '한(漢)'과 '만(滿)'의 뚜렷한 구별만큼 요리 내용이 달랐
다는 점이다.

얼굴 가득 자화(紫花)가 핀 이정

수양제(隋煬帝)가 강소성에 행차를 할 때, 서경(西京)의 일은 사공(司空)으로 있는 양소(楊素)에게 맡겼다. 그는 명문 집안의 출신인데다 스스로의 위치가 황제의 총애를 받는 자리라 무척 거만했다. 그러므로 일반 신하들과는 다른 형태로 벼슬살이를 하고 있었다.

이를테면 황제 앞에서나 집에서나 무슨 말이든 수수께끼처럼 한마디 던져놓고 그 나름대로 생각하는 일이 많아진 것이다. 이것을 집안 사람들은 일종의 버릇이라고 했지만, 때론 이 하찮은 버릇이 스스로의 처지를 고약스럽게 만들기도 한다.

『마의상법』에 의하면 이런 류의 사람에 대해 평을 하고 있다. 이른바 '어언(語言)이 다범(多泛)하면 위인(爲人)이 심사난명(心事難明)한다'는 것이다. 무슨 뜻이냐 하면, 말이란 순서야 있어야 귀한 것이다. 만약 말이 두서가 없고 공허하면 말이 반드시 망령되고 법규가 없다는 것이다.

그래서인지 관상가 허부(許負)라는 이도 '말이 넓고 넓으면 일을 하는 데 어지럽게 된다'고 하였다. 그러므로 심사를 밝히는 것이 결코 쉽지 않은 일임을 주장하였다.

양소가 이렇게 된 것은 대부분 공경(公卿)이 그를 찾아오는 일이 많았기 때문이었다. 그러므로 어느 누가 오더라도 자신은 푹신한 의자에 몸을 묻은 채 앉아서 맞이하였고 스스로 할 수 있는 일도 하녀나 아랫 것들을 시켰다.

예를 들어 하녀들을 좌우로 즐비하게 세워놓은 것도 천자의 흉내를 내는 것인데 어찌보면 자신이 천자라도 되는 것처럼 거드름을 피웠다.

훗날 『이위공병서(李衛公兵書)』를 쓴 이정(李靖)이 아직은 평민으로 있던 어느 날 양소를 만나기를 청하였다. 그에게 새로운 정책을 진언하고자 함이었다. 그런데 손님을 맞을 때에 워낙 거만을 떠는 지라 이정은 큰 절을 올린 다음 충고 한마디를 던졌다.

"지금 천하는 몹시 어지럽습니다. 곳곳에서 소란이 일어날 조짐이 있는 군웅할거의 시댑니다. 모름지기 대감께서는 천하의 영웅들을 수하로 두시어 장차를 도모해야할 것인데도 이렇듯 존대한 몸짓으로 손을 맞이해서는 아니될 일입니다."

그제야 양소는 자신의 태도를 고치고 사과했다. 그리고 이정에게 많은 충고의 얘기를 듣고, 그가 물러갈 때는 손수 대문에까지 나와 배웅해 주었다.

객관에 들어 잠을 청한 이정이 문두드리는 소리에 깨어난 것은 새벽 인시(寅時) 쯤이었다. 문을 열자 붉은빛 옷에 모자를 깊숙이 눌러쓴 사람이 자루 하나와 지팡이를 들고 서 있었다. 문이 열리자 그가 말했다.

"저는 양사공의 집에 머무는 기녀랍니다. 곁에 있으면서 그곳을 찾아오는 빈객들을 많이 보아왔사온대 어른만한 분은 만나지 못했습니다. 그래서 큰 나무에 기대고자 어른을 쫓아왔습니다."

"나를 따르면 고생할 터인데?"

"각오한 일입니다. 제가 보기에 양사공은 이미 관속에 한 발을 넣고 있다 봅니다. 가까이 모시는 첩들도 희망이 없다고 도망을 가는 사람이 적지 않아요. 누가 뒤쫓아 올 것도 없으니 조금도 염려하지 마십시오."

기녀의 성은 장씨(張氏)이며 형제 중에 맏이라 했다. 객관에 묵고 있는 동안 간간이 들려오는 소문에는 양사공의 집에서 기녀 한 사람을 찾고 있다는 얘기가 떠돌았다. 그러나 사흘 남짓 지나자 흐지부지 되었다. 기녀를 찾으려고 수색하는 것도 아니어서 이제는 길을 떠나도 될 듯 싶었다. 기녀 장씨를 남자로 변장 시켜 태원(太原)을 향해 길을 잡았다.

도중에 산서성에 이르렀을 때 객관으로 들어갔다. 침대 준비를 하고 고기를 삶고, 장씨는 긴 머리를 땅바닥까지 늘어뜨린 채 빗질을 하고 있었다. 그때 불쑥 낯선 나그네가 찾아들었다. 그는 방으로 들어와 들고 있던 포대를 던져놓고 머리를 빗고 있는 장씨를 물끄러미 바라보았다.

그리고는 이정을 향해 화를 내지 말라는 뜻으로 손짓과 눈짓으로 표시를 전하고 있었다. 이정이 다가와 묻자 그는 장우홍(張瑀興)이라 하였다. 눈치빠른 장씨가 이정에게 인사하기를 부추겼다.

"여보, 우홍 오라버니에게 인사를 하세요."

서로 통성명을 나누고 끓이던 양고기로 식사를 한 후 한잔의 술을 나누었다. 그런데 장우홍은 왠지 쓸쓸한 표정을 짓는 게 아닌가.

"어찌 그러시오? 무슨 불편한 문제라도 있으십니까?"

"그건 아니오. 내가 이공을 따라온 것은 마음에 둔 사람이 있어, 혹여 그분인가 했는데 아니었기 때문이오. 가만, 내게 좋은 술

안주가 있는데 한잔 더 하시겠소?"

그는 불쑥 자루 속에서 사람의 머리며 심장과 간을 태연하게 꺼냈다. 다시 머리는 자루 속에 집어넣고 심장과 간을 꺼내 우적우적 씹어먹었다.

"이놈은 천하에 둘도 없는 배신자요. 십년 동안 원한을 품고 있다가 이번에야 잡았소. 그러니 내 속이 얼마나 후련한 지 모르오."

그러다가 얼핏 생각났다는 듯 물었다.

"내가 보기에 이공은 범상치 않은 인물이 분명한 듯 싶소. 그러나 천하의 주인은 아니듯 한데…, 혹시 이공이 아는 사람 중에 그런 인물이 없소?"

"제가 아는 사람 중에 그런 분이 있습니다."

"나이는?"

"아마, 스물쯤 될 겁니다."

"지금 뭘 하고 있습니까?"

"군의 병사(兵使)가 되시는 분의 아드님이십니다."

"흐음, 그래요. 내 친구가 말한 그분인 모양이군요. 날좀 소개해 주겠소?"

"어렵지 않은 일입니다. 유문정(劉文靜)이라는 내 친구가 그분과 가까이 지내는 모양입니다. 만나는 것이 무에 어려운 일이겠습니까? 한데, 만나면 무슨 말씀을 하시겠습니까?"

"언젠가 천기를 읽는 도사를 만났는데 그 분이 그럽디다. 태원 땅이 이상한 기운이 떠돌고 있는데 나에게 한번 가보라는군요. 가만, 이공은 내일 출발하면 언제쯤이나 태원에 도착합니까? 가만, 그럴 것이 아니라 이공이 태원에 도착한 다음날 해가 뜰 무렵 분양교(汾陽橋)에서 날 기다려 주시오."

장우홍은 무작정 그 말만을 남기고 당나귀를 타고 어디론가 떠나버렸다.

다음날 날이 밝자 이정은 태원 땅으로 들어갔다. 그 다음날 해 뜰 무렵 분양교로 나갔더니 장우홍이 웃으며 맞이하였다. 둘은 유문정의 집에서 함께 이세민을 만났다. 이 자리에서 장우홍은 더욱 침통한 목소리로 희미하게 중얼거렸다. 워낙 모기 우는 소리처럼 가늘어 겨우 이정 만이 들을 정도였다.

"과연 천자의 상이다. 팔법의 첫째인 '위엄이 있고 엄한 상(威猛之相)'이다.

왜 위(威)를 첫째라고 했는가? 그것은 존엄하고 상대를 두렵게 함으로써 상대가 자연스럽게 위축되기 때문이었다. 이렇게 비유하면 이해가 빠를 것이다, 굳세고 날랜 매(鷹)가 토끼를 나꿔채면 온갖 새가 놀라는 것과 같다. 또 호랑이가 산중에서 한번 포효하면 산중의 짐승들이 몸을 움추리고 벌벌 떠는 것과 같은 이치다. 한마디로 신색이 엄숙하다는 것이다.

이세민과 헤어져 나올 때 장우홍은 땅이 꺼져라 한숨을 지었다. 장우홍은 며칠 후 도성에 있는 자신의 집으로 찾아오라는 말을 남기고 떠나버렸다. 이정이 약속 날짜에 그 집을 찾아갔다. 겉으로는 평범한 집이었다. 그러나 대문을 열고 안으로 들어가자 다시 몇 개의 문이 나타나고 그 문들을 통과하여 안으로 들어가니 널찍한 뜰에 하녀들이 즐비했다. 그들은 이정 부부를 동쪽에 있는 방으로 안내했다.

잠시 기다리고 있자니 장우홍이 모습을 드러냈다. 그는 부인을 불러내 상견례의 인사를 시키고 객실로 안내했다. 몇 잔의 술로 정회를 나누고 나서 장우홍은 신호를 보냈다. 서쪽 방의 문이 열리며 하녀들이 스무 개 가량의 상을 들고 나왔다. 그 상들은 한결같이 비단으로 덮여 있었다. 장우홍이 천천히 비단을 벗기자 장부와 열쇠였다.

"이 장부에는 보물과 재물의 액수를 적혀 있소. 물론 내 소유물이오. 이 세상에서 내가 한번 일을 해보고 싶었소. 장차 두서너 해를 천하의 패권을 놓고 싸움을 해보고 싶었소. 그렇게 하여 공명을 떨쳐보려 한 것이오. 그러나 이제 포기했소. 머지않아 새주인이 될 사람이 나타났으니 아무래도 난 안되겠다는 것이오. 앞으로 5년 안에 태원 땅의 이씨가 이 땅의 새 주인이 될 게요."

장우홍은 잠깐 말을 끊었다가 다시 이어갔다.

"세상에서 큰 일을 도모할 사람은, 그런 사람끼리 짝을 이뤄야 하는 게요. 그래서 나는 이 재물을 그대에게 주어 새로운 통일 대업을 이루고자 한 것이오. 앞으로 10년이 지나면 동남쪽에 큰 변화가 일어날 것이오. 그리되면 내 일이 끝난 것이니 이공은 나를 위해 술을 한잔 붓고 축하해 주시오."

이정은 부자가 되었으며 많은 재물은 거사 자금이 되었다. 정관 10년에 재상 자리에 올랐을 때, 남만(南蠻)의 왕이 보고하기를 '천척의 배가 부여에 쳐들어가 왕이 되었다'고 하였다. 이정은 그곳을 향해 한 잔의 술로 축수하였다.

맑고 광채가 나는 송홍의 눈

『마의상법』에 '논신유여(論神有餘)'라는 말이 있다. 이것은 신(혼)이 여유가 있고 눈빛이 맑으며 광채가 나는 경우다. 그러므로 눈동자는 기울지 않고 눈썹은 빼어나며 정신이 용솟음쳐 얼굴이 밝고 행동거지가 당연히 또렷하다. 이에 대하여 『마의상법』에서는 다음과 같이 평하고 있다.

<눈에 혼이 있는 경우는 가을날의 태양이 마치 서리가 내린 투명한 하늘을 비추는 것과 같다>

그러므로 이런 사람은 만가지 태도의 어지럽고 잘못된 것이 있더라도 마음이 한결같이 여유가 있다는 것이다. 관상서에는 그런 인물을 송홍(宋弘)으로 꼽았다.

『후한서』에 의하면 광무제는 천하가 안정되자 무엇보다도 전부(田簿)와 세부(稅簿)를 정리하여 과세를 공평히 하는 데 힘을 기울였다고 했다. 그러나 이러한 개혁은 귀족과 토호들의 반대에 부딪쳐 시행 초기에는 무산되었다.

적국과 대치하는 변경에는 둔전병 제도를 활용하여 그곳에서 자급자족할 수 있도록 하였고, 한편으로는 인재를 드용하여 적재

적소에 활용하여 배치하였다. 뇌물을 먹은 신하는 결코 용서하는 법이 없었다. 이러한 광무제의 정치 개혁을 잘 나타내 주는 일화가 있다.

당시에 유명한 구양흠(歐陽欽)이라는 유학자가 있었다. 이 학자가 뇌물을 받은 혐의로 감옥에 갇히었는데, 그의 제자 수천명이 황제에게 탄원서를 보내 용서해 주기를 청하였다. 그러나 끝내 황제가 들어주지 않자 구양흠은 감옥에서 자결하고 말았다.

바로 이 무렵의 인물 가운데 송홍이라는 학자가 있었다. 일찍이 그를 관상한 술가는 이런 평을 내놓았다.

"송홍은 주서(奏書) 부위에도 상서로운 기운이 어려 있다."

주서는 양쪽 눈썹머리다. 이곳은 관상학적으로 한 부분이 빛나 준두와 응하면 일이 잘 되고 번창한다고 했다. 그래서인지 송홍은 제덕이 넘치고 군신을 비롯하여 신하들 사이에도 제덕이 넘치는 인물이라는 평이 있었다.

광무제에게는 호양공주(湖陽公主)라는 누이가 있었다. 그녀는 일찍 남편을 사별하고 홀로 지내는 중이었다. 그러나 마음 속으로는 재덕을 겸비한 송홍을 남몰래 은애하였다. 호양공주는 기회가 있을 때마다 송홍의 인품을 입에 침이 마르도록 칭찬했다.

어느 날 광무제가 누이에게 물었다.

"누이가 홀로 지내니 보기에도 좋질 않아요. 그러니 이참에 재혼을 하는 게 좋겠어요. 어디 마음에 드는 사람이 있으면 말해 보세요. 내가 중매를 서 드릴테니."

호양공주는 잠깐 머뭇거리는 기색이더니 이내 속마음을 털어놓았다.

"이제껏 홀로 살아왔는데 새삼스럽게 재혼한다는 게 그렇네요. 반드시 재혼을 해야 한다면 송홍 같은 분이라면 적당하겠지요."

　그러나 송홍에겐 아내가 있었다. 그의 아내가 자연스럽게 물러날 상황이 아니라는 것을 알고 있으면서도 호양공주는 욕심을 부렸다.

　광무제는 방법을 마련하였다. 누이를 병풍 뒤에 있게 한 후 송홍을 불러 술자리를 마련하였다. 이것은 누이로 하여금 송홍의 답변을 엿듣게 하려는 속셈이었다.

　"사람이 재물을 얻으면 친구를 바꾸고 권세를 얻으면 아내를 바꾼다는 데 경은 어찌 생각을 하시오?"

　송홍은 망설임이 없이 대답했다.

　"폐하, 신의 생각은 그렇지 않사옵니다. 가난할 때 사귄 친구는 신의를 져버려서는 안되며 힘들고 어려울 때에 함께 고생한 아내는 결코 버려서는 안 된다고 생각합니다."

　그 말을 들은 호양공주는 크게 감탄했다. 비록 그와 가정을 꾸려 아내의 자리에 나설 수는 없었지만 그의 인품에 크게 감명을 받은 것이다.

　여기에서 유래된 말이 '빈천지교(貧賤之交)는 불가망(不可忘)이오, 조강지처(糟糠之妻)는 불하당(不下堂)'이다.

　광무제는 어렸을 때에 자신의 포부를 말할 기회가 되면, '벼슬은 집금오, 장가를 든다면 음여화'라 하였다. 과연 그는 벼슬이 집금오 보다 높았으며 천하제일의 미녀 음여화를 아내로 맞아 훗날 명제(明帝)를 낳았다.

눈이 너무나 맑은 두보는 노사안(鷺鷥眼)

시선(詩仙) 이태백에게 버금 가는 인물을 시성(詩聖) 두보(杜甫)라 한다. 그는 이백과는 달리 항상 불운한 생활과 동행했다. 백낙천의 「장한가」와 함께 양귀비의 정화를 읊은 「애강두(哀江頭)」가 그의 작품이다.

장안성 남쪽에 사는 내가 소리 죽여 통곡하고
도성을 굽이굽이 도는 곡강 언저리를 헤맨다
강가의 궁궐 문은 천자가 계시지 않으니 닫혀 있는데
가는 버들과 새 창포는 누구를 위해 푸르렀나

이렇게 시작되는 「애강두」의 내용으로 보면 장안성이 안록산이 이끄는 반란군의 수중에 떨어져 현종이 촉 땅으로 피난을 떠났을 때이다. 당나라 조정이 반란군에게 유린되고 강가에 연한 성문은 모두 닫혀 있어, 지난날 아름다웠던 시간들을 반추해보고 있음을 알 수 있다.

두보는 소릉(小陵)에 살았다. 그러므로 그것을 호로 삼았다. 그는 진(晉)의 두예(杜預)의 후손이고 두심언의 손자다. 과거에 응시했으나 낙방한 것은 실력이 없어서라기보다는 당시의 사회상이 뇌물로 당락을 결정했기 때문이었다.

안록산의 난이 가라앉았지만 그것은 장안에 상당한 변화를 가져왔다. 두보는 숙종 때에 다음과 같은 시를 지어 세상의 변천을 노래하였다.

생각해 보면 개원의 전성 시대에는
작은 거리에도 만여 호의 집이 있었고
논밭에는 나락이 풍성하여 찹쌀은 희고 찰졌다
창고에는 관청의 것이건 백성의 것이건 식량이 넘쳐났고

천하의 길에는 이리떼 같은 도적이 없었다
먼길을 가는 데도 날을 받을 필요가 없었고
제(齊)와 노(魯)의 비단을 실은 수레가 줄을 이었고
남녀가 때를 잃지 않고 밭갈기와 길쌈을 할 수 있었다

물론 이 뒤에는 절망적인 시구가 이어진다. 당조의 시문학은 현종이 재위했던 천보 14년간을 가장 번성기로 꽂고 있다. 당조의 귀족 문화는 양, 제, 진의 궁체적인 시풍이다.

궁체시는 양나라 때에 간문제(簡文帝)가 동궁시절에 문인들을 모아놓고 시를 지었는데 이후 궁안의 사교장에서 만들어진 문학을 의미한다.

이러한 시는 당나라 때에 들어와 장식적인 색조가 짙어졌다. 두보가 장년에 이르러 지은 「음중팔선가」라는 시가 있다. 여기에서 말하는 팔선은 신선이 아니라 당대 최고의 인망과 덕망이 높은 여덟 명의 인사를 가리킨다.

첫째는 이태백을 현종에게 추천한 하지장(賀知章)이다. 그가 말을 타고 장안 거리를 달릴 때에는 마치 배를 탄 것처럼 흔들렸으며, 눈에 보이지 않게 되었을 때엔 필경 우물에 떨어져 잠이 들 정도였다.

둘째는 현종의 형의 아들 여양왕(汝陽王)이다. 능히 세 말의 술을 마시고 궁에 들어가 황제 앞에서도 취하여 움직이지 못할 정도였다.

셋째는 이적(李適)이다. 승상으로 재직할 때에 이임보에게 모략을 받아 물러났다.

하루에 만냥을 유흥비로 탕진하였는데 그가 술을 마시는 것은 마치 고래가 물을 마시는 것과 같았다는 것이다.

넷째는 귀족 출신의 최종지(崔宗之)이다. 그는 이태백과 교분이 깊었으며 술잔을 들고 멀리를 바라보는 그의 모습에 대하여 두보는 '옥수(玉樹)가 바람에 흔들리는 모습'이라 할 정도였다.

다섯째는 호부시랑을 지낸 소진(蘇晉)이다. 그는 불상 앞에서도 술을 마시는 기인이다. 그러다 취기가 동하면 참배객들을 쫓아다녔다.

여섯째는 이태백이다. 그는 한 말의 술을 마시면 시가 백편이라 할 정도였다. 장안의 어느 술집에서 만취하여 쓰러졌을 때, 현종은 그를 데려와 백련지에 들어가게 하였다. 워낙 취하여 태울 수가 없었는데 이태백은 현종 앞에서 '나는 주중 신선입니다'할 정도였다.

일곱째는 초서의 명수 장욱(張旭)이었다. 그는 항상 술을 석 잔쯤 마신 다음 붓을 들었다. 크게 취하면 천자 앞에서도 고개를 내밀 정도였다.

여덟째는 말을 더듬는 초수(焦遂)이다. 그는 다섯 말을 마시면
의젓해지고 웅변을 쏟아내 좌중을 놀라게 한다.

관상서에는 두보에 대해 해오라기 눈(鷺鷥眼)이라고 평을 한
다. 눈빛이 너무 맑기 때문에 가난하다는 것이다. 즉, 한 점의 세
상 티끌이 묻는 것을 용납하지 못한다는 뜻이다. 이런 눈을 가지
면 일시적으로 부자가 됐다 해도 가난해 진다고 하였다. 그래서
인지 두보는 한평생을 가난과 싸웠다. 다음은 「악부(樂府)」에 있
는 그의 시다.

손바닥을 뒤치면 구름이 되고
손을 엎으면 비가 되는 것처럼
사소한 원인으로 날씨는 금방 변한다
인심 역시 이와 같다
하고 많은 경솔함과 박정한 마음을
어찌 일일이 셀 수 있으랴
그대들은 보지 못하였는가
관중과 포숙아의 가난했을 때의 우정을
그러나 지금의 사람들은
마치 흙덩이처럼 그것을 내버린다

다시 말해 이 시는 교우 관계가 형편없이 변하였음을 탄식하는
내용이다.

목줄에 뼈가 맺힌 굴원

중국의 역사를 보면 우리와 비슷한 풍속이 있는 것을 엿볼 수 있다. 예를 들면 불에 익히는 것을 금하는 한식날은 개자추(介子推)의 원혼을 위로하기 위함이며 5월 5일의 단옷날은 물에 빠져 죽은 굴원의 넋을 위로하기 위함이다.

굴원의 이름은 평(平)이다. 그는 기원전 343~277년간의 인물로 초무왕에서 갈라진 귀족 집안인 굴씨 가문의 혈손이다. 사마천의 『사기』에 의하면, 그는 학식이 풍부하고 의지가 굳었으며 나라의 흥망성쇠에 밝았을 뿐 아니라 문장에도 능했다고 평을 하였다. 그의 뛰어난 학식을 상대할 수 있는 사람은 오로지 상관대부(上官大夫)인 근상(斳尙)이었다고 했다.

그는 항상 굴원을 시기했다. 회왕이 그에게 명한 법령의 초안을 빼앗으려 들었다.

이유인즉슨 미완성인 법령의 초안을 왕에게 올려 총애를 떨어뜨릴 심산이었다. 아무리 궁리를 하고 수작을 부려도 굴원이 내놓지를 않자 참소했다.

"대왕께서 굴원에게 명하시어 법령의 기초를 잡게 하였습니다만, 사람들의 도움을 주기 위하여 그것을 보여달라고 하면 그 작업은 오로지 자신만이 할 수 있다는 점을 들어, 자신의 공로로 생각하고 있습니다. 장차 그가 만든 법령이 문제가 될까 두렵습니다."

계속적으로 이런 참소를 올리자 급기야 왕은 굴원을 멀리했다. 사실 그의 입장에서 본다면 무척 억울했다. 나름대로 글을 지은 것에 대해 『사기』엔 이렇게 씌어 있다.

<대왕께서 신하들이 간하는 내용에 대하여 시비를 가리지 못하는 점과 사특한 자의 참소와 아첨에 귀가 어두워 사론(邪論)과 곡설(曲說)에 잠겨 있습니다. 이것은 이우(離憂)나 근심이 되는 일을 만난다는 뜻입니다. 생각해보면 사람은 하늘의 시작이며 부모는 사람의 근본입니다. 사람의 처지가 급하게 되면 근본을 돌아보기 어려운 데 지금 고통스럽고 힘이 들어 하늘을 찾게 되고 고통 속에서 부모인 하늘에 기도를 드리는 것입니다. 저는 바른 길을 걷고자 행실을 올곧게 하여 충성스러운 마음으로 일을 해왔으나 아무 잘못이 없는데 비방을 받으니 어찌 원망스러운 일이 아니 일어나겠습니까….>

굴원은 자신의 심정을 적나라하게 밝힌 이 글만은 올리지 않았으나 원망스러운 마음을 이기지 못하고 「이소(離騷)」라는 글을 지었다.

굴원이 제나라에 사신으로 갔을 때에 장의는 초나라의 감옥에 있었다. 굴원이 초나라에 도착하기 전에 진나라로 돌아간 장의는 곧 진왕에게 한중의 땅을 반으로 활양하는 한편 혼인 관계를 서둘렀다.

이후 초나라가 약해진 틈을 타서 연합군들은 초를 침범하여 장군 당말(唐昧)까지 살해하였다. 한편으로는 진왕과 초나라가 혼인관계에 있음을 기화로 초회왕을 무관(武關)으로 초빙하였다. 낙양에 대한 동경심이 발동하여 그곳으로 가려고 하자 굴원은 말렸다. 그곳으로 가면 두 번 다시 돌아올 수 없다는 것을 강조했다. 그러나 끝내 초회왕은 고집을 부렸으며 귀국을 하지 못하고 그곳에서 3년만에 세상을 떠났다.

왕의 유해가 도착하고 나서야 장자가 보위에 올라 장양왕이 되었다. 그는 아우 자란을 이윤(伊尹;재상)으로 삼았으나 굴원만은 끝내 제외시켰다.

『역경(易經)』에서도 이렇게 말한다.

<우물 물이 맑은 데도 마시지 않으니 내 마음은 아프구나. 누가 맑은 물을 길어주랴. 명군이 있어 길어준다면 군신은 함께 복을 받으리라>

자란은 이것이 굴원의 말인 것처럼 꾸며 왕에게 모함했다. 이로 인해 굴원은 결국 귀양을 가게 되어 양자강 가에 이르렀다. 혼자서 쓸쓸한 심사를 가누지 못하고 걸을 때에 어부가 물었다.

"혹시 삼려대부가 아니신지요?"

당시 조정은 소씨(昭氏)·굴씨(屈氏)·경씨(景氏) 등이 왕족을 맡아보던 관직이었다. 그러므로 어부는 이 관직에 있었음을 알고 있었다. 어부는 궁금증을 참지 못하고 다시 물었다.

"무슨 일로 이곳까지 오셨습니까?"

"온 세상이 혼탁한데 나 홀로 청결하였고, 모두가 취해 있는데 나 혼자 청결하였더니 이렇게 되었다네."

어부는 알겠다는 듯 고개를 끄덕였다. 굴원은 잠시 생각에 젖어들었다. 이렇게 혼탁한 세상을 억지로 사는 것보다는 차라리 강물에 몸을 던져 물고기 뱃속으로 사라지는 것이 낫겠다는 생각을 한 것이다. 굴원은 즉시 「회사(懷沙)의 부(賦)」를 지었다. 모래를 품고 강물에 몸을 던지는 노래이다.

도도히 흐르는 원수와 상수여
풀 더미 뒤로 흘러 끝간 데를 모르겠구나
노래는 슬프고 탄식은 긴데
고결한 자질을 이해 못하니
이토록 고독하고 적막했구나

물론 이 시는 뒤로도 계속된다. 굴원은 스스로 바위를 품에 안
고 멱라수에 몸을 던졌다. 굴원이 세상을 떠난 후 초나라에서는
송옥을 비롯하여 당록·경차와 같은 문인들이 나타났다.

그들의 문장은 굴원을 이어 받았지만 비판 정신만큼은 그러지
를 못했다.

이렇게 세월이 백여년이 흘렀다. 한(漢)나라 시대에 가생(賈生)
이 나타났다. 그가 태부가 되어 상수를 지날 때 글을 지어 강물
속으로 던지며 굴원을 조문했다.

공손히 명을 받들어 장사(長沙)에서 기다린다
얼핏 들으니 굴원 선생이 멱라에 스스로 몸을 던졌다네
흐르는 상수에 부탁하여 삼가 선생께 조문을 표한다
무도한 세상에 만나 잃은 목숨이 애닳구나

지고(地庫)가 빛나고 윤택한 조광윤

『마의상법』에 흥미로운 말이 있다.

<석실에서 '단사로 쓴 글씨(丹書)'를 발견하여, 그것을 펴서 주는 것이니 우리의 도를 잊지 말라. 신선들의 비결을 분석하여 희이(希夷)에게 주는 것이니 부디 잊지 말라. 마땅히 자주 생각하여 잊지 않아야 할 것이다>

자주 생각하는 것은 그만큼 어렵다는 뜻이 된다. 『송사』에 이런 얘기가 전한다.

조광윤(趙匡胤)이 세종 때에 강북으로 남당을 공격하려고 종군했다. 세종이 굳이 조광윤을 대동한 것은 전날 밤 서가에서 뜻밖의 물건이 나타났기 때문이었다.

<점검(點檢)이 천자가 되리라>

당시 조광윤은 전전도점검(殿前都點檢) 및 귀덕절도사(歸德節度使)를 역임하고 있었다. 『마의상법』에 의하면,

<지고(地庫)가 빛나고 윤택하면 만년에 더욱 좋아져서 편안함을 누린다>

지고라는 것은 양쪽 턱에 있다. 이곳에 광택이 있으면 말년이

풍성하다고 했다. 바로 조광윤의 상이다.

이러한 상법상의 해설을 들은 바 있었기에 세종은 하늘의 뜻이라 여기고 그를 중용했다. 그러므로 조광윤은 당연히 후주 최고의 무장으로 자리 잡을 수 있었다.

크고 작은 전투 가운데 남당 토벌의 육합전(六合戰)은 조광윤의 주가를 더 한층 높였다고 할 수 있다. 장수들은 분전했다. 간혹은 뒤로 물러나는 병사들이 없지 않았으나 그것을 볼 때마다 가죽 벙거지를 칼로 베어 놓았다.

세종이 기틀을 다져놓은 후주였다. 이 후주를 조광윤은 그대로 물려받았다. 즉위하자마자 무인들의 득세를 견제하고 세력을 약화시키는 정책을 감행하였다. 물론 이러한 일에는 명재상 조보(趙普)의 힘이 작용했다.

『마의상법』에서는 조보의 상을 다음과 같이 평가한다.

<조보는 정수리가 솟고 머리가 둥글며 반드시 이름을 날린다(頂突頭圓 必住名境)>

크고 작은 민란이 일어나자 그것을 평정하고 공을 세운 것은 금위군의 장인 석수신(石守信)이었다.

"천하의 병(兵)을 눌러 나라의 백년대계를 세우고 싶은 데 경은 어찌 생각하시오?"

"당나라 이래 천하가 혼란스러운 것은 절도사나 금군의 힘이 막강했던 탓입니다. 그러므로 폐하께서는 그들의 힘을 빼앗아 폐하의 정병으로 흡수하는 것이 옳은 줄 압니다."

그런 의미에서 지난번 공을 세운 석수신에게는 다른 자리를 내어 주라는 청을 넣었다. 이날밤 조광윤은 무인들을 초청하여 연회를 열었다.

그는 장수들이 모여 있는 자리에서 뜻밖의 말을 꺼냈다.

"짐이 오늘 이렇게 보위에 오른 것은 모두가 그대들의 공을 힘입은 바입니다. 이것을 생각해 보면 참으로 괴롭기 한량 없어요. 그렇게 본다면 절도사 시절이 훨씬 더 즐거웠소이다. 지금은 잠을 이루지 못하니 말이오."

석수신이 물었다.

"폐하의 단잠을 빼앗는 근심은 무엇입니까?"

조광윤은 쓸쓸한 낯으로 입을 열었다.

"내가 그대들을 믿지 못해 그러는 것은 아니오."

"하오면?"

"짐이 보건대 열국의 흥망성쇠를 보면 모두가 부귀를 탐내는 절도사와 같은 이들이 난을 일으켜 소란스럽지 않은가."

그제서야 석수신은 깊이 머리를 조아렸다.

"어리석게도 소신들은 그 점을 깨닫지 못했습니다. 부디 가르침을 주십시오."

"인생이란 지극히 찰라적이라고 하지 않던가. 그런데도 대다수 사람들은 금전을 모아 부귀를 누리려고 아웅다웅하게 되거든. 그렇다면 그대들 생각은 어떤가? 그대들도 병권을 내놓고 고향으로 돌아가 논밭을 구하여 후손들에게 물려줄 생각은 없는가?"

장차 송나라를 위하여 무인들이 병권을 내놓고 은거하기를 바란 것이다. 물론 조광윤은 그들을 위로하는 차원에서 상당한 재물을 내렸다.

산근(山根)이 끊어지고 코의 기둥이 기울어진 진보

후한 시대의 사학자 반고(班固)는 「혁지(奕旨)」라는 글에서 다음과 같이 밝힌다.

<가끔 허세를 설치하고 미리 배치하여 스스로 호위를 하니 이것은 포희씨(包犧氏)의 그물 치는 제도와 같음이오, 제방을 두루 일으켜 세우고 무너짐을 막는 것은 하후씨(夏后氏)의 홍수 다스림의 형세를 말함이오, 구멍이 하나 부족하여 무너지고 일어서지를 못하고 조롱박에 물이 넘치는 실패가 있고 복병을 만들어 거짓 설치하고 포위망을 충동하고 횡행하는 것은 전단(田單)의 기개가 분명하다. 요해지에서 서로 겁략하고 땅을 분활하게 하여 상을 취하는 것은 소진과 장의의 자질이오. 분수를 알아 승리를 거두되 용서하고 베이지 않는 것은 주문왕의 덕이오, 망설이는 선비 걸음이 길을 보전하고 옆을 보완하고 연속하여 패하더라도 망하지 않는 것은 요공의 지혜이다>

위의 글에는 돌의 배치나 바위·보완 등이 잘 드러나 있다. 반고보다 조금 뒤의 인물인 후한 시대의 기성 마융(馬融)은 그의 「위기부(圍碁賦)」에 다음과 같이 설명한다.

<…위기법을 본다면 용병하는 3척 국상(局上)에 전투장을 만들어 사졸을 진쳐 모으는 것이다. 두 적수가 서로 마주 서 는데 겁내는 자는 공이 없고 탐내는 자는 망한다. 마땅히 네 귀를 차지해야 하고 지키고 사용하는 것은 옆을 의지한다. 변을 따라 막아 벌리되 드문드문 서로 바라보게 하면 덜렁한 말 눈이요 줄지어 나는 기러기 행렬이다. 넓게 지나고 사이사이 두어 중앙에 거닐며 죽은 졸은 거둬 버리고 서로 잇지 말아야 한다. 먹을 데 먹지 않으면 오히려 앙화를 받고 떠나고 어지러움이 교차하며 다시 서로 넘어간다. 지킴을 튼튼히 하지 않으면 소위가 당돌하고 깊이 들어가 영지를 탐내면 사졸만 죽어버린다. 미쳐 날뛰면서 서로 구원하면 앞뒤가 함께 없어지니 공을 계산하여 서로 제(除)하며 때를 보아 마친다. 네 변에 남아 살려면 수습을 빨리 해야 하고 궁색하더라도 거짓 꾀를 써선 안 된다. 깊이 생각하고 멀리 보아야 승리할 수 있다>

이것은 반고의 「혁지」보다는 구체적이다. 먼저 네 귀와 포진하는 방법을 말하고 죽은 것은 다시 살리려 하지 말고 먹을 것은 먹어야 한다고 적고 있다. 또한 적진에 깊숙이 들어가면 해로움이 있으며 급하더라도 함부로 덤벼서는 안 된다고 하였다.

여기에서 한 가지 특별히 주의를 요하는 것은 거짓꾀인 '졸기(拙棋)'다.

이것은 얄팍한 속임수다. 상대를 기만하는 것은 권모술수에 능했던 손자(孫子)의 가르침을 받은 중국인들은 불충한 자와 기만한 자를 이용하고 다시 역이용하는 솜씨가 뛰어났다.

특히 바둑은 상대의 마음을 읽는 심서(心書)의 병술이나 다름없는데 장의가 쓴 『기경(棋經)』 13편은 『손자병법』의 내용과 흡사하다. 그렇기에 옛날부터 병법에 능한 사람이 바둑에 조예가 깊어 고수가 많았다. 이런 얘기가 있다.

『마의상법』의 「중하이정흉기(中下二停凶氣)」에서 진보(陳保)라는 자의 상을 이렇게 평한다.

<산근(山根)이 끊어지고 혹은 기울어지면 외롭고 가난하고 질액이 있고, 기둥의 코가 기울고 혹은 굽으면 간교하고 탐욕이 많게 된다>

중국의 오계(五季) 시대에 진보(陳保)라는 자가 있었다. 이 사람은 후진조(後晉朝)의 기객(棋客)이었다. 그는 요직을 두루 거치면서 많은 재산을 긁어모았다. 취미라고는 오직 바둑 뿐이어서 친구라 하여도 바둑을 두지 못하면 사귀지를 아니했다. 그런데 이 진보에게는 고약한 버릇이 있었다. 그것은 너무나 승부에 집착한다는 점이었다.

열 판을 두어 아홉 판을 이기고 한판을 진다 해도 그냥 넘어가는 성질이 아니었다. 몹시 불쾌한 표정으로 대좌한 사람이 불안하게 왔다갔다하는가 하면 집에서 부리는 사람들에게 벌컥벌컥 화를 내었다.

그러던 어느 날 진보는 연전연승을 하는 방법을 찾아냈다. 그것은 바둑이 유리할 때엔 그냥 놔두고 불리할 때는 판을 엎어버린다는 생각이었다. 실수를 하는 것처럼 손바닥으로 바둑알을 밀어버리는가 하면, 바둑이 유리할 때엔 그냥 두고 불리할 때만 실수를 하는 척 판을 엎거나 옷자락으로 바둑알을 감아 내렸다.

이렇게 하여 모아놓은 재물이 쏠쏠했다.

진보가 이런 방법을 쓴다 해도 별다르게 이의를 제기하지 않은 것은 그곳에 온 사람들이 한결같이 벼슬을 사려는 매관자(買官者)가 많았기 때문이다.

그러던 어느 날 왕의 족숙(族叔) 포랑자(布浪子)가 내기바둑을 청하였다.

"오늘은 나와 바둑을 한 판 두세."

"좋습니다. 하온대 저는 내기 바둑이 아니면 바둑을 두지 않습니다."

"그렇다면 내기 바둑을 두어야겠구만. 이렇게 하세. 진쪽에서 술 자리를 마련하는 게 좋겠네."

이날은 진왕도 공무가 한가로워 옆에서 구경하고 있었다. 바둑이 중반전에 이를 때까지 진보는 줄곧 유리한 형세를 유지했다. 잠시 판세를 훑어보던 포랑자는 중앙에서 하변에 걸친 대마를 노려보다가 급소에 일격을 가해왔다. 이 대마를 살리자면 아무래도 뒤쪽을 도마뱀처럼 떼어줘야 했다.

유리하다고 해야 고작 다섯 집 남짓이었는데 열점이 넘는 꼬리 부분을 떼어주었으니 패할 것은 너무나 당연했다.

그때였다.

진보는 자신도 모르게 한 손을 들어 바닥 판을 짚어버렸다. 흑백의 알들이 요란한 소리를 내며 바닥으로 떨어졌다. 포랑자는 벌컥 화를 내며 자리에서 일어났다. 진왕도 불쾌한 듯 진보를 노려보았다.

결국 이로 인해 진보는 관직을 잃게 되었고, 화병이 도져 세상을 떠나고 말았다. 그가 모아둔 재물은 이름 모를 관원이 횡재하였다.

명궁(命宮)에 주름살이 있는 정문

『삼국지』에 이런 얘기가 있다.

위(魏)와 촉(蜀)이 대치하고 있는 상황에서, 촉의 진영으로 도망쳐 온 정문(鄭文)이라는 위인이 있었다. 그는 제갈량 앞에 나와 세 치의 혀를 놀렸다.

"승상님, 억울합니다. 이제껏 위나라를 위하여 일을 해온 소인의 공로는 내쳐두고 오히려 다른 사람을 승진시켰으니 어찌 위나라를 위해 목숨을 내놓겠습니까?"

제갈량은 약간 상체를 숙인 채 상대방을 내려다보았다. 정문. 그는 전체적인 형상이 마형(馬形)이었다.

『마의상법』에서는 이런 눈에 대해 다음과 같은 평가를 내린다.

<말의 눈을 가지고 태어나면 일평생 피곤한 빛이 서리고 가난에 찌들어 생을 마치게 된다. 말의 눈은 눈껍질이 너그럽고 삼각형으로 이루어져 눈동자가 드러나 빛이 난다. 종일토로 근심이 없고 눈 밑에는 항상 물기가 있다. 얼굴은 수척하고 살결은 쭈글거리며 가히 탄식할만하다. 형벌로 아내를 잃고 자식도 잃어서 자신은 죽을 때까지 분주하게 일생을 보내게 된다>

제갈량이 내려다보고 있을 때, 진지 밖에서 적장이 떠드는 소리가 들려왔다.

"말을 훔친 정문이란 도둑놈은 들어라! 너는 위나라에서 봉록을 넉넉히 받았으면서도 어찌 위나라를 배신하고 촉나라로 갔느냐. 어서 나와 한 판 자웅을 결하자!"

제갈량이 물었다.

"진지 밖에서 떠드는 자가 누군가?"

"이번에 나를 대신하여 승진한 잡니다."

"그대와 공을 다투던 자란 말인가?"

"그렇습니다, 승상님."

"그렇다면 밖에 나가 저 자와 겨뤄 보게. 자네가 저 자를 죽인다면 내 자네 말을 믿겠네."

"알겠습니다."

정문은 호기롭게 답하고 나서 뛰어 나갔다. 그리고는 단 1합에 상대의 목을 베어버리고는 제갈량 앞에 기세가 당당하여 돌아왔다. 그런데 뜻하지 않게 제갈량의 입에서 호통이 터져 나왔다.

"저 자의 목을 베어라."

"왜 이러십니까, 승상님."

"조금 전에 죽은 자는 너의 경쟁지기 아니다. 그런데도 감히 나를 속이려 드느냐? 분명, 위장으로 투항 했으렸다!"

"그렇습니다, 승상."

제갈량은 자신이 불러준 대로 써보내면 살려주겠노라 선언했다. 정문은 곧 그 일을 곧 실행에 옮겼으며 편지는 언변이 좋은 군관의 손에 들려 적진으로 보내졌다.

정문의 편지엔 그렇게 씌어 있었다. 제갈량이 자신의 말을 받아들였으니 다음날 총공격을 하라는 내용이었다. 정문은 때맞추

어 불빛으로 신호를 보내고 내부에 혼란을 일으켜 내응 하겠다는
약속도 잊지 않고 함께 적었다.

휘하에 있으면서 불만이 많은 군관으로 위장하여 정문의 투항
을 제갈량이 크게 표창하고 그를 선봉에 임명하였다는 거짓사실
을 적진에 가서 털어놓았다.

적장은 망설이다 단안을 내렸다. 총공격을 감행한 것이다. 결과
는 위나라 군사의 대참패였다.

대승을 거둔 제갈량은 진지로 돌아와 정문을 죽이라는 명을 내
렸다. 훗날에 측근의 한사람이 물었다.

"숭상께서는 어떻게 정문이 첩자라는 것을 아셨습니까?"

"본래 명궁이라는 곳은 두 눈썹 사이를 말하는 데 그곳에 빛이
있는 것처럼 맑으면 학문에 통달한 것으로 볼 수 있소. 정문의 명
궁엔 주름살이 있으니 길이 있어도 나아가면 막히게 되는 것이
오. 그리고 그의 눈은 상대를 즐겨 기만하는 마안(馬眼)이었소.
생각해 보시오. 진지 밖에서 떠드는 자가 경쟁자라 하는 데 어찌
한칼에 목숨을 빼앗을 수 있단 말인가."

그 말 한마디로 제갈량의 진면목은 드러났다.

자신의 영지에 뛰어든 하나를 잡지 않고 멀리 본대의 원군이
조롱에 들어올 때까지 기다렸다가 일거에 함몰시키는 심상(心相)
을 보여준 것이다.

소설 마의상법

2018년 8월 25일 인쇄
2018년 8월 30일 발행

지은이 | 강　영　수
펴낸이 | 최　원　준
펴낸곳 | 태 을 출 판 사
서울특별시 중구 다산로38길 59(동아빌딩내)
등　록 | 1973. 1. 10(제1-10호)

■ 주문 및 연락처
우편번호 0 4 5 8 4
서울특별시 중구 다산로38길 59 (동아빌딩내)
전화 : (02)2237-5577　팩스 : (02)2233-6166

ISBN　978-89-493-0536-3　　　03820